KB044336

내 **삶**의 그릇은
뭘로 **채울까**

내 **삶**의 그릇은 뭘로 **채울까**

지 은 이 하국근
펴 낸 이 장인행

인쇄 2013년 4월 10일
발행 2013년 4월 15일

펴 낸 곳 깊은솔
주   소 서울특별시 종로구 구기동 85-9번지 인왕B/D 301호
전   화 02 · 396 · 1044(대표) / 02 · 396 · 1045(팩스)
등   록 제1 · 2904호(2001. 8. 31)

ⓒ 하국근. 2013
ISBN 978-89-89917-41-0 03810

값 12,000원

내 삶의 그릇은 뭘로 채울까

하국근 지음

깊은솔

살면서 항상 좋은 일만 지속되기를 바라는 것은 무리다. 한 평생 행복한 삶을 영위한다는 것도 바람만으로 그칠 가능성이 높다. 살아가는 현실과 꿈꾸는 이상 사이엔 메우지 못할 괴리감이 존재한다. 이 괴리감을 조금이나마 줄여보자는 게 사람이 살아가는 목표라면 목표일 것이다. 그 괴리감이 좁혀질수록 내면적인 만족감도 높을 것이고, 사회적인 성취감도 높을 것이다. 이는 곧 욕망과 분수의 조화이고, 행복을 찾아가는 길이기도 하다.

일을 같이 하다보면 사람들의 개성이 달리 나타나는 것을 느낄 수 있다. 묵묵히 주어진 일만 하는 사람, 일부러라도 일을 찾아서 하는 사람, 항상 불평불만으로 가득한 사람에 속내를 드러내지 않는 사람도 있다. 점심이라도 같이 먹을라치면 먼저 계산대로 향하는 사람이 있는 반면에, 구두끈을 매는 척 하는 사람도 있다. 이리저리 일만 벌이다 낭패를 당하는 사람이 있는가 하면, 분수껏 적당히 살면서 여유를 즐기는 사람도 있다. 각자마다에 주어진 삶은 하나일지라도 그 삶의 길을 걸어가는 사람들의 방식은 한결같지 않다는 얘기다. 무슨 차이인가. 아마도 이는 처해 있는 현실 이외에 타고난 천성의 차이로 인한 것이지 싶다. 그 천성 속에는 직업관이나 이성관 등 사람이 살면서 은연중 추구하는 가치관이 배어있기 때문이다.

　일을 하면서 불평불만을 입에 달고 사는 사람은 자기 성향에 맞지 않는 일을 하고 있는 경우가 많다. 호구지책으로 일을 한다는 것이다. 이는 능력과 현실의 부조화다. 국그릇에 밥을 담는 격이고, 억지 춘향이다. 그래서 어색하다. 반면 일을 찾아서 하는 사람은 자기 성향에 맞는 일을 제대로 찾았을 경우다. 그래서 항상 신나고, 재미있게 일을 한다. 자기 만족감도 높고, 주위의 평가도 좋을 수밖에 없다. 이를 명리학에 접목시키면 사람은 저마다 타고난 그릇이 있다는 것이고, 그 그릇에 담을 내용물을 가린다는 것은 타고난 능력과 현실을 적절히 조화시킨다는 것이다.

　사람은 저마다 타고난 개성이 있고, 타고난 소질이 있다. 자기 개성을 억제하면 세상에서의 자기 존재감은 희미해질 것이고, 자기의 소질을 도외시하면 현실에서의 성취도는 급격히 낮아질 것이다. 타고난 개성도 발전시켜야 더 힘을 발휘할 것이고, 타고난 소질도 닦아야 더 밝은 빛을 낼 수가 있다. 무조건 노력만 한다고 이루어지지는 않는다. 기회를 잘 잡아야 한다. 무조건 앞으로 나아갈 것만 고집하는 것은 힘의 낭비다. 때를 기다린다는 것은 자신이 쓰일 곳을 찾는 과정이라고 말 할 수 있다. 그 때를 위해 자기를 닦는 것도 삶의 한 방편이다. 여유를 가지고 자신을 돌아볼 줄도 알아야 하며, 남에게 양보를 할 줄도 알아야 한다.

명리학은 예언학이 아니다. 부적을 쓰고, 미래를 점치는 주술적인 학문은 더욱 아니다. 타고난 그릇과 진퇴의 시기와 처한 현실을 조화시키는 살아있는 학문이다. 사주엔 그 사람마다의 타고난 특성이 간추려져 있다. 그 속에서 자기가 가지고 태어난 그릇과 그 그릇에 담을 수 있는 내용물을 찾아야 하고, 나아갈 때와 기다릴 때를 찾아야 하며, 여기에 처해있는 현실을 접목시켜야 한다. 그게 명리학이다. 그래서 명리학은 상담학이다.

이 책은 명리학의 이론서가 아니고, 명리를 현대인들의 삶에 접목시킨 글들이다. 생활 속에서 느낄 수 있는 사람들의 개성과 소질을 명리학의 이론에 맞춰 에세이 형식으로 풀어썼다. 내용 속의 글들은 저자가 매일신문에 연재했던 글을 근간으로 나중에 보충한 글들로 이루어져 있다. 우선 지면을 할애해준 매일신문사에 깊은 감사를 드린다. 그리고 졸저를 흔쾌히 발간 해주신 깊은솔 장인행 사장님께 머리 숙여 감사드리며, 깊은솔의 무궁한 발전과 번영을 기원하는 바이다. 무엇보다 곁에서 물심양면으로 도와준 이상림 여사에 두고두고 고마움을 느낀다.

끝으로 신문 연재 당시 높은 관심을 보여 주었던 많은 독자 분들과 인터넷 매체에서 만나 서로 교감을 주고받았던 네티즌들, 이분들의 성원에 힘입어 이 책이 세상에 나오게 됐음에 고마움을 느끼며 이 지면을 빌어 다시 한 번 감사를 드린다.

2013년 봄
희실 하국근

차례

제1부 나는 어떤 사람인가
– 명리학 기본이론

제2부 **어떻게 살 것인가**
– 포괄적 개념으로서의 사주와 삶

제3부 무엇을 담을 것인가
– 적성, 진로, 직업관과 자녀 양육시기 유의점

제4부 **넘침은 덜고, 모자람은 채우고**
– 살면서 부대끼는 여러 상황, 건강

나는 어떤 사람인가

명리학 기본이론

명리에로의 접근

　모든 사물에는 음양(陰陽)이 존재한다. 예컨대 남자는 양이며 여자는 음이고, 하늘은 양이 되고 땅은 음이 된다. 낮은 양이 되고 밤은 음이며, 높은 곳은 양이며 낮은 곳은 음이다. 활동적인 것은 양이 되고, 정적인 것은 음이 된다. 정신은 양이 되고, 육체는 음이 된다.

　음양은 상대적인 것으로 독립해서는 존재할 수가 없다. 대립 속에서도 융합한다. 서로 의지하고 도움을 주는 관계를 형성한다. 따라서 음양이 어느 한쪽으로 기울면 좋지 못하다. 부부 중에 어느 한쪽으로 지나치게 기울면 가정이 편안하지 않는 이치와 같다. 사람은 더우면 차가운 것을 찾고, 추우면 더운 열을 원한다. 젖은 옷은 햇볕에 말리고, 시든 나무엔 물을 줘 생기를 북돋운다. 이 모든 것이 음양의 조화를 뜻한다.

　오행(五行)은 목(木), 화(火), 토(土), 금(金), 수(水)의 다섯 가지를 말한다. 명리학(命理學)에서는 세상의 모든 이치가 이 다섯 가지의 기운 속에서 서로 부딪히면서 때로는 견제하면서 때로는 상부상조하면서 조화를 이룬다고 본다.

　사주(四柱)는 갑(甲), 을(乙), 병(丙), 정(丁), 무(戊), 기(己), 경(庚), 신(辛), 임(壬), 계(癸)의 10천간과 자(子), 축(丑), 인(寅), 묘(卯), 진(辰), 사(巳), 오(午), 미(未), 신(申), 유(酉), 술(戌), 해(亥)의 12천간으로 이루어진다. 천간(天干)과 지지(地支)는 서로 엮여

가면서 60갑자(六十甲子)를 만들어낸다. 이 육십갑자에 의해서 사주(四柱)가 구성된다.

사주라는 것은 연(年), 월(月), 일(日), 시(時)의 네 기둥을 말한다. 각 기둥은 천간과 지지의 두 글자씩으로 배합되어 있으므로 팔자(八字)이고, 합쳐서 사주팔자다.

사주팔자가 선천적이라면 운(運)은 후천적인 것이 된다. 이 둘은 서로 보완관계이며, 음양의 관계다. 선천적인 명(命)은 음이 되고, 후천적인 요소인 운은 양이 된다. 흔히들 타고난 사주와 운을 도로와 자동차에 비유한다. 목적지로 가는 그 길이 고속도로일 경우도 있고, 자갈밭일 수도 있다. 고속도로라도 사고로 인해 정체될 경우도 있을 것이고, 비록 자갈길이라도 낭만을 즐기면서 갈 수도 있을 것이다. 자동차의 성능도 크게 좌우된다. 좋은 차를 타고 가는 사람이면 목적지에 좀 더 쉽고 안전하게 도달할 수 있을 것이고, 낡은 차라면 가다가 고장을 일으킬 경우도 많을 것이다. 껍데기는 번지르르하지만 내부는 곪은 차도 있을 것이고, 그 반대인 경우도 있을 수 있다. 따라서 운이 좋아도 타고난 사주가 좋지 않다면 순탄치 만은 않을 것이며, 사주가 좋아도 운이 따라주지 않는다면 그 또한 순탄한 삶은 아닐 것이다. 따라서 타고난 사주와 대운은 떼려야 뗄 수 없는 관계다.

운에는 10년 주기의 대운과 1년 단위의 세운(歲運), 한 달 단위의 월운(月運) 등이 있으나 가장 큰 영향을 미치는 것은 대운(大運)이다. 그러나 사람들이 민감하게 느끼는 운은 한 해의 운이다.

좋은 사주란

사주에서 음양과 오행이 적절하게 구비되어 균형을 이루고 있는 사주를 중화(中和)된 사주라 한다. 중화된 사주를 타고난 사주는 좋은 운에는 발복이 크고, 나쁜 운에도 큰 재앙을 만나지 않는다. 원만한 성격에 능력도 고루 갖추고 있으며, 육체적으로도 건강하다.

세상사는 한난조습(寒暖燥濕)의 조화에 의해 이루어진다. 사주도 이들의 조화가 필요하다. 즉 계절과 온도의 중화를 말한다. 사주에서의 한난조습은 특히 건강과 성격 형성에 많은 영향을 미친다. 천간의 금수(金水), 즉 경신임계(庚辛壬癸)는 서늘하고 차가운 기운이고, 목화(木火) 즉 갑을병정(甲乙丙丁)은 따뜻하고 메마른 기운이 된다. 무기토(戊己土)는 차갑고 따뜻한 기운의 중간에 위치한다. 지지의 신유해자(申酉亥子)는 축축한 기운이 되고, 인묘사오(寅卯巳午)는 마른 기운이다. 진축(辰丑)은 지장간의 물 기운에 의해 축축한 흙이 되고, 술미(戌未)는 지장간의 불기운에 의해 메마른 흙이 된다.

사주가 한습하면 온난한 기운으로 중화를 이뤄야 하고, 사주가 난조하면 한습의 기운으로 조화를 이뤄야 한다. 그러나 사주가 한습이 지나치거나 난조가 지나칠 경우엔 억제는 곤란하며 기세를 따라야 한다. 이는 사회성의 문제다. 건강이나 성격적인 측면에서는 모자라는 부분을 보완하려는 마음이 필요하다.

사람의 부귀빈천(富貴貧賤)은 타고난 사주팔자에 달려 있고, 성공하고 못하고는 행운(行運)에 달려있다. 타고난 팔자가 좋아도 행운이 받쳐주지 않으면 고난이 따르고, 팔자가 나쁘다 해도 행운이 좋다면 평범한 삶을 유지할 수 있다. 따라서 사주의 구성이 좋고 행운도 좋게 흘러간다면 부귀가 보장된다. 그러나 행운이 역행한다면 평범한 사람이다, 팔자가 나쁘더라도 운이 좋은 방향으로 흐른다면 작으나마 부귀를 보장받을 것이나, 반면 운마저 거꾸로 간다면 고통의 나날이다.

　대게의 사람들은 부귀를 삶의 목표로 삼는다. 부는 재물이다. 재물을 소유하기 위해서는 우선 사주에서 나를 뜻하는 글자가 강해야 한다. 내가 약하다면 재물을 감당할 수가 없다. 소화기관이 약한 사람이 기름진 음식을 많이 먹으면 소화를 시키지 못하는 것과 같다. 귀는 관직을 말한다. 이 역시 나를 뜻하는 글자가 강해야 하며, 여기에 돈을 나타내는 재성과 관직을 나타내는 관성이 일간에 유리하게 작용하면 출세할 가능성이 더 높아진다. 재(財)가 관(官)을 생하여 관에 힘이 실리는 것이다. 부귀의 명은 식상과 재성, 관성이 고루 갖추어 지고 자기를 나타내는 글자가 강한 힘을 가진 사주로, 재물이 풍족하고 명예가 잇따른다.

　타고난 사주가 청순하고 오행이 상생하며, 각 글자가 힘이 실리는 사주를 타고난 사람은 나쁜 운이 와도 큰 재앙은 없으며, 타고난 사주가 나쁘거나 오행이 편중된 사주는 운의 향방에 큰 영향을 받는다. 타고난 팔자를 명(命)이라 하고, 행운을 운(運)이라 하며, 합쳐서 명운(命運) 또는 운명(運命)이라 한다.

사주의 주체 - 일간

일간(日干)이란 태어난 날의 천간을 이르는 것으로, 사주에서 나를 대표하는 오행이다. 모든 사주의 해석은 이 일간에서 시작된다. 강한지 약한 지에서부터 시작하여, 주위 글자와 조화는 이루었는지, 배척하는 기운은 없는지 등이다.

아무리 못난 사람이라도 자기 자신에 대한 의식이나 관념은 가지고 있다. 살아가면서 추구하는 목표도 세우고, 그 목표를 달성할 수 있는 나름대로의 능력도 갖추고 있다. 목표를 어떻게 잡을지 어떤 방법으로 추진할지는 사람마다 다를 수 있겠지만, 그 목표를 달성하려는 마음은 한결같다. 그 목표에 대한 추진력이나 집념 등을 나타내는 글자가 사주에서는 일간이 된다.

자신감을 가지고, 지속적으로 일을 추진하기 위해선 우선 나 자신이 강해야 한다. 나 자신을 믿어야 한다. 남의 말이나 주위 환경에 쉽게 흔들려서는 목적 달성이 어렵다. 사주에서는 일간이 강해야 한다는 것으로 귀결된다. 권력이나 명예, 돈도 내가 자신감을 갖고 임해야 내 것으로 만들 수 있고, 대인관계에서도 말이 술술 풀릴 수 있다. 그렇다고 너무 강하면 내 잣대만이 최상이 되니 '독불장군'이 된다. 공동의식이 중심이 되는 사회에서는 배척당하는 인물이 될 가능성이 높다. 너무 강한 일간의 폐해다.

일간이 강해도 일간을 도와주는 인성(印星)으로 강하면 남에게 의지하려는 마음도 비례해서 강해진다. 조직이나 부모, 가족에 의지하려는 마음도 강하다는 것이다. 이런 강함은 진정한 강함이 아니다. 독립심 결여이고, 정신적인 것에만 골몰해질 수 있다. 현실을 뜻하는 재성으로 향하는 마음도 약해진다. 현실감각이 그만큼 떨어진다는 뜻이다. 강해도 뿌리로 강해야 한다. 그래야 자신감을 가지고 당당하게 세상에 나설 수 있고, 경쟁사회에서 나를 돋보이게 할 수 있다. 논리적으로 자기주장을 확실히 펼수 있어, 다른 사람들과의 대화도 순조롭다. 일간이 약하면 안주가 우선이고, 남이 해주기를 바라는 마음이 강해지기 때문에 일을 치고 나가고자 하는 마음은 반비례해서 약해진다. 재능의 사장인 셈이다.

일간이 약한 사주의 주인공은 수동적인 사람일 경우가 많다. 자신감, 독자적인 사고가 떨어지기 때문에 주위 환경을 지나치게 의식한다. 여기에 나를 구속하고, 내 감정을 제어하는 관성이 강하면 아예 주눅이 든다. 거절이나 반발은 꿈도 꾸지 못하기 때문에 주어지는 일이란 일은 모두 해야 한다. 좋게 말하면 책임의식이 되겠지만, 자신으로선 심리적인 압박이고 육체적으로 고된 삶이다.

돈을 싫어하는 사람은 없을 것이다. 그러나 돈은 경쟁을 통해얻어진다. 일간이 힘이 없는 사람은 경쟁력의 상실이기 때문에 '돈 복'도 떨어진다. 그렇다고 일간이 너무 강하고 돈을 나타내는 재성이 약하면 나눠 먹기식이 되기 때문에 내게 떨어지는 이득도 상대적으로 적어진다. 강함도 적절히 조화를 이뤄야 한다.

사주중화의 핵심 – 용신

사주에는 한 개인이 태어날 때 가지고 나온 신상이 배어있다. 타고난 능력, 추구하는 가치관, 진퇴의 시기 등이다. 또 모든 사람은 희로애락(喜怒哀樂)의 감정도 가지고 있다. 오행이 구비된 사주의 주인공은 이러한 능력이나 감정들을 두루 갖추고 있는 사람이다. 반면 한 오행으로 편중된 구조를 가진 사람들도 있다. 이런 사주의 주인공은 그 편중된 오행이 의미하는 방향으로 능력이나 감정이 집중된 사람들이다. 그 오행이 돈을 의미하는 것이라면 돈을 삶의 목표로 삼을 가능성이 높고, 모든 힘을 이쪽으로 쏟아 붓는다. 나머지는 그에 비해 관심이 떨어진다. 관심이 떨어질 뿐이지 전혀 생각하지 않는다는 것은 아니다. 사람이기 때문에 사람들이 보편적으로 가지고 있는 감정이나 능력, 가치관은 가지고 있다는 것이다. 근본적으로 여유로운 삶이나, 높은 벼슬을 싫다고 할 사람은 아무도 없다.

오행이 균형 있게 배치된 사주를 명리에서는 으뜸으로 친다. 모나지 않는 성격과 사회에 적응하는 능력도 고르게 타고 났기 때문이다. 이런 사주의 주인공은 무슨 일을 하든, 어떤 운이 닥치든 큰 탈이 없다. 그러나 음양오행이 편중된 사주는 그 방면으로 강한 관심을 보이고, 능력도 뛰어나다. 한 방향으로 치닫기에 운에 따른 부침도 큰 편이다. 이런 사람에겐 모자라는 부분을 보완해 줄 필요가 있다. 이에는 능력도 포함되고, 감정적인 요소도 포함된다.

　용신(用神)은 사주에서 모자라는 기운을 보완시켜 주는 오행이다. 그렇게 해서 사주가 중화를 이루도록 만들어 주는 것이다. 불 기운이 강한 사주라면 강한 불기운은 빼내야 하고, 물 기운이 지나치게 강한 사주는 물 기운을 빼내어 균형을 잡아줘야 한다. 이런 역할을 하는 게 용신이다. 이런 역할을 하기에 사주에서 용신은 강해야 한다고 하는 것이다. 중매를 서는 사람이 약하면 결혼으로 이어지기가 어려운 것처럼, 용신이 약하면 사주의 균형을 맞춰줄 수가 없기 때문이다.

　용신운이 오면 좋은 일이 많이 일어난다. 사회적 성취도도 높아지고, 심리적인 안정도 이루어진다. 대부분의 사주에서 모자라는 기운이 용신이 되고, 모자라는 기운이 보완되면 사주의 균형이 이루어질 확률이 그만큼 더 높아질 수 있기 때문이다. 그러나 그것은 중화가 이루어질 수 있는 사주일 경우다. 극단적으로 편중된 사주에서는 사회성은 비록 좋아질지 모르지만, 심리적으로 압박감을 느낄 수 있으며, 건강에 문제가 생길 수도 있다.

　용신 적용은 대게 사회적 성취도에만 포커스를 맞춘다. 사회적 성취도, 특히 재관인의 중시는 옛 사람들의 삶이 여기에 한정되었기 때문이다. 용신운에 수명을 다하고, 길게 이어진 용신운에 벼슬이 겨우 한림원 학사에 그쳤다고 혀를 찬다. 용신을 제대로 활용하지 못했다는 게 이유다. 그 시대는 그 시대이고, 지금은 지금이다. 전문화된 사회이고, 자기만족감으로 사는 사람들도 많다. 해석도 달리해야 할 필요가 있다.

사주해석의 첫걸음 - 육신

사주를 풀이할 때는 일주의 천간인 일간이 기준이 된다. 일간은 사주의 주인공인 나 자신을 의미한다. 사람은 어떨 땐 주위의 환경에 순응하면서, 어떨 땐 반발하면서 살아간다. 내 주관을 가지고 내 의지대로 살아가려면 자신감도 있어야 하겠고, 주체성이나 추진력도 좋아야 한다. 그러려면 나 자신이 우선 강해야 한다. 적어도 약한 모습은 보이지 않아야 한다. 그래야 돈을 취하는 데도 유리하고, 권력을 잡는 데도 수월하다.

육신(六神)은 일간인 나를 기준으로 하여 연, 월, 일, 시의 각 천간과 지지를 대조하여 나타낸다. 사주의 주인공이 바라보는 사회관이나 가족관, 이성관, 직업관 등을 포괄적으로 나타내는 말이며 한 개인의 성격, 건강, 직업관 등에 지대한 영향을 미친다.

인성(印星) 재성(財星) 정관(正官) 편관(偏官) 식신(食神) 상관(傷官)을 육신이라 한다. 이는 다시 십신(十神)이라고도 하는데, 육신 중에 인성과 재성을 정(正)과 편(偏)으로 나누고, 비견(比肩)과 겁재(劫財)를 추가한 것이다.

비견은 일간과 음양과 오행이 모두 같은 것을 말하고, 겁재는 일간과 음양은 다르고 오행은 같은 것을 말한다. 비견은 자기 위주로 오행이 이루어져 있어 자신감, 성취욕구, 독립심이 강하다. 겁재는 비견보다 자존심도 더 세고, 승부욕도 더 강하다. 재물에 대한 욕구가 강하여 남에게 베풀려는 마음이 필요하다.

식신은 일간이 생(生)해 주는 것으로 음양이 같은 것이고, 상관은 일간이 생해 주는 것으로 음양이 다른 것을 말한다. 식신과 상관은 구습이나 전통을 이어받는 것보다 변화를 추구한다. 식신은 한 곳에 몰입하는 전문성이 강하고, 상관은 언변술과 사교성이 탁월하다.

정재는 일간이 통제하는 것으로 음양이 다른 것이고, 편재는 일간이 통제하는 것으로 음양이 같은 것이다. 재성은 글자 그대로 재물을 의미한다. 편재는 활동적이고 유동적인 성질을 가지기에 밖에 있는 재물을 뜻한다. 통솔력이 탁월한 리더형이다. 반면 정재는 성품이 꼼꼼하고 치밀하며, 만사 계획적인 사람이다.

정관은 일간을 억제하는 것으로 음양이 다른 것이고, 편관은 일간을 억제하는 것으로 음양이 같은 것이다. 편관은 자기를 제어하는 법이나 규율, 관습 등을 의미하기 때문에 사주에 자신이 약하고 편관이 많으면 자기 구속이 과중되어 억압으로 나타난다. 반면 정관은 정직과 성실이 최대의 덕목이다. 경거망동 하지 않고 매사 중용을 지킨다.

정인은 일간을 낳는 것으로 음양이 다른 것이고, 편인은 일간을 낳는 것으로 음양이 같은 것이다. 정인은 마음이 어질고 넓으며 이해심이 많다. 반면 자존심이 강하고 융통성이 부족해 다른 사람과의 갈등도 내포하고 있다. 그러나 편인은 수용성이 뛰어나 순간적인 재치와 발상이 돋보인다. 두뇌 회전이 빠르기 때문에 기획력과 창의성이 필요한 분야에서 뛰어난 능력을 발휘한다.

순수한 동료애 - 비견

비견은 나를 뜻하는 일간과 음양도 같고, 오행도 같은 육신이다. 나와 똑같은 사람이 한 사람 더 있는 셈이다. 따라서 그 사람은 나와 목적이 동일하고, 생각도 같은 사람이 될 수 있다. 그래서 비견이 제대로 역할을 하는 사람은 공동, 협력, 동료애도 좋다고 본다. 나와의 경쟁이니 악착같이 상대를 몰아세울 필요도 없다. 그러기에 순수한 사람이다. 상대와 경쟁해서 1등을 하려는 게 아니라, 1등 자체를 목적으로 하는 사람이다. 내가 한 사람 더 있기에 자존심, 독자적, 자신감도 강하다. 직선적이고, 자신이 싫어하는 것을 잘 않으려는 특징도 같은 맥락으로 해석이 가능하다.

모든 것들엔 장, 단점이 있는 법이다. 비견이 사주에 일간과 밀접히 연결되어 있으면 사회생활에서는 인정을 받으나 개인적, 즉 가정생활에서는 다소 불리할 수도 있다. 융통성이 떨어진다. 이것은 비견의 반대편에 있는 재성을 극하므로 일어나는 현상이다. 즉 현실이나, 가정의 입장에서는 아내를 중시하지 않는 측면으로도 이해될 수 있다. 실속을 챙기기에는 다소 부족할 수 있다는 것이다.

아내의 경우라면 재성을 극하기 때문에 남편에 대하여 다소 불만족감을 느낄 수도 있다. 재성은 남편에 대한 자신의 내조를 뜻하기 때문이다. 이외에 나를 구속하려는 남편에 내 자존심, 자신감으로 대드는 현상도 일어나기 때문에 맹목적으로 남편에게 기대고 싶은 생각도 그만큼 떨어진다. 이는 독립심이 강하다는 것으로 해석될 수도 있다. 간섭도 싫어하고, 복종도 불가한 사람이기도 하다.

재물관리가 제대로 되지 않을 수도 있다. 현실과 돈을 뜻하는 재성을 파괴하기 때문이다. 강한 협조적 사고로 인해 동료에 대한 애착이 강하다. 그러다보면 실속을 챙기기도 쉽지 않고, 보증 등으로 인해 수월찮게 손해를 볼 수도 있다. 또 강한 자존심을 세우려면 체면유지비도 필요하다. 이런 사람에게 필요한 것은 관성이다. 관성은 나를 구속하는 것이고, 내 행동을 제어하는 요소이다. 돈에 연관시키면 금고 열쇠다.

비견이 강한 사람은 독립적 사업을 하는 자영업이나 전문인, 프리랜서가 유망하다. 자신위주의 사고가 강하기 때문이다. 여기에 인성이 있으면 학업 쪽에 비중이 실리고, 식신과 상관이 있으면 재물 쪽에 비중이 실린다. 수직 계통의 직장은 내 자존심이 강하여 조직에 대항하려는 마음이 강해, 적응이 쉽지 않다. 재성을 극하기 때문에 재성이 관성, 즉 조직에 힘을 실어주는 것을 막기도 한다. 조직에서의 재성은 관성의 발판이 된다.

비겁도 강하고 관성도 강하다면 단순 반복하는 직업이 유리하다. 관성은 기억력을 뜻하고, 습관을 뜻하기도 하기 때문이다. 이는 나를 아프게 하는 것은 잘 잊지 못하는 것과 같다. 여기에 인성이나 재성이 있으면, 특히 편인과 편관, 편재가 있으면 스케일이 큰 사람이다. 기존 질서에 맞춰 살려는 생각보다는 자신의 영역을 확보하려는 마음이 더 큰 사람이다.

진정한 승부사 - 겁재

겁재는 비견과는 달리 라이벌이 있는 것이다. 추구하는 목적이 같기에 목적 달성을 위해선 경쟁이 필요하다. 사주에서 겁재의 목적물은 재성이고, 소유물이다. 소유물의 다툼이므로 뺏기지 않으려는 마음이 생기는데, 이는 승부근성이나 경계심으로 나타날 수도 있다. 따라서 겁재가 강한 사람은 재물에 대한 집착을 조금 완화시킬 필요가 있다. 조화를 위해서다.

겁재는 비견과는 달리 좀 더 많이 갖기를 원한다. 화합보다는 경쟁을 해서 뺏으려는 마음이다. 순수함보다는 수단과 방법을 동원한다. 따라서 남들의 시야엔 다소 무자비하고 매정하게 비칠 수도 있다. 남을 딛고 올라서야 내가 살아남을 수 있고, 더 많은 것을 가져올 수 있기 때문에 자기 소신도 확고하다. 외고집적인 성향이다.

자존심이나 자립심 차원에서 겁재는 비견보다 더 강하다. 굽힘이 없는 사람이고, 충고는 거의 간섭으로 받아들인다. 자기중심적인 사고도 비견보다 훨씬 강하다. 때론 자존심이 지나쳐 다른 사람을 무시할 수도 있고, 교만해 질 가능성도 있다. 또한 비견이 다른 사람과의 화합을 중시하기 때문에 외향적인 성향이 나타나는 데 비해, 겁재는 다른 사람과의 경쟁을 먼저 생각하기 때문에 내성적이다. 말을 아낀다는 것이다. 섣불리 말을 뱉었다간 내게 떨어지는 이익, 즉 재성을 잃을 염려가 있기 때문에 본능적으로 움츠린다고 봐도 되겠다.

겁재는 집요한 측면이 있다. 끈덕지게 물고 늘어지는 것이다. 그래야 최종적으로 소유를 할 수 있기 때문이다. 성취욕구도 강하다. 강한 겁재는 자신감과 남을 이기려는 마음도 비례해서 강해진다는 것이므로, 그에 따른 추진력도 그만큼 강한 것이 된다. 목표가 일단 설정되면 중단이 어렵다. 그래서 처음 목표가 중요하다. 돌아 나오기가 그만큼 어려운 사람이기 때문이다.

겁재가 강한 사람은 자기만족감을 우선으로 하는 사람이다. 주위의 시선이나 평가에 그다지 반응을 하지 않는다. 그러다보면 지나치게 자기위주가 되어 대인관계에서 손해 볼 수가 있다. 결과를 중시하는 사고로 인해, 과정을 돌아보지 않는 사람이기도 하다. 사주에서 결과를 나타내는 육신은 재성, 즉 현실이다. 그 현실을 깨트리는 역할을 하는 게 겁재다.

사주에서 겁재가 관성에 힘을 실어주는 재성을 깨트리는 역할을 하고 있다면 전문용어로 재관구몰(財官俱沒)이라고 한다. 돈과 권력, 직장과 가정과 아내가 동시에 사라지는 형상이다. 특히 겁재가 강한 사주에서 또 겁재운이 들어올 때는 좀 더 신중히 대응할 필요가 있다. 처한 현실은 곧 재성이고, 그 재성을 깨트리는 운이기 때문에 현실을 도외시할 경우가 생길 수도 있기 때문이다. 자기 판단으로 일을 추진하고, 이익 없는 곳에 돈을 투자하다 낭패를 당할 우려가 매우 높은 시기다.

전문성의 대명사 - 식신

식신과 상관은 나 자신을 뜻하는 일간 및 동류인 비겁이 낳는 것이다. 내가 낳는 것이기에 여자에게는 자녀가 되고, 내 머리가 낳는 것이기에 재능이 되고, 내 입이 낳는 것이기에 말하는 것도 된다. 이는 곧 사회생활에서 내가 활용할 수 있는 모든 것이라 하겠다. 따라서 내가 사회생활을 할 때 이용하는 기술이나 사람이 되기도 한다. 나와 사회와의 관계정립에 필요한 매개체라 하면 되겠는데, 이러한 의미에서는 상관과 별반 다를 게 없다. 그 과정에서 식신은 내성적으로 표현되고, 상관은 외향적으로 나타난다는 게 차이라면 차이다.

식신은 나와 음양이 같은 것이다. 표현에 내 감정이 많이 실린다. 동정적이 되기도 하며, 아주 인색한 사람이 되기도 한다. 따라서 친소관계가 확실할 경우가 많은데, 좋아하는 사람이나 흥미 사안에 몰입하는 경향이다. 청소년기에 이런 운이 걸리면 통제가 필요하다. 시간활용에 문제가 발생할 소지가 높기 때문이다.

식신은 은근하게 자신을 과시하고 싶은 심리가 강하다. 상관이 직접 자신을 홍보하는 데 비해, 다른 사람들이 자신의 능력을 알아주기를 원하는 것이다. 그래서 보기와는 달리 자존심도 세다. 한번 틀어지면 쉽게 돌아서지도 않는다. 꽁한 사람이다. 식신은 또한 재성을 낳고, 재성은 결과, 즉 미래를 뜻하니 사주에 식신이 적당한 사람은 앞날에 대한 준비성이 치밀한 사람이다. 지나치게 안정위주의 성향은 남이 보면 답답함을 느끼기도 한다. 식신의 상징인 '먹을 복'은 글자를 떠나 한 가지 사안에 몰두하는 성향, 즉 전문성으로 인한 것일 수 있다.

사주에 식신이 뚜렷한 사람은 타이트한 삶을 그다지 선호하지 않는다. 여유를 즐길 줄 아는 사람이다. 이런 면은 멋과 흥, 끼를 동반하기 때문에 예술에 대한 관심이나 소질도 다분하다. 한 곳을 파는 성향은 전문 지식인으로 전혀 손색이 없다. 이른바 장인정신이다.

식신이 강한 사람은 현실을 인정하면서도, 형식이나 기존의 틀은 그다지 존중하지 않는 사람이다. 창의력이 뛰어난 사람이기도 한데, 이런 면은 형식이나 지나친 고정관념 등을 은연 중 기피하는 마음이 생기도록 만들기도 한다. 현실 속에서 개혁을 원하는 사람이고, 자신의 마음에 들지 않더라도 당장 반박은 않지만, 마음속으로는 불평을 가지고 있는 사람이다. 분위기가 무르익거나 술좌석 등에서 갑작스레 불평을 쏟아낼 수도 있다. 매우 감정적으로 일을 처리한다. 이런 사람은 평소 감정제어 연습이 필요하다.

사주에서 식신이 재성에 힘을 실어주고 있다면 사업가로도 성공 가능하다. 그러나 사업을 해도 자기 위주의 사고라 남을 의식해야하는 경쟁엔 불리한 측면이 있다. 언행에서도 감정이 개입되기 때문에 매끄러운 편이 아니다. 따라서 협상에서도 불리하다. 그러기에 자기의 소신이 위주가 되는, 신용이 바탕이 되는 분야가 유리하다. 즉 공급자 중심의 사업이다. 유행을 타는 업종이나, 유통 등 소비자 중심의 사업은 상대적으로 불리한 측면이 있다.

개혁의 선봉 - 상관

일간이 만들어 내는 오행이 식신과 상관이다. 받으려는 육신이 인성이라면 이런 의미로 식신과 상관은 남에게 베푸는 것을 의미한다. 식신과 상관, 둘 다 베푸는 것이지만 여기엔 차이가 있다. 식신이 약자에 대한 배려로 나타난다면, 상관은 약자를 괴롭히는 강자에 대한 반발이다. 그래서 정치가나 혁명가 중엔 상관이 강한 사람들이 많다.

상관의 반대편엔 정관이 있다. 정관은 기존 질서를 지탱하는 법규도 되고, 기득권층도 된다. 상관이 이 정관을 깨는 역할을 한다. 정관에 대한 반발은 곧 이들을 부정하는 것이다. 기존 질서에 충실하지 않는다는 것이 되고, 변화에 적극적이라는 의미를 내포하기도 한다. 변화에 대한한 수동적이 아닌 적극적 성향을 띤다는 것이다. 그래서 혁명이다.

식신이 중요하게 작용하는 사람은 은연중으로 자신을 드러내 보이고자 하는 마음이 강하다. 그러나 상관이 강한 사람은 드러내놓고 자신을 자랑한다. 사주로 보면 정관은 체면이고, 주위 평판이고, 자기 구속이다. 그런데 이를 파괴하는 게 상관이다. 그래서 자유롭다. 말도 자유롭고, 행동도 자유롭다. 따라서 윗선의 부당한 대우엔 시정을 과감히 요구할 수도 있다. 잘못된 것을 잘못되었다고 직설적으로 말을 하니 상관에겐 미움을 받을 수 있지만, 부하에게선 존경을 받을 수 있다. 상관이 강한 사람을 조직 속의 리더로 보기보다는, 대중을 이끄는 리더로 보는 것은 이런 연유에서다. 그러나 무의식적으로 이루어지는 직설적인 언행은 자제할 필요가 있다. 무심코 던진 돌이지만 개구리에게는 죽고 사는 문제가 걸릴 수도 있다.

변화를 모색하는 성향이 강한 상관은 자유로운 직업에 유리하다. 장점인 대중성과 언변, 강한 행동성을 바탕으로 관습이나 규율에 얽매이지 않으니 어떤 일에도 망설임이 없다. 여기에 편인까지 있다면 금상첨화다. 머리까지 구비되는 셈이다.

명리학 전문용어에 상관견관(傷官見官)이 있다. 개혁적인 상관이 기존 질서나 관습을 의미하는 정관을 파괴한다는 의미다. 그래서 탈선, 불륜의 명(命)이라 하기도 한다. 여기에도 편인이 있어 머리를 보태야 들키지 않고 오래간다. 운에서 잠깐 들어온다면 특히 주의해야 할 사주다.

편인과 상관, 편재가 적절히 어우러져 있는 사주를 예전엔 나쁜 사주라 했겠지만, 요즘은 이보다 좋은 사주도 드물게다. 머리 있어 적절히 사회나 법을 이용할 줄 알지, 가치판단력 뛰어나 사람 부릴 줄 알지, 대인관계도 좋아 평판 나쁘지 않으니 사업에 진출하면 전문경영인이 딱 제격이다. 편인의 전략과 상관의 행동력, 편재의 판단력의 조화다.

학업시기에 들어오는 상관운은 특히 불리하다, 동적(動的)인 운이기도 하고, 재성까지 있다면 사회에 참여하고픈 마음이 앞서기 때문에 공부와는 인연이 멀어진다.

공짜는 없다 - 정재

정재는 나 자신인 일간의 입장에서 보면 확실한 내 소유물이다. 내 소유물은 손안에, 내가 볼 수 있는 곳에 있어야 안심이 된다. 그래서 사주에서 정재가 뚜렷한 사람은 확실한 것을 좋아한다. 남들에게 의지하지 않고 자기의 능력만큼, 있는 그대로를 중시하는 사람이다. 무리수를 두지 않으며, 차분히 목적을 향해 나아간다. 분석적이고 논리적인 사고가 강하다. 맺고 끊는 것이 확실하기 때문에 좀처럼 남에게 굽실대지도 않는다. 아쉽게 여길 일을 만들지 않는다는 것이다. 그저 자기 할 일만 열심히 하는 사람이다.

정재가 강한 사람에게 투기에 관심을 보이지 말라는 것이나, 과욕은 금물이라는 것은 안정과 안전을 중시하는 이러한 성향이 강하기 때문이다. 투기나 모험, 편법 부리기 등은 자기의 본성과 상반되는 행위이기 때문에 불안하고, 그러기에 들통이 나기도 쉽다.

사업을 통하여 떼돈을 벌려는 마음도 강하지 못하다. 대신 자신의 능력만큼만 취하려는 마음이 강하다. 직장생활이나 안정된 사업 등을 통해 돈을 모은다. 명리에서 정재가 내 수중의 돈이라 하는 것은 이러한 안정지향의 가치관 때문이다. 이들에게 공짜란 없다. 공짜로 주는 것이나, 공짜로 받는 것은 모두 편법이고 과욕의 부산물일 뿐이다. 그러기에 좀처럼 손해 볼 일도 없다. 사업을 하더라도, 모험이나 불확실한 것 등에는 관심도 떨어지고, 나서

지도 않는다. 그러나 재성은 재성이기에 사람 만나기를 좋아하고, 재물에 관한 한 확실하다.

정재이든 편재이든 재성은 사주에서 현실로 본다. 현실은 곧 삶이고, 눈에 보이는 것이고, 손으로 만질 수 있는 것이다. 나아가 현실로 나타나는 것들은 과정의 결과다. 그러기에 정재가 강한 사람은 무슨 일이든 결과가 분명해야 움직인다. 무턱대고 살아가는 사람이 어디 있겠냐마는 정재가 좋은 사람은 그게 유독 강하다. 시간의 활용도 자기가 이익이 되는 방향으로 잡는다. 헛된 욕심이 없기에 통 크게 나서지도 않는다. 그저 자기가 노력한 만큼만 취하려는 마음이 강하다. 다른 사람이 보면 충분히 욕심을 부릴 만도 한 데, 그렇게 행동하지 않으니 바보스럽다고 평가를 내릴 수도 있다.

정재가 강한 경우 지나치게 소심한 사람이 되어, 현실의 작은 이해득실에 지나치게 민감할 수가 있다. 장기적인 목표를 세워야 하는 경우나, 당장 손해가 나는 일에는 불안 심리가 가중되어 제풀에 쓰러질 수도 있으니 조심해야 하는 사람이다.

학업시기의 재성운은 갈등의 시기다. 아주 동적(動的)인 운이라 정적(靜的)인 분위기가 필요한 학업과는 상반된다. 활동성은 해방감을 불러일으키게 되고, 주변에 사람을 끌어들인다. 재성은 곧 현실도 되기에 현실 참여욕구가 강해지기도 한다. 이런 시기엔 적절한 통제가 필요하다. 이런 것은 일반 직장인에게도 적용된다. 전업 등 일시적인 갈등으로 인해 평생을 손해 볼 수 있기 때문이다. 재성은 소속을 뜻하는 관인(官印)의 인성을 파괴시킨다.

통 큰 리더 – 편재

정재를 내 수중의 돈이라 하고, 편재를 세상에 흘러 다니는 돈이라 한다. 이 흘러 다니는 돈을 움켜쥐려면 분주하게 움직여야 한다. 편재가 강한 사람이 부지런을 떠는 것은 이런 이유에서다. 편재는 세상의 돈이기에 먼저 취하지 않으면 빼앗긴다. 따라서 정재의 경우보다 세상을 보는 눈도 넓어야 한다. 그러기 위해선 나의 가치 판단력이 뛰어나야 한다. 편재가 강한 사람에게 나타나는 사람이나 사물을 보는 눈이 탁월한 것은 이런 까닭이다. 순간적으로 행하는 이런 시원시원하고 정확한 판단은 리더의 덕목도 된다. 따라서 리더가 되려면 편재가 확실한 사람이 유리하다. 여기에 관성이 있으면 조직이고, 식신과 상관이 있으면 사업이다.

편재의 이러한 능력이 편관과 연결이 되면 조직 속의 리더십으로 나타난다. 사람을 적재적소에 배치하는 능력을 타고 났고, 어떤 사람의 됨됨이를 보는 능력도 뛰어나다. 그래서 통제, 통솔력이 된다. 대게 어릴 때부터 반장을 도맡아 한다. 정재가 착실히 돈을 벌어 소유하는 것에 만족하는 사람이라면, 편재는 돈을 벌면 새로운 영역을 개척하기 위해 한 발자국 더 나아가고자 한다. 정치계로 나서는 기업가들은 대게 편재가 강하게 작용하고 있다.

편재가 강한 사람이 새로운 영역을 구축하려는 마음이 강한 것은 현실적 성취욕구가 강하기 때문이다. 이를 확장해 보면 바람둥이의 기질로 나타나기도 한다. 재성은 인성을 파괴하니, 인성이 의미하는 인품은 다소 뒤 순위로 밀려나는 현상으로 봐도 되겠다.

편재의 기질은 활동적이고 가치를 환산하는 능력이 정재보다 더욱 뛰어나며, 사물이나 사람을 보는 눈이 더욱 매섭다. 여기에 대중성을 상징하는 상관이 가미된 사주는 우선 스케일이 크다. 앞에 나서는 힘도 강하니 자신이 주체가 되고, 매사를 이끌어 나가는 사람이다. 집안 배경, 시대적 상황 등이 적절히 받쳐 준다면 세계적 기업가도 가능하다.

이런 편재와 대중성을 상징하는 상관이 뚜렷이 나타나 있는 사람에게 집안에서 살림만 하라고 한다면 아마 숨 막혀 죽을 것이다. 상관과 재성은 양적(陽的)인 요소이고, 특히 상관생재(傷官生財)라는 사회성이 뚜렷하기 때문인데, 늘그막에 직업전선에 나서는 전업주부는 이러한 요소가 구비되어 있는 경우다.

편재가 강한 사람은 돈을 활용할 줄 아는 사람이다. '편(偏)' 자가 붙는 만큼 내 노력 이외 적절히 불의와 타협하거나, 편법도 은근슬쩍 부릴 줄 아는 사람이다. 투기나 모험을 하기도 한다. 정재처럼 올바른 재물관 만으론 큰돈을 움켜쥘 수가 없기 때문이다. 편재는 사물이나 사람을 판단하는 능력이 아주 뛰어나다. 어떤 물건이 있을 때 돈이 될 것인지 안 될 것인지는 순간적으로 판단해야 한다. 그래야 돈을 더 많이 벌 수 있다. 사업가에게 편재가 있어야 하는 이유다.

공정한 신사 - 정관

관성은 사주에서 일간인 나를 이기는 오행이다. 진다는 것은 굴복인 것이고, 내가 따라야 한다는 것이고, 내가 구속당하는 것이다. 따라서 살면서 따르고, 지켜야 하고, 나를 압박하는 모든 것을 아우르는 것이 관성이다. 질서와 관습, 법, 환경, 형식, 체면 등 지키지 않으면 안되는 제반요소들이 이 관성이 뜻하는 것들이다. 여자의 입장에선 남편, 남자는 자녀도 포함된다.

이중에서 편관이 강제적인 것이라면, 정관은 일상에서의 틀 그 자체이다. 있는 그대로의 현실로 생각하면 무난하다. 일상생활 속에서의 구속이다. 내 맘대로 하지 못하게 하는 법규나 사회적 규범이다. 그러기에 정관이 사주에 적당한 역할을 하는 사람들은 객관적 시각이 강한 편이고, 공정함을 우선으로 한다.

명예와 체면은 나를 구속하는 것들이다. 정관이 강한 사람도 사회적 지위나 평가에 관심을 쏟아 붙는다. 이를 달리 생각하면 주위환경에 예민한 반응을 보이는 것도 되기에 자신은 긴장 속에서 생활하는 것이고, 늘 피곤하다. 비록 편관보다는 덜 하다 하겠으나 자기를 구속하는 성향이 강하기 때문이다. 겉으로 표현은 잘 않겠지만 각박한 현실에서는 억울한 마음도 많을 것이다. 속으로 끙끙댈 수밖에 없는 것이고, 그러다보면 쌓이는 것은 스트레스다.

정관이 강한 자는 편법이나 불, 탈법은 생각지 말아야 한다. 들통 나기 십상이다. 법 없이 살 사람이라 평판을 받던 사람이 범죄를 저지를 때는 되게 강했던 정관이 깨지는 상황이거나, 편관이 혼잡 되어 가치관이 흔들렸을 경우가 많다. 편관은 강요적이고 의무적이다. 따라서 강하게 나를 압박하는 요소가 되고, 피해의식에 젖어 들게도 한다. 주어진 일에만 충실하던 사람에 이런 운이 닥치면 융통성 부족으로 인해 우발적 행동으로 나타날 수밖에 없다. 이런 운에는 정직과 성실을 모토로 생활하라고 할 수밖에 없다.

정관은 받아들이는 성향이기 때문에 변혁은 꿈도 못 꾼다. 앞에 나서기도 싫어한다. 괜히 어색함을 느끼고, 부끄러움도 많이 탄다. 남을 의식하는 이런 행동은 직업도 조용조용한 곳을 찾게 만든다. 명예를 추구하기에 힘들고 어려운 일도 싫어한다. 정관이 강한 사람에게 문과를 권하는 이유다. 대게 자기의 적성이나 학과보다 명분을 중시하여 학교를 선택하는 사람이기도 하다. 더욱이 부모의 사주에 정관과 정인이 강하다면 아이들에게 이를 강요할 경우가 많다. 자기의 위신을 위해 아이를 희생시키는 셈이다.

그렇다고 정관이 좋다는 것만은 아니다. 현실에서는 손해 볼 일도 많다. 바깥 생활이 주가 되기 때문에 집안사람들은 피곤해질 수도 있다. 이런 사람들은 주체가 개인이 되지 않고, 사회가 되기 때문에 마치 도덕 선생과 같은 타입이다. 퇴근하면 곧장 집으로 직행하는 타입이다. 자신은 만족할지 몰라도 주위 사람은 답답하다.

사주 속의 이 정관은 지금은 많이 퇴색되었지만, 예전 명리학에서 가장 존중되었던 육신이다.

행동으로 보이는 카리스마 - 편관

정관은 현실 그대로는 인정하는 것이다. 인간이 살아가면서 보편적으로 느낄 수 있는 그런 제약들이다. 남을 비방 않는 것, 남의 집에 함부로 들어가지 않는 것 등이다. 그러나 편관은 내게 억지로 구속당하도록 강요하는 것이다. 강도가 더 세다. 정관을 일반법이라 하고, 편관을 특별법이라 하는 것을 이런 까닭이다. 통상 일반법의 우위에 서는 게 특별법이다. 예전 '긴급조치'나 '계엄령' 등이다.

통상 조직폭력배와 검사는 비슷한 사주 유형을 가지고 있다고 본다. 이는 편관이 좋게 작용하는 사람에게는 검사, 나쁘게 작용하는 사람에게는 조폭의 개념이 적용되는 것이라 봐도 되겠다. 즉 내가 편관을 활용할 수 있는 요건이 이루어진 사주는 전자의 경우가 되겠고, 여건이 충족되지 못할 경우는 나와 편관의 대립이 된다. 이는 주위 환경이나 원칙, 기존 틀과 나와의 충돌현상으로 이어진다. 정신적 황폐화, 세상에 대한 원망이 깃든 사람들의 경우가 해당된다. 세상이 나를 알아주지 못한다 생각하여, 폐인이 되는 경우도 있다. 세상에 대해 굽히지 못하는 자존심 탓이다.

편관을 통상 행동 지능이라 한다. 사주에서 편관은 나 자신을 뜻하는 일간을 가장 무지막지하게 몰아세우는 오행이다. 이에 대한 반발로 나 역시 강한 행동성을 보이게 된다. 그만큼 주위 환경에 민감하게 대응해야 하기 때문에 생겨난 특성이다. 대게 편관이 사주에 있는 사람에게 지도력이나 카리스마가 있다고 보는 이론적 배경이 이에 있다. 그러나 내가 약하고 편관이 강하면 주위 환경이나 규범이 나를 너무 심하게 구속하는 것이 된다. 따라서 편관이 강한 사주의 사람은 겁이 많고 몸을 사리는 경우가 많다. 심하면 자살의 충동이다. 주위의 압박과 이에 대한 반발로 생겨나는 강한 충동성이 이를 죽음이란 극단적 행동을 취하도록 부추기는 것이다. 이를 사주에서는 '편관우울증'이라 하기도 한다.

사주에서 편관이 강하다 함을 주위 환경의 불량이라 한다. 억눌리다 보니 남에게 내 주장을 시원히 표출하지 못하고, 남이 시키는 대로 해야 한다. 대게 집까지 일감을 가지고 오는 사람은 이런 유형일 경우가 많다. 강한 책임의식 때문이기도 하지만, 시키는 일을 마다하지 못하는 약한 심성의 소유자이기 때문이기도 하다. 밖에서 보면 성실한 사람이라 할 수는 있겠지만, 집안사람들은 피곤할 것이며 자신도 스트레스로 죽을 맛일 것이다.

편관은 기억이고 반복이다. 법규는 쉽게 변하는 것이 아니고 고정적이다. 편관이 강한 사람을 고지식의 극치라 함은 이런 이치다. 편관이 강한 사주는 나를 뜻하는 일간이 반대로 약해진다. 내가 약하다면 뭔가에 기대야 한다. 그래서 사주에 편관이 강한 사람은 조직에서 유리하고, 조직에 적응하는 능력이 강하다.

자애로운 모성애 - 정인

사주에서 인성은 받아들임이다. 공부도 받아들임이고, 뭔가에 기대려는 마음도 받아들임이다. 인성의 대명사인 자애나 모성애도 남들의 칭얼거림을 토닥이며 달래주는 것이다. 이 역시 남의 처지를 이해하고 수용하는 것이다. 이런 의미로 본다면 인성은 어질 인(仁)자를 쓰련만, 그러나 인성의 인자는 도장 인(印)자를 쓴다. 사주에서 인성은 나를 있게 한 어머니를 뜻한다. 이만큼 확실한 게 뭐가 있을까. 편인과 정인 중에서도 정인이다.

세상살이에서 도장은 확실하다는 것을 증명할 때 사용된다. 그래서 정인이 사주에 강한 사람은 확실함을 좋아한다. 학창시절엔 꼼꼼히 필기를 하고, 시간도 계획을 세워 활용하며, 요점 정리도 아주 깔끔히 하는 사람이다. 그래야 안심이 되기 때문이다.

정인은 곧이 곧대로다. 편법을 싫어한다. 나의 마음이 그러하고, 다른 사람이 그런 행동을 보이는 것도 싫어한다. 주어진 삶 그 자체를 중시하는 사고를 가진다. 정인이 지혜가 아닌 지식을 뜻하는 것도 이러한 까닭이다. 지식은 지혜와는 달리 내가 응용하는 것이 아니라, 있는 그대로를 습득하는 것이다.

정인은 있는 그대로를 중시하기에 비정상적인 방법은 통하지 않는다. 삶도 소박하다. 대인관계도 그저 그렇다. 내 주장이 그리 강한 것도 아니고, 그렇다고 쉽사리 수긍하지도 않는다. 현실 자체를 가장 중시하는 사람으로 명분을 따진다. 불안한 환경이면 적응하지 못한다. 무엇보다 안정을 우선한다. 시비도 싫어하는 편이라 현실에선 불리한 측면이 많은 사람이기도 하다. 안정된 직장에 다니는 것이 적절한 선택이다. 비록 재성이 있어 현실에 관심을 둔다 하여도 안정된 투자나 체계적으로 일할 수 있는 직장을 원하는 사람이다. 변화엔 불리한 성향이란 얘기다. 예전엔 좋았겠지만, 요즘은 불리한 요소로 작용하는 육신이다.

정인은 힘든 일을 싫어한다. 약한 마음이기도 하고, 명분이나 체면을 중시하는 성향이라 그렇기도 하다. 따라서 대게 문과로 진출 하는 경우가 많다. 즉 현실에 적응하는 준비로 지식을 갖추려는 마음이 강하다. 줄기차게 공부에 매달리는 사람이다. 삼수나 사수까지 힘들어하지 않고 소화해 내는 사람들이다.

정인이 강한 사람은 있는 그대로를 받아들인다. 순수하다함은 이런 연유에서다. 속이면 속이는 대로, 웃으면 웃는 그대로를 믿는 사람이다. 뒤집어 보면 응용력이 떨어진다는 의미도 되고, 현실적인 감각이 그만큼 떨어진다는 것도 된다,

수용은 정적이다. 정적이란 것은 신체적으로 게으르다는 의미도 된다. 앉은뱅이 시각도 가진다. 그래서 정인이 강한 사람은 편한 것을 찾는다. 행동보다는 생각이 앞서기 때문에 머뭇거리다 좋은 기회를 놓칠 수도 있다. 무엇보다 사주에 정인이 강한 사람은 현실적인 사고를 길러야 한다. 임기응변이나 순간적인 상황판단 능력 등을 보완할 필요가 있다는 것이다.

톡톡 튀는 아이디어 – 편인

정인이나 편인이나 모두 수용이다. 다만 정인은 있는 그대로를 받아들이는 것이고, 편인은 자기 나름의 검증을 거친 후에 받아들인다는 데 차이가 있다. 정인을 지식, 편인을 지혜라 하는 것은 이런 이유다. 정인과 달리 편인은 자신의 잣대가 기준이 된다. 자기가 좋아하는 일이나 과목을 선호하는 수용성이다. 임의대로 받아들이는 입장에 선다. 정인이 평범한 삶을 추구하는 데 비해, 편인이 이상적인 세계나 형이상학적인 삶, 인간의 심리를 파고드는 것에 흥미를 느끼는 것은 이런 까닭이다. 이런 것들은 보통의 사람들로선 받아들이기가 쉽지 않다.

편인은 지혜다. 삶과 직접 연관성을 갖는다. 편인은 있는 그대로를 자기 것으로 만들어 수용하는 것이다. 그냥 받아들이는 것이 아니라, 내게 필요하도록 머리에서 정리를 해서 받아들인다. 현실을 보고 난 다음 나온 결과까지 도출하는 능력이다. 이런 능력을 갖춘 사람을 흔히 꾀가 많은 사람, 권모술수가 강한 사람이라고 한다.

사람들은 편인이 강한 사람을 변덕이 심한 사람이라고 싫어한다. 그러나 그것은 호기심이란 원천적인 사람의 마음을 도외시한 것이 된다. 호기심이 없는 사람은 발전이 없다. 또한 편인을 진득하지 못한 사람이라고 말들을 하는데, 이도 다시 되새겨 볼 필요가 있다. 편인은 자기가 하고 싶은 일을 하는 경향이 짙다. 편인이 용두사미가 되는 것은 자기 적성을, 자기가 좋아하는 일을 찾지 못한 결과로 인해서다. 편인의 적성을 편업, 즉 법조계나 의학 등에 적합하다고 하면서, 인내심이 없다고 몰아친다면 이는 어불성설이다. 법이나 의학, 풍수나 명리, 미적 감각은 단시일에 이루어내지 못한다. 끈덕지게 파고들어야 한다. 연구원이나 교수직군에 편인과 식신이 결합된 이가 많고, 법조계나 의학계에 편인과 편관이 결합된 사람이 많다. 이들을 인내심이 부족한 사람들이라고 말할 수는 없다.

편인은 개인적인 삶이다. 아무리 기인이사라 해도, 편인 강자의 이면에는 항상 강한 이기심이 내재되어 있다. 그 속을 보통 사람들은 눈치 채지 못할 뿐이다. 보통의 사람들이 순발력 있게 변화하는 그의 생각을 어떻게 파악할 수 있을까. 예부터 편인을 독사에 비유했다.

정신세계가 강하다는 것, 그 중에서도 자기 편하도록 생각한다는 것은 일반적인 사고를 가진 다른 사람들 입장에서는 당연히 이상한 사람이라고 생각할 수도 있다. 생각이 한가지로 연결되지 못하고 다방면으로 확산되기 때문에 일반인들로선 종잡을 수도 없다. 그래서 철학자, 기인이란 수식어가 따라 붙기도 한다.

요즘은 전문화 시대다. 특출한 사상이나 기발한 착상이 우대받는 세상에선 이 편인이 제대로 역할을 하는 사람이 더욱 빛을 발한다. 성인군자가 존경받던 시절, 곧이 곧대로가 먹히던 시대는 편인이 홀대를 받았을지 모르지만, 지금은 시대가 달라졌다. 지식보다는 지혜가 더욱 삶에 도움을 준다.

넘침은 모자람만 못하다

관성은 사주에서 나를 뜻하는 일간을 억압하는 글자다. 따라서 사주에 관성이 많다함은 곧 내가 살아가면서 부담감을 많이 느낀다는 것을 의미한다. 심리적으로 피해의식이고, 육체적으로 허약한 상태를 이른다. 관성은 직업을 뜻하기도 한다. 사람들은 먹고 살기 위해 직업을 갖는다. 자유로울 수 없는 것이고, 그것도 구속이다.

관성이 많은 사람은 환경이나 주어진 일에 대항할 마음이 없기 때문에 남의 일까지 도맡아 하는 사람이다. 잔일이 끊어지지 않는 사람이란 뜻으로 과로하기 쉽고, 병들기도 쉽다. 일복이 많은 것은 좋지만, 내가 약한데 과중한 업무는 스트레스만 쌓일 뿐이다.

재성은 내가 부리는 것이다. 재물도 되고 사람도 된다. 재성이 많다함은 곧 내가 부리는 아랫사람에게 도리어 내가 부림을 당하는 꼴이다. 재물에 대한 개념도 불명확하다. 주위에 널려 있는 게 재물이기 때문이다. 있으면 쓰고 없으면 굶는 사람이다. 사업을 희망하나 내가 소유할 수 없으니 공염불이고, 사업자체는 어려움이 있다. 관성이 있다면 공직은 가능하나 약한 인성으로 교직을 추구하면 '검은 돈' 유혹에 빠지지 말아야 한다.

식신과 상관은 나 자신인 일간이 낳는 오행이다. 그래서 언변이고, 내 마음의 표출이 된다. 따라서 사주에 식신과 상관이 너무 많으면 불평과 불만이 많은 사람이 된다. 활동성 하나로 먹고 사는 사람인데, 지나침은 모자람만 못하다 했으니 적당한 선에서 멈춰야 한다. 사주에서 식상과 대치하는 오행은 관성이다. 관성은 기존 틀이나 형식이다. 따라서 식상이 강한 사람은 기존 질서에 대한 부정적 성향이 농후하다. 독단적인 성향은 항상 조심할 필요가 있다.

일반적으로 일간이 뿌리가 강하면 자기 일에 몰두하고, 주위 환경에 그리 관심을 두지 않는다. 자기 만족감을 중시하는 사람이란 뜻이다. 그러나 뿌리는 무력한 데, 천간으로 비겁이 강하면 승부근성만 강해진다. 비겁은 재성을 공유하려는 성향이 강하기 때문이다. 이런 사람은 대개 경쟁심이 강하고 남을 잘 믿지 못한다. 은연중 재성에 대한 소유욕이 발동되는데 이는 남에게 뺏기지 않으려는 것이 마음으로 나타나기 때문이다. 뿌리는 튼실한데 식신과 상관이 없다면 독자적인 성향은 강해지지만, 실제로 독자적으로 움직이는 것은 미지근할 경우가 많다. 이런 사람은 식상운이나 재성운일 때 실제로 행동으로 옮길 경우가 많다. 식상이나 재성은 활동성이고, 재물에 대한 욕심의 표출이다.

대개 인성으로 강한 사람은 안정을 추구하는 사람이다. 이런 사람은 조직에 강한 면모를 보인다. 뭔가에 기대려는 마음이 강하단 의미다. 반면 일간의 뿌리가 튼실한 사주는 자기 본위이며 막무가내 식으로 밀어 붙이는 옹고집적인 성향이 강하다. 인성도 강하고, 뿌리도 동시에 강한 사람들 중에 전문직 종사자가 많다.

없는 오행은 집착이나 무관심

사주에서 인성은 지혜, 지식, 양심 등을 나타낸다. 따라서 인성이 갖춰지지 않은 사람은 이들 요소가 부족한 것이 된다. 품위가 떨어지는 사람이 되고, 지혜와 지식이 부족한 사람이 되기에 옹고집적 성향을 보일 수도 있다. 인성은 사주의 주인공인 일간에게 힘을 실어주는 글자다. 내가 받아들이는 것이니, 남의 의견을 들어주는 것도 된다. 따라서 사주에 인성이 없다함은 곧 남의 얘기를 들을 줄 모르고, 자기 위주로 일을 처리하는 사람이다.

일간이 지지에 뿌리를 내리지 못한 사주는 식신과 상관으로 나타날 가능성이 낮다. 뿌리가 없다면 주체성이 강하지 못할 것이기 때문이다. 식신과 상관은 일간이 힘을 실어주는 글자다. 따라서 일간인 내가 사회활동을 할 때 필요한 제반요소를 뜻한다. 그 대상이 사람이라면 대인관계가 될 것이고, 재물이라면 재물을 만들어내는 것들이 될 수 있다. 일간이 뿌리를 내리지 못한 사주는 그만큼 자신이 무력하다는 것을 뜻한다. 자신감 결여이고, 추진력의 결여다. 사람 활용이나, 재물을 취하는 방법도 부족한 사람이다.

관성은 살아있는 동안 나를 구속하는 모든 것들이다. 법도 될 수 있고, 직업도 될 수 있고, 원칙도 될 수 있고, 여자에게는 남편도 될 수 있다. 따라서 사주에 관성이 없는 사람은 구속을 당하고 싶은 생각이 없는 사람이다. 약속도 잘 어길 것이고, 규범도 잘 지키지 않을 것이다. 자기감정 제어도 부족한 사람이다. 주위의 눈길은 나를 구속하는 것이고, 평판이나 평가도 역시 남들이 내리는 나를 구속하는 말들이다. 관성의 부재는 곧 주위를 의식하지 않음을 뜻하니, 자기 마음대로 하는 사람이다. 여기에 관성을 깨트리는 식신과 상관도 강하다면 아예 관습이나, 전통, 형식 등은 거들떠보지도 않는다. 체면도 '공염불'이고, 명예도 물 건너간다.

재성은 현실이다. 돈도 된다. 따라서 재성의 부족은 현실 감각의 부족이고, 돈에 대한 개념도 떨어진다. 돈을 벌어야 한다는 생각도 떨어지고, 돈의 활용도 측면에서도 많이 뒤진다. 비전이 없는 분야에 돈을 쏟아 붓기도 하고, 돈이 되는 일에는 눈길조차 돌리지 않을 경우도 있다. 남자라면 여자에 대한 관심도 떨어진다. 남자에게는 여자도 재성이 담당하기 때문이다.

사주에서 비겁의 부족은 곧 주체성, 독립심, 자신감의 부족으로 나타난다. 여기에 나를 억압하는 관성이라도 많다면 아예 내 삶은 없고, 남에게 휘둘리다 한 평생을 마치는 사람이다. 골골거리는 사람이기도 하니, 항상 규칙적인 운동도 필요한 사람이다. 비겁의 부족은 행동성, 즉 치고 나가려는 마음을 뜻하는 식신과 상관으로 나아가지 못한다는 뜻한다. 그래서 소극적인 사람이 되고, 남의 명령을 받아들이는 사람이 될 수밖에 없다. 이런 사람은 많이 배워야 한다. 그래야 자기의 삶을 사는데 도움이 된다. 머리에 든 것으로 세상을 살아가야 한다는 뜻이다.

뭘 해 먹고 살까 - 직업관

사람들 중에는 융통성이 뛰어난 사람이 있고, 반대로 아주 고지식한 사람도 있다. 저마다 타고난 성향대로 적당한 일거리를 찾아 밥벌이를 한다. 세상의 변화에 맞춰가며 적당히 직업을 바꿔가면서 사는 사람도 있고, 하나의 일을 천직으로 삼는 사람도 있다.

사주로 직업 적성을 찾을 때 융통성을 기본으로 찾을 수도 있다. '정(正)' 자가 들어가는 육신과 '편(偏)' 자가 들어가는 육신으로 구분하여 보는 방법이다. 정자가 붙은 육신은 정인과 정재이고, 여기에 비견과 식신이 포함된다. 이 정자가 많은 사주를 타고난 사람은 대게 정형화된 성향을 띤다. 원칙을 중시하며, 내향적이고 정직과 성실이 모토가 되는 사람이다. 특히 투쟁보다는 화합이고, 안정지향적인 사고가 강하다. 이들은 행정직이나 내근직에 많다.

편자가 붙는 육신은 편인과 편관이고, 겁재와 상관이 포함된다. 대게 수단과 융통성, 유연성을 기반으로 한다. 즉 살아가면서 적절히 편법도 생각해 볼 수 있는, 현시대에 어울리는 현실적인 사고를 가졌다. 외향적인 성향에 많이 나타나고, 기회포착에 능하다. 자유업이나 외근, 사업가 등에 많은 사주 유형이다.

이들이 뚜렷하게 나타나는 것이 아니라, 혼합되게 나타나는 사주도 있다. 따라서 직업이나 성향에 있어서도 복합적인 양상을 띤다. 직업의 이, 전직도 많은 편인데, 이는 운이나 주위환경에 따라 직업가치관이 달라지기 때문이다.

사주의 구조가 확실하다는 것은 그 사람의 성향이 확실하다는 것도 되고, 그에 따른 직업관이 확실하다는 것도 된다. 사주 구조는 크게 네 가지로 구분된다.

첫째는 관성과 인성이 맺어진 구조다. 보수적이고 기존 틀을 중시하는 사고를 가진다. 수직계통의 조직사회에 적합한 유형이다. 체계적, 절차를 중시하며 한 가지 일을 마무리 짓지 못하면 다음단계로 넘어가지 못하는 사람이다.

다음으로 식상과 재성이 연결된 구조다. 개방적이고 진취적인 사고가 강한 유형이다. 대개가 경쟁을 즐기는 사람들이며, 활동성이 강하다. 사업은 활동성과 경쟁을 수반하는 분야다.

셋째는 인성과 비겁, 식상의 구조다. 이 유형은 자율성이 강하게 내포된다. 독립적이고 자수성가형으로 간섭이나 복종을 거부한다. 자기만족감을 중시하는 유형이다. 전문직에 유리하다.

마지막으로 재성과 관성의 구조다. 관성이 조직 자체, 주위환경을 뜻한다면 재성은 이를 이루고 있는 현실이다. 따라서 이 구조가 뚜렷한 사람은 환경의 변화에 민감하게 반응을 하는 사람이다. 운에 민감한 직업관을 가진다.

사주가 상극으로 이루어진 사람은 상황대처 능력은 뛰어나다. 생각의 변화이고, 능력의 충동이기 때문이다. 그러나 그 이면엔 충동성과 불안심리가 존재하기 때문에 하나의 직업을 유지하기는 그만큼 어렵다. 사람들에게 우선 안정감을 줄 수 있도록 노력해야 한다.

기대면 편하다 – 관인상생

관성이 강한 사람은 자기제어가 잘되는 사람이고, 환경에 민감한 사람이고, 늘 긴장상태에 놓여있는 사람이다. 고정관념이나 형식과 원칙에 비교적 충실한 사람이기 때문에 변화에 특히 취약하다. 인성은 받아들임의 상징이다. 관성과 인성이 긴밀하게 연결되어 있는 사주의 주인공은 뭔가에 기대려는 마음이 강하다. 그래서 고정적인 조직에 알맞다. 앞장서서 해결하려는 마음보다 그냥 주어지는 일에 최선을 다한다.

관성과 인성은 수용이다. 주체는 사회가 되고, 개인적인 사안은 다소 뒤로 밀리는 편이다. 바깥일에 비중을 두고, 남이 내리는 평판이나 평가에 유독 관심을 많이 가지기 때문이다. 관인의 구성도 재성의 유무에 따라 다른 양상을 보인다. 관직으로의 출세는 재성의 유무가 관건이 된다. 재성이 없는 관인구조에 인성이 강하다면 틀림없는 공부파이고, 조직에 기대는 사람이다. 관성은 있는데 인성이 없는 사람이 있다. 이런 유형의 사주는 지나친 권력추구 유형이고, 분에 넘치게 명분을 중시하는 사람이기에 사회적 성취도는 극명하게 나타난다.

관인상생은 대외적으로 평판이 좋은 사람이나, 자기의 주변인들에겐 피곤함을 느끼게 만드는 사람이다. 가족이나 친척의 관계는 사회적 교류와는 달리 인간미가 가미되어야 한다. 따라서 원리원칙에 충실한 관인상생이 강한 사람의 주변인들은 부담을 느낄 수밖에 없다. 강한 책임의식도 남에게 은근히 강요하는 것이되기 때문에, 주변 사람들이 접근을 꺼려하기도 한다. 사교성을익힐 필요 있고, 언행에 세련미를 키울 필요도 있다. 더욱이 나를나타내는 일간이 약할 경우 이러한 경향은 더욱 확실히 나타난다. 이런 사람은 자신감 부족, 추진력 부족 등으로 융통성이 더욱약해지기 때문이다.

관인 구조를 가진 사람은 내성적인 성향이다. 주어진 일에 만족하는 형이고, 나 자신이 주체가 되지는 못한다. 사회생활을 중시하는 형이기 때문에, 조직이나 명령, 계통 질서에 유리한 구조다. 인간적인 면보다는 공동체의 한 조직원으로 개개인을 평가하려는 마음이 강하다. 따라서 인간미도 그만큼 떨어지는 사람이다. 직업상 참모적인 직군에 어울리는 사람이다.

정관과 정인의 결합이 편안함을 추구한다면, 편관과 편인의 결합은 주어진 것들에 만족하지 않고 자기 영역을 확보하고자 하는욕망으로 이어진다. 따라서 전자가 내근직이나 행정사무직을 선호한다면, 후자는 밖으로의 활동을 중시하기에 외근직을 좋아한다. 또 관인과는 달리 살인이 강한 사람은 강압적이기에 서열 중심의 라인을 형성하는 경우도 많다.

편인은 보편적으로 수용을 뜻하고, 이는 정보를 수집하는 것도포함된다. 조사나 감찰, 전략 등이다. 여기에 편관의 의미인 권한과 질서, 서열 등을 접목시키면 조직의 움직임을 파악하는 것이다. 그래서 법조계이고, 경찰 등이다. 여기에 재성이 돕는다면 금상첨화.

사업 한 번 해볼까 - 식상생재

식신과 상관이 재성을 도와주는 구조는 외향적인 성향이 강하다. 대인관계 등 외적인 부분을 중시하는 사고가 강해 활동성도 매우 강하다. 결과는 재성으로 나타나기 때문에 재물에 집착하는 경우가 많다. 사교성도 좋아 능동적인 사람이고 미래지향적이며, 규칙보다는 자유와 물질을 추구하는 사람이다. 이 구조는 대개 경쟁이 중시되는 직업이나 직군에 유리하다. 사업가 사주이고, 종사하지 않더라도 돈에 관심이 많은 사람이다.

재물을 만드는 뜻으론 식신이나 상관이나 매일반이다. 그러나 식신은 자신의 기술이 우선되고, 상관은 대중성을 띤다는 것이 다르다. 상품을 개발해놓고 필요한 사람이 와서 사가지고 가라는 식이 식신이라면, 적극적으로 홍보를 하는 것이 상관이다. 예컨대 배추밭을 밭떼기로 넘기는 것이 식신이라면, 상인이 사서 그 상품을 가공, 포장, 저장하여 더 많은 이익을 창출하는 것이 상관이다. 즉 돈을 버는 수단이 더욱 확실한 사람이 상관이 발달한 사람이란 얘기다. 한마디로 적극성과 이익 창출의 면에서 차이가 있다.

그러나 이 식상생재의 구조가 제 역할을 하려면 나를 뜻하는 일간이 강해야 한다. 사주로 본다면 일간의 힘을 빼는 것밖에 없는 것이기 때문이다. 이 구조에서 내가 약하다면 엄청난 홍보비를 쏟아 부어도 결과가 신통찮거나, 발품만 많이 팔거나, 아니면 허풍이나 과장광고가 가미된 것이다. 편법을 부리거나 이익 없는 곳에 잘못된 판단으로 투자를 하다 낭패를 보기도 하고, 기대가 너무 커 오히려 실망감만 커질 수도 있다.

내 의지가 나약하고, 자신감이나 추진력이 떨어진다면 뭔가에 기대려는 마음은 반대로 강해진다. 따라서 식상과 재성의 구조가 아름답다고 해도, 일간이 약하다면 울타리가 필요한 사람이다. 이런 사람은 은연중으로 자격증을 갖출 가능성이 아주 높다. 인성에 의지하려는 마음이다. 독립적이지 못하고, 조직에 몸담을 가능성이 높다. 조직 중에서도 외근직이나 현장 감독 등에 어울린다.

특히 정재가 목표치에 근접했을 경우 거기서 만족해하는 경우가 많다면, 편재는 더 많은 이익 창출로 나아가기를 원한다. 따라서 조직에 종사하고 편재운이면 좀 더 나은 기업으로 스카우트되어 되어가는 시기가 될 수도 있다. 그 시기의 운이 좋다면 적극 나서도 좋을 것이지만, 나쁘다면 움직이면 움직일수록 손해다. 사업이라면 신규 투자나 확장 등의 유혹이다. 역시 좋은 운이면 적극 나서야 하겠지만, 엉키는 운이라면 충동일 가능성이 높다.

의사나 약사, 공인회계사 등 전문직일 경우 재성만 있고 식상이 없다면 대게 식상운일 때 개업을 많이 하고, 반대로 재성이 없다면 재성운일 때 많이 독립을 한다. 이는 식신과 상관이 없다는 것은 모험을 하지 않으려는 마음과 조직에 속하고 싶은 마음이 강하기 때문이고, 재성이 없다는 것은 돈에 대한 집착이 그만큼 강하지 못하다는 것을 의미하기 때문이다.

자유전문직이 좋다 - 인비식

사주에 받아들임인 인성과 받아들인 것을 가공하는 비겁과 이를 재능으로 활용하는 식신과 상관이 강한 구조가 '인비식(印比食)' 구조다. 적어도 일주와 월간, 시간에 이들이 포진한 사주다. 이런 구조는 자율성이 관건이 된다. 자기 잣대로 업무를 처리하는 직군이다.

인비식으로 구성된 사주의 주인공은 사회생활에 있어서 주체가 자신이 되고, 자기 만족감을 중시하는 직업관을 가진다. 따라서 명령엔 익숙하지 못하다. 주어지는 일엔 만족감을 느끼지 못한다. 일 자체에 흥미가 떨어지니 사회적인 성취도 떨어진다. 시간이나 공간에 구속받기를 싫어하는 유형이고, 자율성이 가장 중요하다. 자기 마음대로 할 수 있는 자유전문직이 유리하다.

인비식 구조는 내 위주로 돌아가는 사람이다. 일이나 활동자체에 만족감을 느끼는 사람으로, 돈이나 명예 등엔 그다지 신경을 쓰지 않는 사람이다. 자기중심적이고, 자기 만족감을 최상으로 친다. 남에게 구속받기 싫어하고, 내 멋대로 해야 직성이 풀린다. 그래서 자유전문직이다. 자유전문직은 시간과 공간에 대해선 다소 초월하는 입장에 선다. 내가 하고 싶으면 하고, 하기 싫으면 그만 둬도 된다. 내가 일찍 가게 문을 닫겠다는 데 누가 뭐라 할 수 있겠는가. 남의 눈치를 보지 않고 이익에도 그다지 신경을 쓰지 않는, 하기 쉬운 말로 자기 마음 가는 대로 사는 사람이다. 프리랜서, 학계 등에 이런 사주 구조가 많다.

인비식 구조 중에서도 인성에 무게가 실린다면 우선 성향은 자존심일 것이고, 보수적일 것이고, 계획적일 것이다. 차례나 순서를 중시하는 사고에, 무엇보다 육체적인 활동을 싫어하기 때문에 조용한 사람이기도 하다. 연구원 등이 좋다. 관공직은 기득권이나 규범을 착실히 지키려는 마음이 부족하기 때문에 그다지 권할 만한 직군이 아니다. 사업도 불가하다.

인비식 구조 중에도 비겁과 식상이 주를 이루는 사람은 인간관계나 활동이 중심이 되는 사람이다. 그러나 아무리 식상이 강하다고 해도 일간이 뿌리가 없다면 쉽게 나서지 못하고, 행동과 마음이 갈팡질팡하는 사람이기 때문에 불안한 심리를 가지고, 다른 사람이 봐도 불안한 사람이다. 뿌리가 튼실하다면 식상의 활용이 가능하기 때문에 이런 방면으로의 진출이면 효율성이 높아진다. 표현력과 감정이 풍부하기 때문에 남과의 사귐도 부드럽고, 자신을 적절히 포장할 수도 있다. 신체적 감각도 풍부하기 때문에 기술이나 몸, 손발을 활용하는 일에도 적합하다. 이 중에서도 편인과 상관이 결합 되면 예술적 성향이 강하다. 편인의 독특한 사고인 공상력, 직관력, 창의력과 상관의 끼와 멋, 흥이 어우러져 예술적 감각도 좋은 사람이다.

인비식의 구조를 가진 사람은 감정의 흐름이 좋은 사람이고, 전적으로 자기 위주의 성향이며, 결과에 대해서는 자기 만족감이 중요한 사람이다. 그러기에 전형적인 전문가 타입이고, 전문성 확보가 관건이 되는 사람이다.

환경에 따라 적절히 - 재생관

　재성과 관성이 연결된 사주구조는 내, 외향적인 요소가 두루 가미된다. 재성은 외향적이고, 관은 내향적이다. 동적인 기운이 정적인 기운을 이긴다고 보면, 밖으로 드러나는 성향은 재성의 외향적이지만, 내적으로 관성의 영향이 크다. 예로 돈을 벌거나 하는 것은 외향적이고, 개인적인 것이다. 그러나 돈을 번 다음 명예를 추구하는 것은 조직에 순응하려는 마음이다.

　재생관 구조는 주위의 육신에 가장 큰 영향을 받는다. 결과만을 추구하는 사람이기에 운 나쁘면 가장 안 풀리는 사람이기도 하다. 여기에서의 좋은 운이란 인성과 식상을 동반하는 운이다. 대게 리더형이 많고, 스케일도 크다. 물질적인 면과 명예를 동시에 추구하는 사람이다. 돈 많은 사람이 정치에 입문 하는 것 등이 대표적인 것이라 할 수 있다. 재관형은 인성과 식상이 무력하기 때문에 나 자신이 배제된 사주다. 나 자신을 위한 준비가 부족한 것이라고 할 수도 있다. 따라서 임기응변이나 주위환경에 따라 적절히 처신하는 사람들이다. 정치인이나 리더형에 많은 유형은 이런 까닭이다.

　인성이 없는 재생관이면 인성이 의미하는 이론정립이 생략되었기 때문에 결과에 치중하는 사람이다. 인성 함양이 우선이고, 체계적인 면도 가미해야 성공할 가능성이 높다. 이런 요소들이 배제된다면 비록 나를 뜻하는 일간이 강하다하더라도 길게 이어지지 못한다. 흔히 말하는 막무가내로 밀어붙이는 사람이다. 내 판단만으로, 그때그때 적절히 대처하는 사람이라 안정적으로 일을 추진하는 데는 부족하다.

재성과 관성의 연합보다 재성과 편관의 연합이 더 큰 효과를 낸다고 본다. 정관은 있는 그대로를 받아들이는 입장이고, 편관은 한 발자국 더 나가, 즉 자기의 욕망을 개입시키기 때문에 고유 영역을 확보하려는 마음이 생기기 때문이다. 권력지향적이라 하는 것은 이런 이유 때문이다. 여기에도 일간인 내가 강해야 함이 전제다. 내가 약하다면 주어진 환경이 내게 심히 부대끼거나, 일거리가 계속 주어지는 것과 같아 피곤함의 연속이다.

일간이 강하고 재성과 편관이 연결되는 사주는 인성이나 식신이 없으면 잘못 풀렸을 경우 폭력을 휘두르는 무자비한 사람이 될 수도 있다. 이른바 조직폭력배다. 생각은 없고, 행동만 있는 까닭이다. 마치 품성이 갖춰지지 않은 사람이 자존심이나 추진력은 강한데, 노력은 하지 않고 결과만 바라는 현상과 같다.

재성과 관성의 구조는 결과밖에 없다. 그래서 여유나 자율적인 면은 부족하고, 상황에 따라 움직인다. 어떻게 보면 가장 현명하게 사는 사람인지도 모른다. 남의 눈치도 적절히 살피고, 돈도 적절히 챙긴다. 돈과 명예를 동시에 따지는 형이기 때문에 인간이 가진 욕망을 모두 채우고자 하는 마음도 강하다. 그러나 일간이 약하다면 남는 것은 후회뿐이다.

개인의 특성 - 성격

천성적으로 활달한 사람이 있는가 하면, 지나치게 꼼꼼한 사람도 있다. 체계적으로 일을 처리하는 사람에, 융통성이 매우 강한 사람도 있다. 살면서 부대끼는 여러 요인들로 인해 조금씩은 바뀔 수는 있겠지만, 기본적으로 타고난 큰 틀의 성격은 바뀌지 않는다.

사주에서 추론할 수 있는 성격의 유형은 많다. 우선 사주를 구성하고 있는 음양(陰陽)에 의한 분석이다. 사주에서 음양이 조화를 이루고 있으면, 성격도 원만하여 모가 나지 않는다. 또 감정의 조절도 제대로 되어 대인관계도 원만하다. 음은 내성적이며 실천보다 이론이 앞서는 성향이 있다. 자신의 의견을 표현하기 보다는 수용하는 입장에 선다. 사주에 음이 많으면 감성적이며 결단력이 부족하며, 너무 치밀하여 상대방을 질리게 한다. 사주에서 음을 뜻하는 오행은 경신임계(庚辛壬癸)와 신유해자(申酉亥子)다.

반대로 양은 외향적이며 적극적이다. 이론보다 실천이 앞서며 자신의 주장을 과감히 표현한다. 그러나 사주에 양이 많으면 인내심이 부족하고, 속전속결하려는 성향도 짙은 편이다. 사주에서 양을 뜻하는 오행은 병정사오(甲乙丙丁)와 인묘사오(寅卯巳午)다.

무기(戊己)와 진술축미(辰戌丑未)는 중간자 입장을 띤다.

사주 내의 왕성한 오행이 어느 육신에 속하느냐에 따라 성격을 추론할 수도 있다.

비견이 강한 사주는 자존심과 독립적인 성향이 강하다. 자기 주관대로 생각하고 실천하며, 지배받는 것을 싫어한다. 어떤 일에 대한 추진력, 승부근성은 좋다. 겁재가 강하다면 자존심이 비견보다 더욱 강해 남의 의견을 무시하는 경향이 있다.

식신이 강하다면 비교적 온후하고 명랑하며, 현실적인 면모를 보인다. 문예와 기예에 능하고, 풍류를 좋아하기도 한다. 한 가지 일에 몰두하는 경향이 있다. 상관이 강한 사람은 강자에겐 반항하는 기질이 있다. 화려한 것을 좋아하고 유행에 민감하며, 달변가이다.

정재가 강하다면 조심성이 많고, 매우 분석적이다. 노력한 만큼의 대가만을 원하며, 검소함이 특징이다. 편재가 강한 사람은 매사에 민첩하며 즉흥적으로 일을 처리하는 경향이 있다. 통솔력이 뛰어나고 대인관계도 좋아 리더십이 좋다.

정관이 강한 사람은 명예와 원칙을 중시하며, 모든 일을 합리적으로 처리한다. 윤리의식이 강하며, 자기보다 주위를 먼저 생각한다. 편관이 강하다면 책임감이 강하며, 과단성이 있다. 의협심이 있으며 타협을 싫어하고, 상대방을 압도하는 카리스마가 있다.

정인이 강한 사람은 총명하고 단정하며 인자하다. 돈 버는 재주보다 학문분야에서 탁월한 재능을 나타낸다. 편인이 강하면 기회포착을 잘하며, 임기응변에 능수능란하다. 정신세계가 매우 높아 현실에 다소 적응력이 떨어질 수 있다.

일지와 월간, 시간은 일간과 밀접하게 연결되어 있다. 이 자리에 위치한 육신이 성격에 큰 영향을 미친다.

활기찬 삶 - 건강

　사주를 구성하고 있는 각각의 오행들은 인체기관의 오장육부와 밀접하게 연관되어 있다. 음양과 오행이 균형을 이루고 있는 사주는 평생 건강한 사람일 가능성이 높다. 그러나 오행이 어느 한 곳으로 편중된 사주는 질병에 걸릴 확률도 그만큼 높아진다. 그런 사주는 반드시 다른 오행들은 약하게 되기 때문인데, 특히 강한 오행에게 공격을 당하는 오행에 속하는 인체의 장부가 위험에 노출된다. 또 사주 내에서 고립되어 있는 오행에 속하는 장부도 위험하다.

　오장육부에 나타나는 질병이 기본이 되고, 요즘 많이 발생하는 교통사고 등은 여기에서 배제된다. 사주로 유추하는 건강은 오행의 상생(相生)과 상극(相剋)에 크게 좌우된다.

　목(木)은 화(火)를 생(生)하고, 화는 토(土)를 생하며, 토는 금(金)을 생하고, 금은 수(水)를 생하며, 수는 목을 생한다. 이를 인체의 오장육부에 적용시키면 다음과 같다.

　간담(肝膽)은 심장(心臟)과 소장(小腸)을 생하고, 심장과 소장은 비장(脾臟)과 위(胃)를 생하며, 비장과 위는 폐장(肺臟)과 대장(大腸)을 생하고, 폐장과 대장은 신장(腎臟)과 방광(膀胱)을 생하며, 신장과 방광은 간장과 담을 생한다.

　목은 토를 극(剋)하고, 토는 수를 극하며, 수는 화를 극하고, 화는 금을 극하며, 금은 목을 극한다. 이를 오장육부에 적용시키면 간장과 담은 비장과 위를 극하고, 비장과 위는 신장과 방광을 극하며, 신장과 방광은 심장과 소장을 극하고, 심장과 소장은 폐장과 대장을 극하며, 폐장과 대장은 간장과 담을 극한다고 할 수 있다.

사주에서 목은 갑을인묘다. 이는 간담이외 눈, 근육, 손·발톱 등을 뜻한다. 맛으로는 신맛이며, 방위로는 동쪽이고, 색상은 푸른색이다. 화를 잘 내는 사람은 간이 상했을 가능성이 높다.

화는 병정사오다. 이는 심장, 소장이외 혀, 맥, 얼굴 등을 뜻한다. 맛으로는 쓴맛이며, 방위로는 남쪽이며, 색상은 붉은색이다. 쓸데없이 자주 웃는 사람은 이 계통이 약할 수 있다.

토는 무기진술축미다 이는 비장, 위장이외 구강, 살, 입술 등을 뜻한다. 맛으로는 단맛이며, 방위로는 중앙이며, 색상은 황색이다. 생각이 너무 많은 사람의 경우다.

금은 경신신유다, 이는 폐장, 대장이외 코, 피부, 피모 등을 뜻한다. 맛으로는 매운맛이고, 방위로는 서쪽이며, 색상은 흰색이다. 평소 슬픔을 잘 느끼면 이 계통이 약하다 할 수 있다.

수는 임계해자다. 이는 신장, 방광이외 귀, 뼈, 머리카락 등을 뜻한다. 맛으로는 짠맛이며, 방위로는 북쪽이고, 색상은 검은색이다. 공포심이 많은 사람은 이 계통을 보완하면 좋다.

사주를 봐서 목 오행이 모자란다면 푸른색 옷을 입고, 동쪽에 있는 방에서 잠을 자고, 동쪽을 향한 침대배치가 몸에 유리하다는 것이다. 이는 선천적으로 모자라게 타고난 오행을 후천적, 인위적으로 보완해 준다는 의미다.

성패의 관건은 운

대운은 10년이란 긴 기간이고, 세운은 한 해 동안의 비교적 짧은 기간에 적용되는 운이다. 따라서 대운을 공간적인 개념으로, 세운을 시간적인 개념으로 이해할 수 있다. 대운이 유리하다 함은 그 시기 주위 환경이 유리하다 할 수 있겠고, 세운이 유리하다 함은 자기 자신의 능력이 먹혀드는 해라 볼 수 있다. 대게 사람들이 느끼는 체감은 대운보다 세운이 훨씬 강하다. 대운이 나쁜 경우 계속 나쁜 환경이 조성되어 왔기에 나쁘다는 생각이 강하게 들지 않지만, 그 와중에 한 해 운이 유리하다면 좋다는 느낌의 강도는 훨씬 강해진다는 것이다.

대운을 비교할 때 건강이나 성향의 변화도 중요하다. 특히 편중사주의 경우다. 예컨대 사주에 목기(木氣)가 강해 종격(從格)이 된 상황에 재성 기토(己土)가 고립되어 있을 경우가 있다. 여기에 운에서 목기가 아주 강하게 들어올 경우 기토에 즉각 영향이 미친다. 일반론으로 보면 겁날 게 하나도 없는 운이고, 하늘을 찌르는 기세일 것이다. 만사형통의 시기다. 그러나 건강이나 심리적 측면에서 본다면 심각한 상태다. 재성은 순발력이고 가치판단 능력이다. 이런 재능은 말살이 되는 것이고, 사주 주인공이 남자라면 아내는 입도 벙긋 못할 상태일 것이며, 재물도 줄줄 샐 것이다. 인품 또한 형편없을 것이다. 다만 자기가 하는 일은 승승장구일 것이고, 그에 따른 자존심이나 자만심, 맹목적인 성취 욕구는 상상이외일 것이다. 즉 기고만장, 독불장군의 시기인 것이다.

사람은 사회적 성취도만으로 살아가는 것은 아니다. 세상사는 잃는 게 있으면 반드시 얻는 게 있는 법이고, 얻는 게 있으면 그 이면을 뒤집어보면 반드시 어느 한 곳은 비게 마련이다. 기토는 비장이다. 비장은 한의학적으로 볼 때 후천적으로 영양을 섭취하고 각 기관에 전달하는 기능을 담당한다. 따라서 기토가 죽는다는 것은 소화기 계통의 심각한 질병이 우려되는 시기가 된다. 사회적 성취도가 높은 시기라 해서 좋다고만 할 수는 없다.

운을 적용할 때 직업도 중요하다. 조직체에서 일하는 사람은 비교적 운의 변화에 둔감하다. 운은 개인적인 것이기 때문이다. 조직이 개인의 보호막이 하는 까닭에 나쁜 운도 비교적 큰 혼란 없이 넘어갈 수 있고, 좋은 운도 그저 승진 정도로 그친다.

그러나 개인 사업자, 정치인, 연예인 등 울타리가 없는 자유로운 직업을 가진 사람들에겐 그 영향력이 지대하다. 무심코 내뱉는 사소한 말 한마디나 행동이 삶을 송두리째 바꿀 수도 있기 때문이다. IMF나 외환위기 시기에 회사원들보다 자영업자 쪽에서 줄초상이 났던 것도 이런 까닭이고, 연예인들이나 사업자가 운명론에 목매다는 것도 이런 까닭이다. 이들은 경쟁으로 먹고사는 사람들이고, 대게 식상과 재성의 구조로 이루어진 사람들이다. 관인은 조직이고, 식재는 개인적인 삶이다.

제2부

어 떻 게
살
것 인 가

포괄적 개념으로서의 사주와 삶

명리학은 때를 아는 학문

사람이 살아가려면 나아갈 때와 물러설 때를 아는 것이 중요하다. 떡 줄 사람은 생각도 않는 데 자기 혼자 김칫국 마시다 낭패를 보기도 하고, 적당한 타협이 중요한 시기에 독단적 판단으로 일을 망치기도 한다. 적극 추진만이 살 길 인데도 자기의 운이나 능력만을 믿고 미적거리다 기회를 놓치고, 눈물로 한 세월을 보내기도 한다. 서점마다 빼곡한 처세술에 관한 서적, 이 책들이 불티나게 팔리는 것은 요지경 같은 요즘 세상에서 살아남기 위한 처절한 몸부림의 한 단편으로 봐도 무방할 게다.

설상가상(雪上加霜)이나 '엎친 데 덮친 격', '외밭에서 신발 끈 매지 말 것' 등의 말들은 나쁜 시기에 일을 도모하다 망치는 경우를 말함이요, '감나무 아래서 입 벌리고 있는 것' 은 현실을 직시하지 못한 것에다 비유할 수 있다. '포도 넝쿨 아래의 여우' 와 '홍시 떨어지기를 기다리는 마음' 을 비교하면 어느 행동이 더 현실적인가. 경우의 차이는 있겠지만 차라리 깨끗이 포기하고 돌아서는 여우의 판단이 더 현명할 수도 있다.

가지 끝에 매달린 홍시를 따러 감나무에 직접 올라갈 경우도 있다. 다행히 그 홍시가 손잡이 할 거리에 있다면 다행이겠지만 올라가는 도중에 떨어져 버릴 수도 있고, 더 처참한 것은 딛고 선 나뭇가지가 부러질 경우다. 이는 주위환경을 잘 살펴보란 얘기다.

그 옛날 강태공(姜太公)은 뜻을 펴기 위해 위수(渭水)에서 낚시로 소일하며 평생을 기다렸다. 그 까마득한 옛날까지 거슬러 올라갈 필요도 없다. 조선시대 선비들은 자기가 나아갈 때와 기다릴 때를 조절하며 출사를 하고 전원에서 수양을 하기도 했다. 결과론적이지만 그 시대 사람들은 사주학을 수신(修身)의 한 방편으로 삼았을 법도 하다. '꿩 잡는 게 매'라고 자기의 할 일을 직시하고 기회포착을 잘 하는 이가 성공할 확률이 높다. 기회주의자로 몰아칠지는 몰라도 그게 대수인가. '남의 불행은 곧 자기의 행복'이 되는 세상이고, '불구경' '싸움구경'은 돈 내고라도 보는 세상이 아닌가. 적어도 현실은 그렇다는 말이다.

　힘든 시기다. 대인 관계도 힘들고, 경제적으로도 힘들다. 현실에 부닥친 구조조정사태는 삶을 더욱 피곤하게 한다. 나오면 우선 입에 풀칠할 일이 걱정이고, 남아 있어도 마음 갈등에 파리 목숨 같은 현실이 허망하다. 이럴 땐 한 발자국 물러서서 자기를 돌아보는 시간을 가져보는 것도 좋겠다. 홍시를 따기 위해 나무에 올라가는 것도 좋겠지만, 요즘 같은 장마철엔 나무껍질 자체가 미끄럽기도 하다. 더욱이 이런 시기엔 가지가 잘 부러지기 때문에 기다리는 미덕도 필요하겠다. 아니면 어디 홍시가 이것 하나뿐이겠는가. 여우의 심정으로 과감히 포기하는 마음이 더 필요한 시점이기도 하다.

사주는 개인적 특성이다

대게 사람들은 사주를 잘 타고나면 모든 게 잘 될 것이라 믿는다. 남 보다 공부도 잘 하고, 평판도 좋을 것이며, 좋은 배필 만나고, 출세도 보장받을 것이라 생각한다.

운도 마찬가지다. 잘 풀리는 운을 타고나면 남을 굽어볼 수 있는 위치에 설 것이고, 건강도 문제없으리라 생각한다. 가정환경이나 부모의 양육방향, 사회 현실 등 주위의 여건은 전혀 고려하지 않는 분위기다. 심지어 좋은 사주에 좋은 운을 타고 났는데, 잘 못 풀린 사람이 있다면 알고 있는 사주가 틀린 것이라 억지를 부리기도 한다.

사주는 철저히 개인적인 것이다. 여기에 배우자, 부모와의 관계 등을 조금 알 수는 있겠지만, 말 그대로 '조금'일 뿐이다. 그들에 대한 자기의 대응 자세이기 때문이다. 더욱이 배우자나 부모 등은 또 그들이 가지고 있는, 그들만의 사주가 있다. 남자 셋 잡아먹을 여자 사주, 이런 것은 절대로 없다.

고조선시대에도, 고려시대에도, 조선시대에도 나와 같은 사주는 있었다. 사주가 개인적인 것이 아니고, 삶에 있어서 사회에 앞선다면 이 모든 사람이 동일하게 생활해야 한다. 고조선 시대의 사람도 비행기를 타고, 전문화 된 직업 속에서 가쁜 숨을 몰아쉬어야 한다. 아니면 우리도 말 타고, 활 쏘며 수렵으로 살아가야 한다. 그러나 고조선시대와 현대는 시간적인 차이가 그만큼 있다. 주위 여건의 차이다.

브라질에도, 시베리아에도 나와 같은 사주를 타고난 사람이 있다. 그러나 그들과 나는 전혀 다른 삶을 산다. 이 또한 다른 환경, 즉 공간적인 차이가 있기 때문이다. 재벌 아들과 내 아들의 경우도 사주는 같을 수 있지만, 주어지는 환경은 분명히 틀리다.

쌍둥이도 주어지는 환경은 똑같지를 않다. 사귀는 친구도 다를 것이고, 만나는 배필도 다르다. 예컨대 형이 폭력배에게 힘든 일을 당했다면, 그는 대인기피증에 시달릴 수도 있다. 그러나 동생은 아니다. 대략은 같이 가지만 세세한 부분까지 동일하지는 않다는 의미다. 똑같아야 한다고 주장하는 것은 세상의 남자는 모두 똑같은 삶을 살아야 한다는 것과 같다.

사주는 사회를 벗어나지 못한다. 사회에 대한 개인적인 적응력이기 때문이다. 절대로 사주를 주체로 둬선 안 된다. 즉 사회를 좌지우지 하는 게 개인의 사주가 아니란 얘기다.

어떤 사람의 사주에 공부를 의미하는 글자가 아주 좋은 작용을 한다고 해서 모든 사람들 보다 공부를 잘 한다는 것이 아니다. 그것은 자기의 재능 중에서 학업분야가 상대적으로 뛰어나다는 것을 의미하기 때문이다. 이런 개인적인 특성에 유리하도록 방향을 제시해주는 게 명리학이다. 명리가(命理家)는 예언자가 아니라 상담자다.

때를 잘 타야 한다

사주에서 명(命)은 타고난 선천적인 요소이고, 운(運)은 바뀌는 후천적인 요소다. 성격으로 따지면 명은 본성인 것이고, 운은 주위 환경에 따라 반응하는 것이다. 운의 적용은 자신의 마음이 그렇게 바뀐다고 할 수도 있고, 주위 환경이 그렇게 되도록 몰고 간다는 것도 된다. 직업적으로 보면 명은 잘 할 수 있는 것이고, 운은 하고 싶은 것을 뜻한다. 이 둘은 떼려야 뗄 수없는 관계다. 둘이 적절히 조화를 이뤄 나아간다면 그 삶은 성공한 삶일 가능성이 높고, 상반(相反)되게 나아간다면 다소의 부침이 있을 수 있다.

사람이 하고자 하는 일이 무조건 잘 된다는 보장은 없다. 얼마만큼은 채울 수 있겠지만, 목표한 바대로 이루어지지도 않는다. 밤낮없이, 죽자 사자 매달리는 데도 그 결과를 보면 엉망인 경우도 있고, 대강 설렁설렁 하는 데도 그 결과는 주위사람들을 놀라게 하는 경우도 있다.

운이 좋을 때는 나를 해코지하려는 사람도 결과를 보면 나를 이롭게 이끄는 경우도 많다. 예컨대 나를 구렁텅이에 몰아넣으려 돈이 안 되는 땅을 소개해 줬지만, 그 땅이 법이 바뀌어 돈이 될 수도 있다는 것이다. 반면 운이 나쁘다면 나를 도와주려고 온 사람도 결과는 나를 망하게 할 수 있다. 운 나쁠 땐 내가 끌어들인 동업자도 조심하라는 것은 이런 까닭이다.

수백억대의 부동산 소송에 휘말린 사람이 있었다. 돈 많고 힘 있는 사람들과의 지루한 다툼, 몇 년간 이어진 싸움으로 인해 마음과 몸이 엉망진창이 된 사람이었다. 옆에서 봐도 측은감이 들 정도였으니 당사자의 심정은 오죽했으랴. 언론 제보와 그 사람들과 반대편에 서는 사람들에게 폭로하는 것까지 고려했었다. 그 사람의 입장으로선 지푸라기라도 잡고 싶었던 심정, 즉 배수지진이었던 셈이다. 그러나 치고나갈 시기가 아니었다. 주위의 분위기가 기다려야 하는 시기였다. 옆에서 보면 무리수를 둔다는 것이 빤히 보이는 데도 당사자는 오직 나아간다는 마음 밖에 없었다. 다행스럽게도 지금은 분위기가 많이 호전되었고, 그 당시를 회상하며 쓴 웃음을 짓기도 한다. 그 당시보다 운도 많이 좋아지고, 그만큼 여유를 부릴 수도 있게 된 것이다.

사람은 때를 아는 것이 중요하다. 운이 나쁠 땐 기다린다는 마음이 중요하다. 괜한 조바심으로 설쳐대다간 패가망신이 가깝다. 대신 운이 좋을 땐 적극적으로 치고 나가는 것이 중요하다. 머뭇대다간 몇십년 만에 찾아온 기회를 놓칠 수도 있기 때문이다. 그러나 그게 마음대로 되지 않는 게 문제다. 사람은 감정의 동물이고, 욕심이 없다면 살아있다고 할 수도 없다. 쉽지는 않지만 욕심도 때를 봐가며 부려야 한다.

기다리는 동안엔 답답하고 막연하겠지만, 그 기다림 속에는 희망이란 기대감도 배어 있다.

명과 운

운명이란 묘한 것이다. 대수롭게 생각지 않았던 일이 갑자기 불거져 숨통을 죄어오는가 하면, 확신하고 있던 일이 생각지도 않았던 일로 인해 틀어지기도 한다. 있는 듯 없는 듯 살던 이가 어느 날부터 신문 동정 난에 이름이 오르내리는 가하면, 힘깨나 쓴다고 하던 사람이 하찮은 일로 낙마를 하고 뉴스의 초점이 되기도 한다. 남부러울 것 없이 무난하게 한평생을 사는 사람이 있는가 하면, 고생이란 고생은 다하고서도 주름한번 못 펴고 회한만 안고 가는 사람도 있다.

명리학에서의 명(命)은 사람이 태어날 때부터 지니고 나온 그 모든 것이다. 성격서부터 지능, 직업가치관, 나아가 삶의 방향까지 포괄한다. 태어난 해와 월, 일, 시로 구성되는 여덟 글자다. 예컨대 2010년 8월 5일 새벽 5시 출생이라면 경인(庚寅) 신미(辛未) 정해(丁亥) 임인(壬寅)으로 사주가 구성된다. 각 단어를 세로로 세우면 네 개가 되는데 이는 네 개의 기둥, 즉 사주(四柱)가 되고, 글자의 수가 모두 여덟이므로 팔자(八字)가 된다. 우리가 흔히 말하는 사주팔자(四柱八字)다. 이 속에 부귀빈천(富貴貧賤)이 정해진다고 보는 게 명리학이다.

운(運)은 우리들이 살아가면서 되뇌는 그 단어다. 고스톱 판에서 통용되는 그 말이기도 하다. 운은 크게 두 가지로 나누어진다. 10년마다 변하는 대운(大運)과 1년 마다 바뀌는 세운(歲運)이다.

대운은 밑바탕에 깔리는 기본적인 운이기에 세운보다 그 영향력이 크다. 예컨대 대운이 좋으면 한해의 운이 나쁘더라도 그 해가 지나가면 다시 좋아진다. 반대로 좋지 않은 대운이라면 한해의 운이 좋더라도 그때뿐이기에 조금 나아지려다 끝이다. 대운과 세운이 동시에 좋으면 일이 마음먹은 대로 이루어질 확률이 높고, 그 반대이면 하는 일에 방해가 생길 가능성이 높다. 따라서 명에서 타고난 부귀빈천이 현실로 나타나고 나타나지 않고는 운에 달렸다고 보면 되겠다.

명과 운은 분리될 수 없다. 그래서 운명(運命)이다. 명운(命運)이 아니고 운명이라 한 것을 보면 명보다 운을 더 중시한 것은 아닐까. 좋은 명을 타고나도 운이 따라주지 않으면 평범한 삶이 된다. 비록 조금 떨어지는 명을 타고 났을 지라도 운이 받쳐준다면 소기의 목적한 바를 이룰 수가 있다. 명이 좋고 운도 좋다면 출세는 보장된 것이라 할 수 있고, 명도 나쁘고 운도 부족하면 결과는 기대 이하다. 명이 좋다면 단 한 번 좋은 운에도 기회를 잡을 수 있다. 음양과 오행이 중화를 이룬 사주는 한 평생 큰 어려움이 없는 삶이다.

운명, 항상 입에 달고 다니면서도 가장 알지 못할 단어이기도 하다.

재(財)와 재(災)

　인생에서 겪지 말아야 할 세 가지 중에 '노후에 돈이 없는 것'이 들어간다고 한다. 예전엔 '말년복은 자식에 달렸다'라 했는데 그야말로 격세지감(隔世之感)이다. 안 입고, 안 먹고, 자는 시간도 줄여가며 모은 돈을 자식 뒷바라지에 다 바치고, 노후를 양로원에서 보내는 이들이 많은 걸 보면 새겨볼 만한 문구다.

　사주에서의 돈은 재성(財星)이다. 재성은 양명지본(養命之本)이라 해서 생명을 기르는 근본이라 본다. 궁합을 볼 때도 당사자 간 이 재성의 동태가 중시된다. 그만큼 재물은 우리네 삶에 크나큰 위치를 점한다. 그런데 이 재성은 너무 많아도 걱정이고, 없어도 탈이다. 적어도 명리학에서는 그렇다. 재(財)가 재(災)가 될 수도 있다는 얘기다.

　사주에 재성이 너무 많은 것을 재다신약(財多身弱)이라 한다. 소화기능이 약한 사람 앞에 산해진미(山海珍味)를 차려 놓은 것으로 생각하면 되겠다. 이런 사주를 타고난 사람은 돈에 대한 개념이 부족하다. 주위에 돈이 흘러넘치니 알뜰살뜰 모아야 한다는 생각이 들지 않는다. 있으면 쓰고 없으면 '돈 찾아 삼만 리'다. 투기에도 능하고, 사기도 잘 당한다. 돈을 추구하면 삶이 이지러지는데도 아랑곳 하지 않는다. 물질적 사고가 정신세계를 압도하는 사람이다. 한 마디로 부옥빈인(富屋貧人)이다. 겉만 화려하다는 얘기가 되고, 실속은 없고 허풍만 세다는 얘기도 된다. 이런 사주를 타고난 사람은 동업(同業)을 해야 돈이 모인다.

재성이 너무 없어도 문제다. 이번엔 집착으로 나타난다. 돈을 담을 그릇은 작은데 너무 많은 돈에 욕심낸다는 의미다. 이를 사주에서는 군비쟁재(群比爭財)라 한다. 나와 어깨를 나란히 하는 사람들, 즉 동료나 형제들이 서로 헐뜯으며 돈 쟁탈전을 벌이는 형상이다. 그러기에 나에게 돌아오는 이익은 적다. 돈은 양명지본이기에 이 군비쟁재 사주에 걸리는 사람에게 또다시 재운(財運)이 돌아오면 생명까지 위험하다. 전쟁에선 피를 볼 수밖에 없기 때문이다. 재물과는 인연이 적은 사람이라 할 수 있는데, 사업을 굳이 하려 한다면 동업은 절대 금물이다. 이런 사주를 흔히 거지사주, 거지팔자라 한다.

재성은 관성(官星)의 밑바탕이 된다. 그러기에 재성이 없고 관성만 있는 사주는 관직 유지차원에서도 불리하다. 발판이 허약하기 때문이다. 매관매직(賣官賣職)으로 낙마를 하는 사람들이 요즘도 있는 것을 보면, 재(財)와 재(災)는 아마 사촌지간 쯤 되는 모양이다.

도덕성

　인간으로서 마땅히 지켜야 할 도리와 그에 준하는 행위, 사전이 뜻하는 '도덕'에 대한 풀이다. 그 범위나 의미는 들이대는 잣대에 따라 다르겠지만, 어쨌건 우리들이 통상 도덕을 말할 때 사용하는 가장 기준적인 개념이다. 조금 축소해서 '법'은 사회생활 속에서 지켜야 할 기준 쯤 되겠다. 따라서 '법 없이도 살 사람'은 공동체가 정한 법규에 저촉되는 행위를 하지 않는 진실하고 착한 사람을 뜻한다는 것쯤으로 해석하면 어떨까. 요즘 세상에 이런 사람이 흔할까마는 하여튼 신문에도 가끔 나오는 단어이니만큼 존재하긴 하는 모양이다.

　사주에서 도덕성을 나타내는 것은 관성(官星)이다. 관성은 성실, 법, 질서, 규칙, 이타적인 성품, 자기 통제력, 자기 구속력, 주위 환경 등을 뜻하기도 한다. 관성은 또한 벼슬 자체를 뜻하기도 하기에 옛 사람들은 사주의 다른 어떤 것들 보다 이 관성을 좋은 것으로 보기도 했다. 요즘은 물질이 대세(大勢)이기에 재성(財星)이 그에 못지않은 인기를 누리고 있긴 하지만, 그래도 관성의 인기는 여전하다. 예나 지금이나 돈 있으면 권력도 살 수 있고, 권력이 있으면 돈을 모을 수 있기 때문에 아예 함께 뭉뚱그려 해석을 해도 틀린다고 볼 수는 없겠다. 한 시절 풍미했던 '유전무죄, 무전유죄(有錢無罪 無錢有罪)'를 되새겨 보라. 물론 일부에 국한된 얘기다.

관성이 사주에서 중요한 역할을 하는 사람은 원칙주의적인 성향이 강하다. 사회는 일정한 법칙이 있어야 하고, 그 틀 내에서 움직여야 평화롭다. 더욱이 관공직은 그 법규를 집행하는 집단이라 할 수 있다. 따라서 사주에 적당하게 관성이 자리한 사람이 관공직에 일단 유리하다. 그래야 사회가 평안하고, 자신에게도 이익이다. 관공직에 있는 사람이 자기 입맛대로 법을 적용한다면 어떻게 될까. 세금을 내는 국민으로선 이만저만한 손해가 아니다. 아니 세금손해 이전에 뒤죽박죽 사회가 된다.

관성이 적당한 사람은 이타적인 성향을 띤다. 공직자는 자기 이익이 우선이 되어선 안 된다. 모든 사람, 사회 전체를 생각하는 넓은 시야를 가진 사람이어야 한다. 욕심 없는 사람이 어디 있겠냐마는 그 욕심을 제어하는 자기 통제력이 확실한 사람이 공직자로 나서야 한다. 그렇다고 관성이 많아도 이롭지 않다. 성실한 반면, 주위 환경 변화에 민감하게 반응하기 때문에 쉽게 주눅이 든다. 겁이 많고 주체성이 약해지기도 한다.

요즘 신문, 방송에선 '도덕성 시비'가 톱뉴스다. 사주에서 관성이 적당히 자리한 사람은 위장전입이나 부동산 투기 유혹을 자기 통제력을 발휘하여 물리치는 사람이다.

리더십

무슨 일은 하든, 어떤 단체에 속하든 앞장서는 사람들이 있다. 자신 의지로 나설 때도 있지만, 자신은 탐탁하게 여기지 않는데도 다른 사람들의 '떠밀기 식' 후원으로 그렇게 될 수도 있다. 은연중에 나타나는 적성을 다른 사람들이 먼저 알아주는 셈이다. 어릴 적엔 학급 반장, 대학시절엔 총학생회장, 사회생활에선 조직체나 단체의 장(長)이다. 이런 사람들은 대게 조직 구성력이 좋고, 사람을 끄는 묘한 매력도 갖추고 있다. 조직이나 사람에 대한 통제력이나 통솔력이 뛰어난 사람들이다.

관성(官星)은 조직이나 단체를 뜻한다. 사주에서 관성의 뚜렷함은 조직체의 조직원으로 적합한 성향을 지니고 있음을 의미한다. 규율이나 명령 등 수직적인 관계에서의 적응력이 뛰어나다. 가치관도 사회가 주체가 된다. 사심(私心)이 적고 우직하며, 남을 속이고자 하는 마음도 없고 자신을 잘 속이지도 못한다. 개인적이라기보다는 모든 이들을 위한 공익적 발상이 강한 유형이다. 신뢰와 신용, 정직이 기본 덕목이다. 사람들의 눈에 정직하다는 인상이 강하게 박히는 사람이라, 리더로 인정받는 데 유리하다.

재성(財星)은 가치 판단력이다. 특정 사안이나 특정인의 장, 단점과 자질 등을 파악하는 안목이 뛰어나다. 파악된 개개인의 능력에 따라 필요한 자리에 배치하는 재능도 탁월하다. 사람을 알아보는 혜안을 가졌다고 봐도 되겠다. 재성은 또한 사람을 끄는 매력을 지니고 있다. 자기는 별 의미 없이 던지는 말도 사람들이 받아들일 때는 특별한 의미가 부여된다. 그러기에 인기가 있다. 설득력이 뛰어난 것이 아닌데도 사람들의 마음을 움직인다.

재성과 관성(財官)은 사주에서 하나로 묶여야 효능을 발휘한다. 떨어져 있으면 별 소용이 닿지 않는다. 예컨대 물과 나무의 관계가 되고, 나무와 불의 관계가 된다. 물이 없으면 나무는 자랄 수 없고, 나무가 없으면 불을 지피지 못한다. 이 둘은 곁에서 서로에게 도움을 줘야 한다. 사주 구조에서 간지(干支)로 묶이거나 바로 옆에서 상생(相生)해야 더 강하다. 재관이 뚜렷하게 갖추어진 사람은 야심이 크고, 재성으로 인해 융통성도 뛰어나다.

재관형(財官形)을 타고난 사람은 남 아래선 그 재능을 살리지 못한다. 리더로써, 적어도 중간 관리자의 위치에 서야 직분을 충실히 수행할 수 있고, 자기의 만족도도 크다. 명예를 추구하는 성향이 강하기 때문에 명예가 따르지 않는 직업에 종사하면 갈등이다. 상관의 지휘력에 반발심이 크게 인다면 재관에 상관(傷官)이 슬쩍 끼어든 것이라 보면 되겠다.

얽히고설킨 세상사지만 자기 성향, 자기 직분을 알고 임한다면 그만큼 이익이다.

먹을복

어떤 사람이 있다. 그는 하루 종일 이리 뛰고 저리 뛰고 숨 돌릴 틈 없이 바쁜 사람이다. 한 끼 굶는 것은 예사고, 아니면 라면으로 간단히 때우기도 한다. 바쁘게 다니다 어떻게 라면이라도 끓여 먹을라치면, 평상시엔 얼굴도 제대로 볼 수 없는 친구가 갑자기 들이닥칠 때도 있다. 또 한 사람이 있다. 그는 하루 종일 할 일이 없어 빈둥거리는 사람이다. 밥은 세 끼 꼬박꼬박 챙겨 먹는다. 육체는 마땅히 할 일이 없어도 입만은 부지런한 사람인 셈이다. 어쩌다 한번 친구 집에 가면 때맞춰 친구가 손님대접 준비라도 하듯이 라면을 정성스럽게 끓이고 있다. 두 사람을 비교해 본다면 전자는 '일 복'이 많은 사람이고, 후자는 '먹을 복'이 있는 사람이라 하겠다.

사주에서 '먹을 복'은 식신(食神)으로 따진다. 글자 그대로 식신이다. 사주 구조에서 식신은 내가 도와주는 글자다. 내 머리에서 나오는 재능 자체를 뜻하기도 하고, 활동성이나 대인관계를 나타내기도 한다. 하나의 사안에 집중하는 능력도 이 식신의 유무(有無)와 강약(强弱)에 따라 달라진다. 강하면 분산 형이 아닌 몰입 형이 된다는 얘기다. 이들 재능 중 하나라도 제대로 얻어 걸린다면 적어도 먹고 사는 데 지장은 없다.

명리학 옛 책엔 이 식신이 제 역할을 제대로 하면 재성(財星)이나 관성(官星)보다 낫다고 했다. 적어도 굶지는 않는다는 의미일 게다. 옛적엔 재관(財官, 재성과 관성)은 삶의 전부였다. 관성은 벼슬을 뜻하고 이 관성을 도와주는 게 재성이 되기 때문이다. 벼슬이 최상이었던 시대였기에 이론이 있을 수 없다. 그러나 식신이 이 재관보다 더 좋다고 하였으니 더 비유할 만한 게 없겠다. 물론 이에는 다른 더 큰 의미도 있다.

현대는 재물이 대세다. 그 재물을 있게 해주는 것이 식신이다. 그리고 보면 옛날보다 비중이 더 커졌다는 의미도 되겠다. 하여튼 이 식신은 요즈음 장인(匠人)정신을 가늠하는 기본이 된다. '외길파기'를 하는 성향을 나타내기 때문이다.

식신이 의미하는 '외고집'은 전문가의 공통적 성향이다. 무슨 일을 하던 한 우물을 판다. 따라서 그 분야에선 최고수가 된다는 것을 의미하기도 하기에 자부심과 성취감은 타의 추종을 불허한다. 결과를 중시하는 형이 아니라 일이나 활동 자체를 중시하는 성향이 짙기 때문에 큰돈을 바라지도 않는다. 그러나 전문성의 대가는 따르기 마련이다. 더욱이 전문가를 요구하는 요즘 세상에선 한 가지만 제대로 할 줄 알면, 비록 대가(大家)가 못 되더라도 등 따습고 배부르기에 충분하다.

타이트함 보다 여유로움을 선호하는 이 식신이 사주에 구비되면 살아가는 데 많은 도움이 된다.

돈 복

경제가 어렵다. 여기서도 저기서도 온통 감원, 임금삭감 얘기다. 서민들에게 백화점은 아예 사치스런 말이 됐다. 목욕비가 아까워 집에서 샤워만 했더니 수도세가 많이 나와 걱정이란 말까지 들린다. 그렇다고 북적대는 곳이 없다는 건 아니다. 아니 더욱 성황인 곳이 있다. '대박'을 꿈 꿀 수 있는 곳, 곧 로또 판매점이다.

사람마다 돈을 담는 그릇이 다르다. 적어도 명리학에선 그렇게 본다. 돈을 담는 그릇이 작은 사람에게 분에 넘치는 돈이 들어오면 화(禍)가 따른다. 작은 그릇에 큰돈을 모두 담을 수 없다는 얘기다. 그만큼 넘쳐난다. 넘쳐나는 만큼의 재난은 필수다.

돈은 자기가 관리하는 것이다. 그러기 위해선 자기가 강하고 봐야 한다. 약하다면 돈의 노예가 된다. 명리에서의 돈은 재(財)다. 이 재와 자기를 나타내는 일간과의 관계에 따라 타고난 돈 그릇이 달라진다. 자기도 강하고 재도 강하다면 부자 사주가 된다. 그릇이 적당하단 의미다. 반면 자기는 강한데 재가 너무 약하다면 그의 돈 통은 간장 종지쯤이다.

'돈이 사람을 따라야지, 사람이 돈을 쫓으면 안 된다'는 말이 있다. 돈이 되려면 재운(財運)이 와야 한다는 것으로 해석 가능하다. 무조건 재운이 와서 좋다는 얘기는 아니다. 적당히 자기가 강해야 함은 필수 요건이다. 이래저래 돈은 너무 많아도 탈, 없어도 탈이다.

운은 돌고 돈다

흔히 쓰는 속어로 '운(運)7, 기(技)3'이 있다. 심심풀이 화투판에서 어렵지 않게 듣는 말이다. 운이 따라야 돈을 딴다는 말이다. 그러나 진로가 결정되는 대학시험 운에 취직 운, 가정의 평화가 좌우되는 재물 운 등으로 발전하면 이때는 더 이상 심심풀이용이 아니다. 삶 자체를 좌우할 수도 있다. 예컨대 학교서 줄곧 상위권을 유지하던 학생이 정작 수능시험 날 맹장염을 앓았다면? '나쁜 시험 운'이 평생에 한이 될 터이다.

명리학으로 따진다면 그 운은 한 개인에 있어 10년의 주기를 갖는다. 따라서 지금 불운하다고 해서 우울해 할 이유는 없다. 운이 평생 좋을 수만은 없겠지만 나쁠 수만도 없기 때문이다. 비록 10년의 나쁜 운 시기라 해도 4, 5년은 좋을 수도 있고, 한 해 한 해의 운수도 크게 작용을 한다. 그 기회를 잡아 대학에 입학을 하고 취직을 하고 승진도 할 수 있다. 그 나머지 해는 수신제가(修身齊家)를 하면 된다. 좋은 운을 기다리면서 말이다.

옛 선인들은 자기의 운명을 알았다. 그래서 운이 나쁠 때는 낙향을 하고 운이 좋을 때는 출사를 했다. 나아갈 때와 물러날 때를 스스로 조절했단 의미다. 요즘 여론에 몰매를 맞고 있는 지도층들이 귀감으로 삼을만한 내용이다. 권불10년(權不十年)이라 했다.

마마보이도 개성이다

　세상에는 다양한 사람들이 산다. 집에서 회사로, 회사서 집으로만 왔다 갔다 하는 사람에, 퇴근 길 친구만나 술 한 잔 걸치지 않으면 하루 일과가 마무리되지 않는 사람도 있다. 유난히 남들에게 동정적인 사람이 있는가 하면, 남에게의 배려는 죽기보다 싫은 사람도 있다. 자기 잘난 맛에 거들먹거리며 사는 사람에 매사 겸손으로 사는 사람도 있다. 애처가, 공처가, 경처가에 이어 요즘 들어선 '마마보이'도 심심찮게 입에서 입으로 오르내린다.

　강한 사주는 인성(印星)과 비겁(比劫)이 많은 경우다. 인성은 받음이요, 학업이요 수용력이다. 가족으로는 어머니다. 비겁은 나 자신이 되고, 동료가 되고 나의 주체성이 된다. 따라서 비겁이 약하다 함은 나 자신의 존재감이나 자신감이 떨어진다는 의미가 된다. 내가 약하면 기댈 언덕을 찾는 게 인간의 마음이다. 비겁이 약한 다음에야 찾을 것은 인성뿐이다. 즉 기댈 언덕은 어머니뿐이라는 얘기다.

　사주에서 인성이 강한 사람은 주는 것보다 받는 것을 좋아한다. 인성 자체가 수용을 뜻하는 글자이기에 그러하다. 학문은 받아들이는 것이기에, 공부하기를 좋아하는 것도 인성이 우선 조건이 된다. 계약도 인성운(印星運)이 들 때에 많이 한다. 인성은 문서를 의미하고 문서가 내게 들어온다는 의미가 내포되기 때문이다. 나의 존재도 어머니에게서 출발한다. 이 역시 받음이다. 사주의 가족배합도 어머니로부터다.

인성의 반대편에 식상(食傷)이 있다. 식상은 동정심이 되고, 베푸는 마음이다. 부하가 되기도 하고 배움 다음의 응용이 되기도 한다. 사주에서 인성이 강하다 함은 그 반대편에 있는 식상이 약해진다는 의미가 된다. 따라서 동정심이 적어지고 '베풂의 미덕'은 다른 세계의 일일 뿐이다. '깍쟁이'라는 말을 들을 수도 있다. 받기만 하고 줄 줄을 모르는 사람이기 때문이다. 학문의 입장에서 보면 응용력이 떨어지기에 쓰임을 올바로 찾지 못한 것과 같다. '가난한 선비'가 딱 어울리는 말이다. 이런 사람은 어릴 때부터 표현력을 강화시켜야 성공할 확률이 높다.

인성을 강하게 만들어 주는 것은 관성(官星)이다. 관성은 사회가 되고, 내 주위의 환경이 되기도 한다. 나를 구속하는 법규가 되고, 기존 질서도 된다. 반대로 생각하면 관성의 힘을 빼는 것이 인성이다. 따라서 인성이 강한 사람은 주위의 환경을 잘 이용한다. 주위의 사람들이 받들어 주기를 원하는 것도 같은 이치다. 사람은 저마다의 타고난 기질을 살리면 성공할 확률도 그만큼 높아진다. 따라서 마마보이 기질을 장점으로 부각시키는 게 중요하다.

수다와 과묵

평소에 말이 없는 사람이 있다. 그 사람은 어떤 일에 관심이 없을 경우도 있고, 선천적으로 말하기를 꺼려하는 성향일 수도 있다. 그러나 그런 사람도 어느 순간엔 폭포수처럼 말문을 틀 때가 있고, 갑자기 있는 듯 없는 듯 조용해 질 때도 있다. 반면에 조잘거림이 특기인 사람도 있다. 나설 때 안 나설 때를 막론하고, 말을 하지 않으면 입술에 곰팡이가 생길만한 사람이다. 일반적으로 전자는 사주에 식신(食神)이 강한 사람이고, 후자는 상관(傷官)이 강한 사람이다. 아예 말이 적은 사람은 식상이 없는 유형에서 많이 나타난다.

사람은 저마다 감정표출 방법이 다르다. 사주구조에 따라 차이가 나기도 하지만, 대개 식신과 상관(食傷)에 의해 좌우된다. 식신은 전문성을 띤다고 했다. 연구열이 대단하고, 외길 파기형이다. 그것은 뒤집어보면 다른 것에는 관심이 떨어진다고 할 수 있다. 자기에게 흥미를 끌지 못하는 사람이나 일에는 도통 관심을 갖지 않는다. 당연히 그에 대한 지식이 얕을 수 밖에 없다. 말하고 싶어도 알지 못하는 데에야 어떻게 나설 수 있겠나.

전문가는 어느 한 분야엔 독보적 존재다. 자기가 몸담고 있는 분야나 흥미가 있는 분야엔 관심이 지대하다. 알고 싶은 마음에 질문을 던지고, 아는 것이기에 자랑하고픈 마음도 생길 수 있다. 더욱이 사주에서 말하는 식신과 상관은 자기 과시욕과 나서기를 좋아하는 성향이다. 다만 식신은 상대방이 은근히 알아주기를 바라는 편이고, 상관은 직접 자기를 선전하는 성향이 강한 게 차이라면 차이다. 식신의 이런 마음은 술좌석에서 잘 드러난다. 과묵함이 변해서 수다쟁이가 된다. 지적(知的)이고 정적(靜的)인 식신의 마음이 술기운을 빌어 동적(動的)으로 변하기 때문이다. 그러나 그 자리가 끝나면 그만이다.

상관은 표현욕구가 강하다. 뭐든 말하고 싶어 한다. 그게 연예인의 일상생활이건 자기의 가정생활이건 말하고 나야 시원해진다. 그것이 설사 자기의 사생활이라도 상관없다. '너에게만 말하는데⋯⋯' 형이다. 그렇다고 식신이 좋고, 상관이 나쁘다는 얘기는 아니다. 저마다의 타고난 성향이 그렇다는 것이다.

그러한 성향은 세상을 살아가는 데 있어 장점으로 살리면 좋다. 따라서 식신이 강한 사람은 과묵함을 장점으로 삼으면 좋을 것이고, 상관이 강한 사람은 언변을 장점으로 삼으면 좋을 것이다. 정치를 희망하는 사람치고 상관이 발달하지 않은 사람은 드물다. 자기를 알려야 사는 직업이기 때문이다. 아울러 사업가 기질로 최상으로 치는 사주구조는 상관이 편재(偏財)를 돕는 것이다.

억세게 운이 좋은 사람

평판도 좋지 않고, 일 실적도 좋지 않아 항상 빌빌대는 사람이 있다. 구조조정 얘기가 나돌 때 마다 전전긍긍하던 사람이다. 그러나 위기의 그 순간에 오너가 먼저 바뀐다. 칼끝에 섰던 사람이 도리어 칼자루를 잡게 된다. 평범한 직장인이라면 한번쯤은 꿈꾸어 보는 '희망사항' 이다.

옆집엔 손님이 줄을 잇는데, 파리 날리는 음식점이 있다. 그게 눈꼴이 시려 분통만 터트리던 만두집 사장이다. 언제 그만둘까를 하루에도 수십번 생각하던 사람이다. 그러나 옆집이 세무조사에 걸려 쫄딱 망한다. 잘되는 옆집을 둔 사람이 한번쯤은 생각해보는 '너 죽고 나살자' 마음이다.

매일 방안에 틀어박혀 공상만으로 사는 사람이 있다. 담배꽁초의 하늘거리는 연기에 위안을 받는 사람이다. 전기세, 수도세 통지서 오는 날이 무서운 날인 사람이기도 하다. 꽁초피면서 모은 돈으로 로또를 산다. 단 한 번으로 1등에 당첨된다. 할 일 없어 노는 백수라면 한번쯤은 그려보는 일확천금의 꿈이다.

이렇게만 된다면 정말 재수가 하늘에 닿는 사람일 게다. 그러나…….

찢어지게 가난한 가정이었지만 공부운이 제대로 들었다. 턱걸이지만 일류대에 합격했다. 그러나 좋은 학과는 아니었다. 해방된 기분에 맘껏 대학생활을 즐기기도 했다. 외상 술집도 많았고,

이성 친구도 있었다. 그러나 졸업시기엔 취업운이 또 제대로 들었다. 전공이 희귀현상을 보인 것이다. 자기 하고 싶은 대로 직장생활을 했지만, 승진시기 그해에 또 승진운이 들었다. 자기를 확실히 알릴 수 있는 프로젝트를 무리 없이 해낸 것이다.

결혼 시기가 되었다. 이번엔 이성운이 제대로 들어 결혼도 순탄했다. 중년기엔 재성운이 들어 돈 모으기도 순조로웠다. 건강이 조금 문제가 되지만, 늘그막엔 건강운이 또 제대로 든다.

이런 사람이 진짜 재수가 좋은 사람이 아닐까. 하도 기가 막히는 운에, 남의 입에 오르내리기도 한다. 내 아는 이의 사주팔자다.

성격도 운 따라 변한다

동창회에 참석해 보면 너무나도 변한 친구들의 모습에 놀랄 때가 많다. 특히 초등학교, 중학교 동창들 모임은 더하다. 예전엔 말 한마디 못하고 구석진 곳서 맴돌던 애들이 모임을 주도하는 것은 다반사다. 반면 당시에 '잘 나가던' 아이들이 구석 자리를 차고 앉아 애꿎은 소주잔만 만지작거리는 것도 낯선 풍경이 아니다. 이런 군상들 중엔 사회에서 '출세'한 여세를 몰아 친구들에게 으스대고픈 못난이들도 있을 터이고, 이들에 주눅이 들어 구석을 찾아드는 또 다른 못난이들도 있을 것이다. 하지만 긴 세월 동안 알게 모르게 변한 자신들의 성격 탓일 경우도 많다.

사주에서의 운(運)은 어떤 경우엔 60평생을 가기도 하지만, 일반적으로 길게는 30년, 짧게는 1년 단위로 바뀐다. 이것은 운에서 오는 오행의 글자가 무엇을 뜻하는 가에 따라 자기의 성격이 바뀐다는 얘기도 된다.

사주에서 말을 잘하고 유행에 민감하며 남 앞에 나서기를 좋아하는 것은 상관(傷官)이다. 예컨대 자신을 뜻하는 일간(日干)이 갑목(甲木)이라면 정화(丁火)가 상관이다. 타고난 사주에 이 정화가 없는 사람이 운에서 정화를 마주치면 조용하던 사람이 갑자기 말이 많아지고, 사교성도 좋아진다. 뒤늦게 명품족이 되기도 한다. 하지만 그 현상은 일시적인 것일 뿐, 정화의 운이 지나가면 다시 침묵하는 사람으로 돌아가게 된다.

반면 상관을 두들겨 패는 것이 정인(正印)이다. 위의 예에서는 계수(癸水)가 정인이 된다. 사주에 상관이 강해 말이 많았던 사람에게 이 정인의 운이 오면 표현력에 문제를 일으킬 우려가 대단히 높다. 일시적이겠지만 소심한 사람으로 변한다는 얘기다.

약간 다른 차원의 얘기지만 식신이 강한 사람은 분위기에 민감하다. 평소 과묵한 편이어서 주위 사람들이 접근조차 하기 어렵던 사람이지만, 술좌석에선 달라진다. 분위기를 압도할 수도 있다는 얘기다. 어떻게 저렇게 말을 잘 할까, 그동안 입이 간질거려 어떻게 지냈을까 하는 마음까지 들게 한다. 너스레도 잘 떨고, 입바른 소리도 잘한다. 심할 땐 상사에게 대들기도 하고, 평소 감정이 쌓여있던 사람에겐 막말까지 서슴없이 나간다. 이럴 때 옆에서 보면 영락없는 주사(酒邪)다. 그러나 술이 깨고 나면 그만이다. 평소의 과묵으로 돌아가고, 전날의 행동을 못견뎌한다. 주위에서 흔히 볼 수 있는 '술이 웬수'인 사람이다. 닥치는 운을 주위 환경의 변화라고 보면, 분위기의 변화를 작은 의미의 운이라 해도 크게 틀린 말은 아닐 것이다.

인생무상(人生無常)이라 했다. 친구의 으스대는 꼴을 밉다고만 하지 말고, 성격이 변한 것으로 돌려 보듬어 안는 것이 진정한 우정이고, 동료애가 아닐까.

인성이 필요하면
재운을 조심하라

요즘 신문을 보면 이리저리 오고간 돈에 관한 기사로 머리가 어지럽다. 돈을 줬다느니, 받지 않았다느니 하면서 연일 공방전이다. 우리네 서민은 꿈에서나 만져볼 수 있는 거액도 그들은 일상으로 주고받는 모양이다. 어쨌거나 그네들 행태가 실망스럽기도 하고, 짜증도 나고, 또 한편으론 부럽기도 하다.

사주가 약한 사람은 자신을 강하게 해주는 오행(五行)이 필요하다. 이를 인성(印星)이라 한다 했다. 이 인성이 돈과는 상극이라고도 했다. 공교롭게도 인성이 주요 성분이 되는 사주는 공직자나 교수, 교사 등 학계, 예술계의 인사들에게 많다. 사주에 따라 적절히 직업을 선택했단 말이 되기도 한다. 더욱이 이들은 거부(巨富)를 꿈꾸지 않는다. 천직인 셈이다.

사주에서 인성이란 무의식적으로 채우려는 욕구, 천연적으로 주어지는 욕구로 해석된다. 예컨대 아기가 배고플 때 엄마 젖을 찾는 것은 육체적으로 살아남기 위한 기본적인 욕구이고, 학업이나 경험 등을 통해 머리를 채우는 것은 사회생활을 위한 기본적인 행동이다. 그래서 인성이 강한 사람을 순수한 사람이라고도 한다. 기본적인 것들을 추구하는 사람이기 때문이다. 학문도 순수학문 쪽이고, 재물도 내가 필요한 만큼 만이다. 인성 중에서도 정인이다. 주어진 삶 그 자체를 중시한다. 이런 사람이 운에 부대껴 돈에 매달린다면 본분을 망각한 것이 된다. 자신의 능력과 감정을 속이고, 엇길로 나서니 탈이 날 수밖에 없다. 작게는 체면 상실이고, 크게는 패가망신이다.

살다보면 평상시엔 그렇지 않은데 유독 어느 시기에 돈을 쫓는 사람을 볼 때가 있다. 멀쩡하게 직장생활을 하다 사업을 한답시고 사직서를 제출하거나, 청렴하기로 칭찬이 자자하던 인사가 몇 푼의 돈에 유혹돼 신세를 망치는 경우 등이다. 이런 경우는 재운(財運)이 들었을 가능성이 높다. 그것도 인성이 필요한 사주를 타고난 사람에 많이 일어난다. 이를 명리학 용어로 탐재괴인(貪財壞印)이라고 한다. 재를 탐하다 본분을 잃는다는, 즉 두 마리 토끼를 쫓다 한 마리도 잡지 못하는 것을 의미한다고 보면 되겠다. 명과 운의 상반(相反)이다.

이런 사람에게 한평생 재운이 들지 말라는 법은 없다. 운은 계속 돌아가기 때문이다. 재운이 들 때는 조심이 최상의 선택이 된다. '검은 돈'을 조심하란 얘기다. 명리학은 사람이 나아갈 때와 물러설 때를 알게 해주는 학문이다.

사주와 사회성

사소한 것에 목숨 거는 사람, 허황한 꿈으로 동분서주 하는 사람에 방안에 박혀 공상으로 하루를 보내는 사람도 있다. 순간적인 대처로 위기를 모면하는 사람이 있는가 하면, 뻔히 보이는 결과에도 결정을 못 내리는 사람도 있다. 낯선 사람에게 스스럼없이 말을 건네는 사람에 자기 울타리를 치고 친소관계를 따지는 사람도 있다.

좋고 나쁨은 없다. 장, 단점은 분명히 있기 때문이다. 잃는 게 있으면 반대급부로 반드시 얻는 것이 있는 것처럼, 모자라는 부분이 있으면 잘하는 부분도 어딘가에 구비되어 있다. 못찾을 뿐이다. 아니 형식이나 체면에 얽매여 찾고자 하는 마음이 없다고 보는 게 맞겠다. 요즘은 '남들이 장에 가면 지게지고 따라 나서는 사람' 이 많은 세상이기 때문이다.

팔자소관(八字所關)이란 말은 일이 잘 풀리지 않을 때 자기 위안으로 많이 사용하는 말이다. 그리고 보면 이 말은 능동적인 사회성이 아닌, 극히 수동적인 사회성이 된다. 수동적인 성향이 나쁜 것은 아니다. 표출보다 받아들이려는 마음이 강할 뿐이다. 남을 배려할 줄 아는 사람에 많고, 겸손과 정직을 모토로 삼는 이들에게 많이 나타난다.

개인적인 측면에서 보면 어설프게 나서지 않는 것도 된다. 안정위주의 성향이란 얘기다. 불확실한 사안이나, 모험적인 일에 관심이 떨어진다. 이게 손해 본다는 마음으로 이어진다는 게 문제지, 이런 성향을 살리는 것이 세상을 잘 사는 것이 아니겠는가.

다만 모자라는 부분을 채운다는 마음가짐은 필요하다. 그래야 자기 능력이 상향평준화 된다. 타고난 적성, 타고난 성향을 죽이는 것은 곧 나 자신의 개성을 죽이는 게 되고, 능력의 하향평준화다.

사주는 선천적인 요소다. 개인적 특성이다. 사회에 대한 개인의 적응능력이다. 이를 잘 살려야 한다. 그래야 자기도 편하고, 세상도 편하다. 문제가 되는 것이 주객이다. 세상이 주체가 되고, 개인이 객체가 되어야 한다. 요즘은 주객전도가 대세다. 내 아이가, 내 능력이, 내 권력이 최고라는 것이다. 혼자만의 세상이 아니다. '내가 아니면 안된다' 라는 강한 책임의식은 좋지만, 이런 생각은 자기도 힘들고 남을 피곤하게 한다.

사회성이란 한 개인이 세상을 살아가는 방법, 즉 사회 적응의 상태나 대인 관계를 어떻게 해결해 나가고 있는가를 알아보는 척도다. 명리학은 이를 알게 해주는 학문이다.

남이 대신 해주기를
원하는 사람

뭔가에 기댄다는 것은 자기를 믿는 마음이 부족한 사람이다. 자신감 결여라 할 수도 있다. 이런 사람은 대게 직접 부딪혀 나가기보다는 주위 사람들이 자신 일을 대신 해주기를 원한다. 극한 상태에 이르면 아예 자기를 포기하고, 현실을 회피하고자 하기도 한다. 사주에서 비겁이 약하고, 그 중에서도 비겁의 뿌리가 없는 사람이다. 여기에 관성과 약한 인성이 연결되면 십중팔구다.

비견은 의사결정을 할 때 자기가 잣대가 된다. 이성적이라기보다는 감성적인 측면이 강한 사람이다. 세상을 보는 기준이 자기가 된다는 뜻이다. 이런 사람은 자기의 마음에 들어야 움직일 가능성이 많으며, 싫으면 관심을 덜 가진다.

사주에서 약한 오행은 그것에 대한 연민이다. 즉 하고 싶은 일이다. 인성이 약하면 인성으로의 향하는 마음이 커진다는 것이다. 그러나 그것은 자기가 잘 할 수 있는 일이 아니다. 다만 좋아하는 일일 뿐이다. 인성은 가족으로 치면 모친이 된다.

관성은 나를 억압하는 요소다. 나에게 닥친 현실을 뜻하기도 한다. 이게 가중되면 자신감 결여로 이어지고, 심해지면 자기비하에 체념이 된다.

이런 사람은 자기가 직접 나서야 하는 일엔 적응하기가 쉽지 않다. 직업을 선택할 즈음엔 누군가의 충고에 따르는 경향이 짙다. 귀가 얇다는 것이다.

이런 사람에게 '뭐가 하고 싶냐' 고 묻는다면, 대답은 침묵이다. 뭔가 뚜렷하게 하고 싶은 일이 없기 때문이다. 아니 없다기보다는 자신감이 생기지 않기 때문에 말을 않는다고 하는 게 좋겠다. 관성이 강하다는 것은 명예욕이나 체면도 중시하는 것도 의미하기 때문에, 허드레 일은 생각할 수도 없다.

나이 서른 다된 자식이라 생각해준답시고 '뭐가 하고 싶냐' 고 줄기차게 물었던 사람이 있었다. 자식은 그에 대한 대답은 않고, 방에만 틀어박혀 컴퓨터만 쳐다보고 있다 한다. 이런 자식에겐 부모의 적절한 목표제시가 필요하다. 특히 운이 좋지 않다면 명심할 일이다.

나이가 들었다 해도 타고난 기본 성향은 바뀌지 않는다.

여성 사주도 강해야 한다

요즘은 전혀 어울리지 않는 옛말이 됐지만 '여자가 많이 알면 팔자가 세다'느니, '여자와 그릇은 밖으로 내돌리면 깨진다'는 속담이 있다. 여자는 집안에서 애나 키우고 살림만 잘하면 된다는, 다소곳한 여성을 최고로 쳤던 지나간 한시절의 얘기이기도 하다. 그리고 보면 맞벌이는 생각지도 못했던 '그 시절 그 속담'쯤 되겠다.

현대 남성들은 전문직 여성을 배우자 후보 1순위로 꼽는다. 그만큼 여성들 지위가 향상됐다 할 수도 있겠고, 팍팍한 살림살이가 또 하나의 원인 제공을 했다고 할 수도 있겠다. 어쨌거나 여성들의 사회생활의 폭이 넓어졌다는 것은 틀림이 없는 사실이다.

사주학에 있어서도 예외가 아니었다. 예전엔 여성 사주는 다소 약해야 한다는 게 일반론이었다. 여성 사주를 접하면 가장 먼저, 가장 중요하게 봤든 게 남편을 나타내는 관성(官星)이었다. 아내는 남편을 따라야한다는 이론이 적용됐기 때문이다. 그러기에 여성사주가 남편보다 강하면 팔자가 세다고 하여 기피했다. 시대적으로 해석하면 남성 중심적 사고요, 경제적으로 따지면 남자 혼자서도 가정을 꾸려나갈 수 있었다는 게 이유가 될 수 있겠다.

사주가 약하면 주체성이나 인내력, 결단력 등도 약하다. 반대로 강한 사주는 활동적이다. 그러기에 사회생활을 잘 하려면 강한 사주가 일단 유리하다. 대인관계 등 삶에 있어서 진취적이 되기 때문이다. 따라서 여성 사주도 강해야 한다.

　요즘은 한 가정을 넘어서 한 나라의 대통령, 더 나아가 국제기구의 수장도 여성들이 많이 차지하고 있다. 멀리 볼 것도 없다. 요즘 신문 지상의 각료 프로필이나 동정 난을 들여다보면 더 실감이 간다. 이들이 이뤄낸 업적에 대한 찬사도 이어진다. 이런 사람들이 자신의 통치철학이나 인류에 대한 관념이 희미하다면 어떻게 됐겠는가.

　무슨 일을 하려면 주체성과 승부근성, 추진력과 해내려는 목표의식 등이 뚜렷해야 성취도를 높일 수 있다. 주체의식이 없다면 남의 얘기에 휘둘릴 수밖에 없을 것이고, 그러다 보면 자신을 믿고 따르는 사람들은 허탈감만 더해질 것이다. 밀린다는 것은 곧 굴복인 것이고, 자신들의 이익이 감소된다는 것이다. 사주에서 강단을 의미하는 게 비겁이고, 비겁은 사주를 강하게 하는 근본적인 요소다. 여기에는 남녀노소의 구분이 필요 없다.

　일전에 이런 문의가 있었다. 아들의 여자 친구 사주에 양인살(羊刃殺)이 있는데 결혼을 시켜도 되겠느냐고. 어느 양반이 여자가 드세니 결혼을 재고하라고 하더란다. 양인살을 가진 사람은 뚜렷한 주관이 특징이다. 하지만 요즘같이 각박한 세상에 자기 주관 없이 어떻게 살아갈 수 있겠나. 사주 해석도 시대에 따라 달라져야 한다.

내조와 외조

여자의 사주에서 남편은 관성(官星)이고, 이 관성에 힘을 실어주는 것이 재성(財星)이다. 그래서 명리에서는 여자의 입장에서 재성은 자기 자신이라고 본다. 따라서 재성과 관성이 적당히 조화를 이루고 있는 사주는 내조(內助)가 강한 사주라 한다.

사주에서 나를 나타내는 글자가 강하고, 재성과 관성이 적당히 이루었을 때는 그 결과도 좋다. 그러나 이 경우에 관성이 약하다면 여자가 바라는 만큼 남편이 그 결과를 이루어내지 못할 경우가 많다. 여자의 입장에서 보면 과욕인 셈이다. 여기에 인성(印星)까지 강하다면 더하다. 인성은 받고자 하는 마음이고, 남편의 힘을 뺏는 역할을 하기 때문이다.

이런 구조를 가진 여자에 있어 나 자신이 약하다면 남편에 휘둘리는 형상이 된다. 주체성이 약하다는 것이다. 다른 각도로 보면 남편이 원하는 바를 다 해주는 심성이란 뜻도 되겠는데, 말하자면 아주 헌신적인 내조다. 그러나 이 경우 인성이 약하다면 내게 돌아오는 것이 없기 때문에 제 풀에 나가떨어질 수도 있다. 말하자면 해주다 안 되면 미련 없이 돌아설 수도 있다는 것이다. 불만족이 커지고, 불평이 커질 수 있다. 이런 사주를 가진 아내를 둔 남편이라면 그 역할이 아주 중요하다. 아내를 배려하려는 마음을 많이 가지라는 뜻이다.

외조(外助)는 남자의 사주가 강해야 한다. 내가 퍼줄 게 있어야 남을 도울 수 있는 것과 같은 이치다. 남자의 사주에서 자신이 강하고 식상(食傷)과 재성이 적절히 구비되어 있다면, 외조하려는 마음이 좋다고 할 수 있다. 아내를 이해하려는 마음이 강하다는 뜻도 된다. 맞벌이를 한다면 가사 분담도 확실할 것이고, 육아 문제도 함께 풀어나갈 것이다. 팔짱을 끼고 다정히 시장 길에 함께 나설 수도 있다. 그러나 이런 면은 아직 우리 사회는 남자 중심의 사고가 강하기 때문에, 남자 쪽에서 먼저 다가서지 않으면 쑥스럽게 여기는 대목이다. 따라서 남자의 마음가짐이 어떤가에 따라 많이 좌우된다. 남자가 주위의 눈치를 많이 본다면 결코 쉽지만은 않은 일이란 얘기다.

남자의 사주가 약하다면 문제가 달라진다. 부인에 대한 외조로 그치는 게 아니라 세상의 모든 여자들에게 '외조'를 잘 하는 게 될 수도 있다. 여자를 좋아하는, 쉬운 말로 바람둥이의 기질도 무시할 수 없다는 게다. 즉 자기의 주관이 뚜렷하지 못해 주위의 환경에 휘둘리고, 강한 활동성과 멋과 흥을 아는 기질로 인해 한 여자에게만 순정을 바치는 것을 억울해 할 수도 있다는 얘기다.

남자이든 여자이든 모름지기 사주에서 식재(食財=식상과 재성)로의 표출은 내가 강해야 가능하다. 약한 몸으로는 천하를 도모하기보다 약을 먼저 찾는 게 인간의 본능이기 때문이다. 이를 사주로 보면 일간이 약하면 주려는 마음보다 받으려는 마음이 앞서기 때문에, 남을 배려한다는 것은 다음 순위로 밀릴 수밖에 없다는 결론이 나온다.

돈과 권력

요즈음 신문과 방송에서 가장 먼저 올리는 뉴스가 돈과 권력이 연계된 뉴스다. 돈으로 권력을 샀느니, 아니니 하는 것인데, 바라보는 국민의 입장은 씁쓰레하다. 관행이라 주장하기도 한다. 그러나 관행도 관행 나름이다. 그 관행 이면엔 그동안 국민을 우롱했다는 것이 전제된다. 물론 지금 도마에 오른 그 양반만의 문제는 아니다. 관행이라 했으니, 그동안 계속 그런 일이 반복되어 왔다는 것을 의미하고, 국민은 줄곧 우롱 당해왔다는 것이 된다.

사주에서 돈과 권력은 결과를 나타내는 글자들이다. 과정이나 절차를 생략하고, 일의 결과만을 따지는 성향이 강한 사주다. 임기응변이나 기회포착 능력이 아주 강한 사람들이기도 하다. 그러나 무조건 이런 형태로 배합되었다 해서 좋을 것은 없다. 무엇보다 자신을 나타내는 글자도 강해야 한다. 내가 약하면 주체성의 결여이고, 보이는 것만을 쫓기 때문에 허황된 꿈으로 끝나거나, 설사 원하는 대로 이루어진다고 해도 오래가지 못한다. 운이 제대로 든다고 해도, 그 운이 지나가면 끝이다.

원래 정치가나 사업가, 연예인들은 운에 많이 좌우되는 명(命)을 타고난 사람들이다. 따라서 대중성이나 자기 철학이 뚜렷해야 성공을 한다. 일시적인 운만을 믿고 과신하면 패가망신이다. 이런 분야에 종사하는 사람들은 재삼재사 생각해 볼 필요가 있다.

사주에서 재성은 돈이고, 관성은 권력이다. 재성은 관성의 원천이기도 하기 때문에, 돈은 곧 권력을 사는 것이 되고, 권력은 돈을 지켜주는 역할을 하는 셈이 된다.

이런 사주를 타고난 사람이라면 '꽥'이라도 한번하고 죽고 싶은 마음이 많이 든다. 그러나 내가 약하다면 득(得)보다 실(失)이 훨씬 더 크다. 올해와 같이 선거가 이어지는 해에는 자중할 필요가 있다. 특히 관성이 약하다면 권력은 간 곳 없고, 돈만 날리는 결과까지 무시할 수 없다.

이런 아이가 있다면 생각을 좀 더 많이 하도록 하고, 다른 사람을 배려하는 마음도 키워줄 필요가 있다. 결과 이외 절차나 과정도 챙기려는 마음을 키워주라는 것이다. 사주에서 이들 역할은 식상과 인성이 담당한다.

사주와 심리

사주 분석은 심리분석이 병행되어야 한다. 타고난 것은 자기의 본능이 그렇게 움직인다는 것이고, 운(運)은 자기의 마음이 그쪽으로 쏠린다는 것이다. 그것은 주위의 환경이 그렇게 몰아갈 수도 있고, 자기 자신이 그렇게 변할 수도 있다.

예컨대 학업시기에 가장 무서운 것은 재운(財運)이라 했다. 재운엔 현실에 집착하는 마음이 강해지게 되고, 동적(動的)인 심리가 된다. 그게 정적(靜的)인 분위기가 필요한 학업과는 배치된다는 것이다. 환경이 그렇게 되도록 이끈다는 것은 가장의 실직이나 사업 실패 등이 원인이 된다. 이로 인해 일을 찾지 않으면 안 되겠다는 생각이 든다는 게다.

자기 자신의 변화란 이성에 관심을 돌리거나, 학업에 대한 회의감이 강하게 드는 것 등으로 설명할 수 있다. 아니면 돈이 최고라는 마음이 들게 되어, 공부를 소홀히 한다. 한마디로 정적인 사고가 동적으로 급속히 전환되는 시기다.

일반적인 사주 분석은 결과만 중시한다. 과정이 생략되었다는 얘기다. 예컨대 타고난 성향이 관인(官印) 쪽이면 개방적인 사고가 반감된다. 전혀 없다는 게 아니고, 자기가 사회에 적응하는 방법이 보수적이라는 것이다. 이런 사람이라도 사업을 하는 집안에서 태어나 성장했다면 개방적인 사고가 자연히 축적된다. 집안이 보수적인 사람보다 훨씬 진취적이고 미래지향적이라는 의미다.

이를 참조로 해야 한다.

심리는 직업 선택에 지대한 영향을 미친다. 보수적 성향을 강하게 타고 났더라도 운이 개인주의적 사고로 죽 흐른다면, 이쪽으로 방향을 틀어야 한다. 하고 싶은 마음이 개인주의로 흐르기 때문이다. 이런 사람이 공직 등 보수적인 직군이나 위계질서가 분명한 분야로 진출한다면 개인의 영달을 우선으로 하기 때문에 사회적인 성취도가 높지 않다. 더욱이 자기 만족감도 높지 않기 때문에 첫 단추를 잘 꿰어야 한다.

사주에 재성이 많은 사람은 개인주의적인 성향이 강하고, 아주 활동적이며, 사람 사귀기도 좋아한다. 이런 사람을 일반적인 사주분석으론 학업에 치중하라고 한다. 재성은 동적인 성향이라 했다. 학업은 체계적이고, 꾸준히 나아가야 성공할 가능성이 높다. 개인의 이익만 추구하다보면 당연히 학업적인 성취도는 낮아질 수밖에 없다.

서구에서 인정받는 MBTI 성격분석에 의한 직업 선택도 이런 유형에 속한다.

정치인에 유리한 조건

욕먹는 직업, 그러나 요즘처럼 정치인처럼 인기 있는 직업도 없다. 권력의 대명사이고, 부(富)도 따르는 직업이며, 가문의 영광을 되살리는 직군이기도 하다. 하긴 명당을 따라 다니다보면 비석이 큰 묘소엔 언제나 이 권력이 도사리고 있다. 족보에도 언제나 내세우는 게 이 권력이다.

사주에서 권력은 그 바탕이 재물이다. 돈 내고 벼슬사려다 낭패 보는 일이 비일비재 하다 보니, 이젠 메인 뉴스거리도 되지 못한다. 그저 '그렇구나' 정도다. 사주의 이치가 실감나는 대목이다. 물론 청렴한 이들도 있겠지만, 미꾸라지 한 마리가 개울물을 흐릴 수는 없다. 이건 옛말일 뿐이다.

정치를 하려는 사람은 우선 낯이 두꺼워야 한다. 자화자찬에도 강해야 한다. 누가 뭐라고 하던 웃어넘길 수도 있어야 한다. 자기의 주체성이 필요하다. 옳고 그른 건 차후의 문제다. 욕을 먹어도 웃어야 하고, 조롱도 충고처럼 받아들여야 한다. 그러려면 당장 필요한 것이 비겁이다.

또 필요한 게 승부사 근성이다. 어떻게 하던 상대를 짓이겨야 하기 때문이다. 그게 순리든 역리든 상관할 바 아니다. 우선 당선되고 봐야 한다. 이 경쟁의식도 비겁의 소관이다.

'말발'도 세야 한다. 아닌 것도 맞는 것처럼 포장할 수 있어야 한다. 이기기 위해선 근거 없는 것도 그럴 듯하게 먹혀들도록 해야 한다는 얘기다. 그것도 논리적으로 접근해야 한다. 섣불리 나서다 뒤통수를 맞는다. 아귀가 맞도록 말을 할 수 있는 능력, 대중의 귀를 솔깃하도록 할 수 있게 만드는 것은 상관의 소관이다.

권력에 대한 집착도 강해야 한다. 명예욕이 약한 사람은 꿈도 꾸지 말아야 한다. 뭔가에 대한 목표 의식도 뚜렷해야 한다. 그게 돈을 벌기 위해서이든, 명예를 높이기 위해서이든, 자기만족감을 충족시키기 위해서든 뭐든 목표의식이 있어야 한다. 총선에 출마한다고 해서, 모두가 권력지향적인 사람은 아니란 의미다. 이런 것은 관성의 소관이다. 관성 중에서도 편관이 강해야 유리하다. 자기의 영역을 만들고자 하는 사람이기 때문이다.

욕을 먹어도 참아야 하기 때문에 인내심도 강해야 한다. 즉 자기의 감정을 확실하게 제어할 수 있는 사람이 훨씬 유리하다. 이 것 역시 관성의 소관이다.

이것을 모두 충족시키는 사주는 드물다. 적어도 위의 것들 중에서 겁재와 상관, 편관은 확실히 구비되어야 뜻이나마 둘 수가 있다. 금상첨화로 요즘은 재성이 겸비되어야 자기에게 훨씬 유리한 조건이 된다.

버려야 채울 게 있다

무슨 일이든 계획을 세워야 효율적인 사람이 있다. 무턱 댄 언행은 생각해 볼 수조차 없다. 아니 있다고 해도 감히 실행하지 못한다. 아침 잠자리서 하루를 계획하고, 저녁 잠자리서 하루의 결과를 점검한다.

현실에 대처 하는 것도 안정을 우선으로 한다. 불확실한 것들엔 도통 관심을 보이지 않는다. 그렇다고 그런 것을 나쁘게 본다는 것은 아니다. 하고 싶어도, 마음은 그렇게 움직여도 실행하기가 쉽지 않다는 것이다. 자신감 부족이 원인일 수도 있고, 지나친 자존심이 원인일 수 있는 사람이기도 하다.

현실에 민감한 편도 아니다. 무값이 얼마인지, 멸치 값이 얼마인지 관심이 없다. 아니 숫자 자체에 흥미가 떨어진다. 임기응변은 상대적으로 불리하고, 언행에 세련미도 떨어진다. 속내를 그대로 내지르는 사람이기에 곡해를 살 우려도 많다. 거짓말을 작정하고 하면 얼굴에, 말투에 당장 드러나는 사람이다.

하나의 일을 시작하면 딴 일을 생각 못하는 사람, 마무리를 맺어야 다음 단계로 나아갈 수 있는 사람이다. 행동이 굼떠 변화를 바라지도 않고, 주어진 일에 최선을 다하는 사람이다. 그러나 이면을 들여다보면 시원시원한 사람보다 더 조급함을 보이는 사람이다. 한 가지 일에 실패를 하면 그것을 마음에 두고, 평생을 안고 가는 사람이다. 그러다 보면 남는 것은 실패를 빠른 시일 안에

만회해 보고자 하는 마음이다. 그래서 허황된, 현실과 동떨어진 일을 도모하기도 한다. 현실을 도피하고자 하는 마음도 강하다. 심하면 해외이민이다.

이런 사람은 살면서 여유를 찾아야 하는 사람이기도 한데, 우선으로 버려야 한다. 마음의 짐도 버리고, 현실의 짐도 버려야 한다. 버리는 방법은 배우자에게 속내를 털 필요도 있고, 친구들과 수다를 떠는 것도 하나의 방법이다. 그러나 타고난 심성이기에 쉽지는 않다.

사주에서 관성(官星)은 기억력과 관련이 있고, 관성이 강한 사람은 버림이 삶을 윤택하게 할 수 있다. 버림은 식상(食傷)의 역할이다.

제3부

무엇을 담을 것인가

적성, 진로, 직업관과
자녀 양육 유의점

무엇을 담을 것인가

　사람들은 저마다의 '그릇'을 가지고 태어난다. 그 그릇은 뚝배기일 수도 있고, 양푼이 되기도 하며, 국 사발, 간장 종지가 될 수도 있다. 자기의 그릇에 무엇을 담을 것인가는 자신이 결정할 문제이기도 하고, 주위 환경에 의해 채워지기도 한다. 문제는 그릇의 종류에 따라 담겨지는 내용물이 다르다는 것이다. 국 사발에 밥을 담아서는 어색한 것이고, 간장 종지에다 국을 퍼서도 효과가 없다. 된장국은 뚝배기에 끓여야 제 맛이 난다.

　사람은 자신의 본분을 아는 것이 중요하다. 공무원 사주를 타고난 사람이 자영업을 해서는 자신이 느끼는 만족감은 낮을 것이고, 반대로 사업을 해야 할 사람이 교직을 선택한다면 이 역시 사회적 성취도는 낮을 수밖에 없다. 어떤 그릇이든 한, 두 번이야 어떤 내용물을 담더라도 크게 탈이 나지 않는다. 그러나 탈이 없다고 계속해서 사용한다면 분명 문제가 발생한다. 철로 된 그릇에 소금을 담는 것과 같은 이치다.

　사람은 기회를 잘 잡아야 한다. 기회란 자주 오는 게 아니다. 어쩌다 한 번 온 기회를 생각도 없이 놓친다면 이보다 큰 손해는 없을 것이다. 기회는 한평생 살아가는 동안 하나의 큰 반환점이 될 수도 있다. 몇 년을 기다리다 다시 어렵게 잡는다고 해도, 그 기다린 세월은 어떻게 돌이킬 수가 없다. 돌이킬 수 없는 시간들, 운명이라고 치부해버리기엔 너무 아까운 시간들이 아닌가.

그렇다고 무턱대고 나서는 것도 불리하다. '재수가 없을 때는 뒤로 넘어져도 코가 깨진다'고 했다. 이럴 때는 기다림이 필요하다. 기회를 잡을 때까지, 쓰임을 찾을 때까지 묵묵히 준비를 한다는 마음가짐이 중요하다. 운 나쁠 때 나선다는 것은 급박하고 절박한 상황, 준비가 덜 된 상태서 나서는 것이다. 이럴 경우엔 올바른 판단을 하기 어렵다. '지푸라기 잡는 심정'으로 살아가기엔 이 세상이라는 바다는 너무 넓고, 항해해야 할 시간도 너무 길다. 지금 한 발짝 물러선다 해서 긴 인생길에 손해 볼 일은 없다.

완벽한 사람은 없다. 건강상 문제나 편향된 성격을 타고 났을 수도 있다. 그것을 정작 본인은 모를 경우가 많다. 모자람은 채워 줘야 한다. 약한 몸을 타고 났다면 건강에 관심을 둬야 할 것이고, 현실적 감각이 부족하다면 실리(實利) 챙기는 훈련이 필요하다. 말이 쉽지, 이런 것들은 타고난 것이기에 하루아침에 이루어지는 게 아니다. 노력이 중요하다는 얘기다.

명리(命理)는 '발등의 불'을 끄는 학문이 아니라, 삶을 설계하는 학문이다. 긴 삶을 이어가는 동안 자신의 그릇에 담을 내용물을 점검해 주고, 자기가 나서야 할 때나 기다려야 할 때를 알려주는 학문이다. 기회를 잃고 우왕좌왕 헛되이 보내는 시간을 줄여주는 학문이다.

직업관

사람들은 나서 살다 이 세상을 하직할 때까지 뭐든 먹고 살 일을 챙겨야 한다. 그게 자기가 만족해하는 일이든, 불평불만이 많은 일이든 결과는 같다. 다만 과정에서 차이가 날 뿐이다. 부자라 해서, 고위직이라 해서 하루 네 끼를 먹는 것은 아니란 얘기다. 다행히 자기의 일이 적성에 맞는다면 끝맺음 때 살아온 것에 대한 후회가 적을 것이요, 막무가내로 살았다면 후회가 좀 더 클 것이다. 가보지 못한 길에 대한 후회는 언제나 남는 것이라 생각하면 심각하게 생각할 이유도 없겠지만, 살아가는 과정 동안의 낭패감이나 성취감은 분명 차이가 나는 것이기에 직업 선택에 죽기 아니면 살기 식으로 매달리는 지도 모를 일이다.

사주로 직업을 선택할 때는 구조에 큰 비중을 둔다. 사람의 관점은 크게 두 가지로 나뉠 수 있다. 하나는 사회적 지위나 평가에 관심을 두는 형이고, 다른 하나는 재물 쪽에 비중을 두는 것이다. 사주구조상의 재성(財星)이나 관성(官星)은 결과를 뜻한다. 학업을 뜻하는 인성(印星)이나 직업적 활동이나 대인관계 등을 뜻하는 식신, 상관(食傷)은 그 과정이다. 공부를 해서 돈을 벌고, 명예를 추구하는 것 등이다. 그 중간형으로 자기 본위 사고로, 결과보다는 일이나 활동 자체에 비중을 두는 유형도 있다.

관성이 사주구조에서 제대로 역할을 하고 있는 사주는 조직에 얽매이는 경향이 짙다. 일반 관공직이나 직장에 종사하는 사람들에게서 많이 보이는 구조다. 관성이 희미하거나 사주에서 제대로 역할을 못할 때는 명령이나 지휘계통이 확실한 분야서는 성공 확률이 떨어진다. 관성은 울타리, 구속, 주위 환경이다. 재성은 글자 그대로 재물이나 소유욕, 재물의 활용능력 등을 뜻한다. 사주에서 재성이 올바르게 역할을 하는 사람은, 자신이 이쪽 방면에 관심이 많거나 주위 환경이 이를 부추기는 현상으로 나타난다.

이러한 구성의 바탕엔 그 사람의 성향이 기본이 된다. 관성 쪽으로 기운 사람은 보수적 성향이 짙다. 순서나 차례를 중시하고 원칙론자적 입장, 즉 기존 틀 중시성향이 강하다. 무슨 일이든 차근차근히 행하며 계획적이다. 반면 재성이나 식상으로 기운 사람은 개방적 성향이 강하다. 개인적 성취욕구와 대인 관계를 중시하고, 현실적 만족감을 우선한다. 형식이나 기존 질서, 권위를 따지기보다 창조적, 대외적 관계에 비중을 둔다. 확연한 차이다.

사람은 자기의 소질을 타고난다. 사주구조에 대략적으로 나타나는 사회성이 그것이다. 그에 따라 은연중 스스로 그 길을 향해 나아간다. 삶의 목표인 셈이다. 부모는 그 재능을 일깨워 줄 필요가 있다. 아니 의무라 해도 되겠다. 그러나 부모 욕심으로 아이를 보아선 안 된다. 지금은 재관(財官, 재성과 관성)의 시대가 아니라 자기 개성의 시대다.

관성만이 직업을 뜻하는 것은 아니다

'우리 아이는 이, 전직이 많은 아이라 하네요. 어쩌면 좋을까요.' 새파랗게 질린 어느 아줌마의 하소연이다.

사주에 관성을 깨뜨리는 글자가 많으면, 직업을 자주 바꾼다고들 한다. 관성은 예로부터 관직을 일컬어 왔기 때문에 생긴 이론이다. 예전에야 벼슬을 해야 만이 대접을 받았으니 충분히 공감이 가는 대목이기도 하다. 벼슬만이 곧 출세였던 셈이다.

요즘은 전문성이 강조되는 시기다. 뭔가 하나만 잘하면 먹고 살 수가 있다. 예전에도 입에 풀칠이야 하지는 않았겠지만, 돈이 많다고 해서 요즘처럼 떵떵거리고 살 수는 없었다. 하긴 요즘에도 관공직이면 어깨 펴고 사는 데 유리한 입장이기는 하다. 그러나 경차 타고 그럴 듯한 직장에 다니는 사람보다는 외제차 타는 사람이 훨씬 더 대우 받는다. 번듯한 식당엔 경차는 푸대접하더라는 얘기도 들린다. 괜히 주눅 들더라는 얘기도 있는 것을 보면 실감이 간다. 세월이 그만큼 변했다는 얘기다.

관성을 깨뜨리는 식상(食傷)은 사주에서 돈 버는 기술이나 재주를 뜻하기도 한다. 식상은 돈을 뜻하는 재성(財星)에 힘을 실어주는 글자이기도 하기 때문에, 식상과 재성이 적절히 어우러져 있는 사주는 돈 버는 재주가 뛰어나다. 그런데 이 식상이 강한 사주를 보고 직업이 자주 바뀐다고 할 수 있겠는가. 가게도 직장이고, 사람 만나는 것도 직업이다.

관성은 수직 계통의 직장에 유리한 글자다. 주어진 일에 효율적인 성향이고, 그런 분야에 만족해하는 직업 적성이다. 반면 식상은 전문성이고, 창조적인 성향에 대인관계가 좋다. 이들 중 좋고 나쁨은 없다. 자기가 타고난 능력을 살리는 것이 중요하다.

식상이 많은 사주를 보고, 직업이 없다고 하는 것은 말이 되지 않는다. 이런 얘기는 예전 사농공상(士農工商)의 '차별적 직업이론'이 먹혀들어가던 시절, 지금은 가고 없는 '호랑이 담배피던 시절'의 얘기다. 사주 해석도 시대에 따라 바뀌어야 한다.

부모 사주와 자녀 교육

　공부만이 살 길이라 여겨 소 팔아, 논 팔아 자식 뒷바라지 하던 시절이 있었다. 학비 마련을 위해 학부형이 내다 판 소의 유골인 우골, 학생의 등록비를 재원으로 하여 건물을 세웠던 대학을 빈정대어 이르는 말인 '우골탑(牛骨塔)'이 그 예다. 아버지가 물려 준 문전옥답을 팔아 자식 학비로 올려 보내고, 남의 땅이 되어버린 논두렁에 쪼그리고 앉아 '새마을' 담배꽁초를 입에 물고 하염없이 쳐다보던 시골 노인네의 심정은 어떠했을까. 그 담배연기 속엔 당신 가슴 속의 아쉬움과 희망, 죄스러움이 함께 묻어 있었을 게다. 논갈이, 밭갈이를 함께 하던 정든 소를 새벽녘에 길을 나서 우시장에 내다 팔고, 저녁나절 허전한 마음으로 돌아와 텅 빈 외양간을 바라보던 그 촉촉한 눈길은 또 어떠했던가.

　자식에 대한 부모의 심정은 예나 지금이나 다름이 없다. 담배 끊고 술 끊고, 허리 띠 졸라매고 빚까지 얻어 자식 뒷바라지 한다. '서울유학'은 외국유학으로 대체되었고, 어학연수는 이미 기본사항이 되었다. 넘쳐나는 인재에 취업문이 좁다고 해도 내 자식만큼은 잘 해낼 것이라는 믿음이 있기에, 새벽에 출근하고 한밤중에 퇴근해도 피곤한 줄 모른다. 자식에 대한 내리사랑은 자신의 노후대책보다 우선하는 셈이다.

　부모의 사주구성은 자식에 대한 양육과 교육에 고스란히 반영된다. 관성은 권위를 나타낸다. 따라서 사주에 관성이 많은 부모는 자식에 대해서도 권위적이다. 자식의 개성은 뒷전이 되고 자기식대로 밀고 나갈 확률이 높다. 자신이 명예와 계통, 질서 등을 중시하기에 자녀 교육이나 양육에 반영되고, 이를 기반으로 하는 직업을 은연중 강조한다. 예컨대 관공직이다. 다행히 자녀의 적성이 이에 부응한다면 아무런 문제가 되지 않는다. 문제는 자녀의 적성이 이에 상반될 경우다. 식상과 상관이 강한 사주는 기존 질서를 부정하는 심리가 강하다. 개방적이라는 얘기다. 이런 식상과 상관이 강한 아이는 규율이나 명령체계가 뚜렷한 공직사회는 적성에 맞질 않는다. 부하에겐 다정하나 상관에겐 대드는 기질이 다분하다. 결국 사회적 성취도가 낮을 수밖에 없다. 이런 부모는 자녀와의 대화가 양육이나 교육에 큰 도움이 된다. 자녀의 개성 존중이다.

상관과 식신은 언변을 뜻하기도 한다. 부모 사주에 이 성분이 강하다면 자녀와의 대화에서 언행에 신중을 기해야 한다. 절제되지 않은 말이 자녀에게 상처를 줄 수가 있다. 더욱이 자녀의 사주에 관성이 많다면 주눅당할 위험도 높아진다. 관성은 구속을 뜻하기도 하기 때문이다. 따라서 사주로 자녀의 적성을 파악하려면 부모의 사주분석도 참고 사항이 된다.

잘 할 수 있는 일,
하고 싶은 일

간혹 서울에 갈 일이 있다. 서울역에 도착해서 먼저 부닥치는 사람은 역 광장에 죽치고 앉는 노숙자들이다. 겁이 나기도 하고, 안쓰럽다는 생각이 들기도 한다. 저 사람들은 뭘 했던 사람들이고, 지금은 뭘 생각하며 살고 있으며, 미래에 대해서는 어떤 구상을 하고 있을까. 세상을 원망하며 살고 있을까, 아니면 자신의 삶을 한탄하며 살고 있을까. 저마다 세상사는 가치관이 독특하기에 굳이 참견할 일은 아니다. 하지만 같은 시대, 같은 하늘 아래에 살고 있다는 동질감으로 그냥 지나치기도 또한 쉽지 않은 일이다.

담배 한 갑 건네주며 서로를 응시할 기회도 있다. 멍한 눈으로 쳐다보는 사람에, 멸시하는 눈초리로 째려보는 사람도 있다. 내 마음이겠지만 그렇게 느껴진다는 얘기다. 담배 한 갑, 소주 한 병으로 만족해하는 사람은 없을 것이다. 그러면 저 사람들이 원하는 것은 뭘까. 하고 싶은 일은 무엇이며, 잘 할 수 있는 일은 또 뭘까. 분명 있을 것이다. 자신이 찾는 게 우선이겠지만, 부모가 자식을 양육하듯이 사회가 그들을 이끌 수도 있을 것이다.

잘 할 수 있는 일과 하고 싶은 일을 동시에 만족시키는 직업을 선택한 사람은 그 분야에서 두각을 나타낸다. 능력을 발휘 할 수 있는 데다 재미까지 가미되기 때문이다. 복 많은 사람이다. 그러나 아쉽게도 그런 사람은 많지를 않다. 대부분의 사람들은 부모가 이끄는 대로, 아니면 시험성적에 따라 진로를 결정한다. 그리고 그럭저럭 만족하며 살아들 간다.

사주에서 흔히 말하는 적성 찾기는 잘 할 수 있는 것을 찾아내는 것이다. 우연히 발견될 수도 있지만 평생을 모르고 지낼 수도 있다. 반면 마음 끌리는 대로 선택하는 직업은 하고 싶은 일을 찾은 경우다. 우열을 가리기는 쉽지 않다. 대부분의 사람들은 하고 싶은 일을 잘 해낼 수 있는 일보다 우선으로 친다. 결과가 단기간에 분명히 나타나기 때문이다. 그러나 궁극적으로는 잘 해낼 수 있는 직업을 선택하는 것이 더 유리하지 않을까. 사회적 성취도가 높아지면 자기 만족감이 커질 것이고, 하고 싶은 일로 변할 수 있기 때문이다. 그리고 하고 싶은 일에는 주위 환경, 즉 운(運)의 작용이 보다 크게 적용된다는 것도 염두에 둬야 한다.

그 옛날 난고 김병연(蘭皐 金炳淵) 선생은 천하를 방랑했다. 자신이 원했던, 세상이 그를 그렇게 되도록 몰았던 간에 결과는 '방랑시인 김삿갓'으로 남았다. 그러고 보면 그에게 있어서 관직은 하고 싶었던 일일 것이고, 시(時)에 관한 재능은 자기 적성, 그리고 방랑은 운의 작용으로 봐도 될 성 싶다. 관직으로 나아갔다면 지금까지 과연 그의 명성이 남아 있을까.

공부운

오바마 미국 대통령이 '한국처럼 수업일수 늘려야 한다'고 말했다 한다. 이를 보면 한국인들의 공부에 대한 열기는 세계서도 알아주는 셈이다. 한밤중 학원가에 줄지어 선 차량을 보면 실감이 가는 얘기이기도 하다. 이사마저도 학군 따라 삼천리다. 이것들 모두 '학력이 곧 출세'인 우리나라에선 전혀 낯설지 않은 풍경들이다.

이사 얘기가 나왔으니 하는 말이지만, 국회 인사 청문회장에서 심심찮게 등장하는 게 이 이사 문제다. 그냥 집 옮기기라면 전혀 문제 될 게 없다. 그런데 여기에 꼭 끼어드는 게 학군이다. 자녀가 걸린다는 얘기다. 자녀가 좋은 학군에 위치한 좋은 학교에 가서, 좋은 대학을 나와야 출세를 할 수 있다는 관념이 박혀 있기 때문이다. 연줄이나 좋은 대학이 출세의 한 방편이 되는 사회이니 그럴 수밖에 없기는 하다. 또 볼만한 것은 청문회에 임하는 고위직 후보자의 태도도 떳떳하고, 이를 추궁하는 사람들도 그다지 심하게 몰아치지 않는다는 것이다. 그럴 수밖에 없는 세태를 인정하는 것도 되겠고, 자기네들도 여기에서 떳떳하지 못하다는 인식도 작용할 것이란 생각도 든다. 참으로 못 말리는 우리네 사회의 '출세 과정' 풍토다.

하여튼 크게 성공할 사람은 운도 제대로 맞아 들어간다. 공부해야할 때 공부 운이 들고, 돈을 벌어야 할 시기엔 재물 운이 든다. 재수 없게도 공부할 시기에 재물 운이 들면 이건 죽도 밥도 안 된다. 재(財)는 돈이 되기도 하고, 이성(異性)이 되기도 하기 때문이다.

한창 공부해야할 중·고등학교, 대학 시기에 재운이 들면 그야 말로 낭패다. 공부는 뒷전이 되고 이성 사귀기, 아르바이트가 더 급하다. 열심히 한다 해도 성적은 기대만큼 오르지 않는다. 마음 이 집중이 되지 않으니 글자가 제대로 들어오지도 않는다. 그래 서 재성(財星)엔 학마(學魔)라는 살벌한 명칭이 따라 다닌다. 그 렇다고 노력을 무시하란 얘긴 아니다. 하지만 70%의 노력으로 목표를 달성하는 것과 130%의 노력으로 목표를 달성하는 것과 는 차이가 있다.

운만 따른다고 공부를 잘하는 건 아니다. 사주 구성서부터 공 부를 등한시 할 수밖에 없는 사람들도 있다는 뜻이다. 이런 사람 들에겐 억지로 공부를 시킨다 해도 석·박사가 되지는 않는다. 원래 공부 쪽으로는 흥미가 떨어지기 때문이다. 사주에서 지식 이나 공부는 인성(印星)으로 나타낸다. 자연스레 공부에 접근하 는 사람은 인성이 제대로 구비되어 있는 사람일 가능성이 매우 높다.

인성은 고위직에 있는 사람이나 학자들에겐 필수다. 따라서 이 런 사람들은 가급적 돈을 멀리 해야 한다. 몇 푼의 돈 때문에 명 예와 재산을 한꺼번에 잃을 수도 있기 때문이다. 왜냐하면 재성 은 돈이고, 인성은 재성과 정반대의 길을 걷기 때문이다.

청소년기와 재성운

사람은 살아가는 동안 각 시기마다 해야 할 일이 있다. 공부할 시기엔 공부를 하고, 돈을 벌어야 할 시기엔 돈을 벌어야 하며, 명예를 높일 시기엔 명예에 관심을 둬야 한다. 반대로 공부할 시기엔 돈 번다고 나다니고, 돈 벌 시기에 공부에 집착을 한다면, 자기에게도 유리할 게 없고 가정에도 불리하며, 사회적으로도 손해다.

청소년기는 갈등의 시기이기도 하지만, 학업에 매달려야 할 때이기도 하다. 학생은 공부가 본분이기 때문이다. 청소년기의 갈등은 누구나 한번 씩은 겪는 성장통이라 하지만, 갑자기 공부에 관심을 잃거나, 지나치게 밖으로 도는 아이를 보면 부모는 애간장이 탄다. 이럴 때는 한번쯤 재성운을 생각해 볼 일이다.

사주에서 공부를 뜻하는 것은 인성(印星)이다. 인성은 정신적 사고나 어머니를 뜻하기도 한다. 그 반대가 재성(財星)이다. 재성은 현실적 사고와 물질을 뜻하기도 하며, 이성(異性)을 뜻하기도 한다. 재성은 인성을 깨뜨린다. 현실에 비중을 두게 되고, 이성에 많은 관심을 가지게 때문에 공부와의 인연이 멀 경우가 생긴다. 그래서 별칭이 학마성(學魔星)이다. 갑자기 공부를 등한시하고, 멋을 부리기도 하며 용돈을 번답시고 아르바이트에 관심을 두기도 한다. 책상에 앉아 있는 시간은 늘어도 성적은 떨어진다. 몸과 마음이 따로 노는 격이 되기 때문이다.

여기에다 사주에 인성이 약하고 식상(食傷)이 강하다면 더욱 불리하다. 식상은 재성을 강하게 하며, 기존 질서를 부정하는 심리를 갖게 한다. 반항심과 개혁성을 상징하기도 한다. 이래저래 식상이나 재성운이 청소년기에 들어온다면 학생의 본분으로 봐선 불리한 측면이 많다. 물론 사주의 구성이 적절하다면 그 우려는 상당부분 해소된다.

기성세대의 재성운은 재물과 인연이 많은 시기를 뜻한다. 재성이 많은 사주에선 도리어 불리하지만, 재성이 좋은 역할을 하는 경우엔 돈 모을 기회다. 반드시 사업을 해서 돈을 번다는 얘기가 아니다. 회사원도 이 시기엔 승진 등으로 돈 만질 기회가 많게 될 확률이 높다는 거다. 중년기엔 물질적 안정이 중요하다. 집 장만에 커가는 아이들에게 돈이 많이 들어 갈 때이기도 하다. 그러기에 이 시기의 인성운은 도리어 불리한 측면이 있다. 자기 충전의 기회가 되기는 하겠지만, 현실적으로 따져 가정의 물질적 안정에는 큰 보탬이 되지 못한다.

비겁(比劫)은 재성을 억제하는 힘이 강하다. 이것은 동료나 형제 등을 의미하기도 하고, 자신의 주체성을 뜻하기도 한다. 따라서 이 시기엔 친구와의 대화로 갈등을 줄이고, 자아 관념을 강화시키는 것도 슬기롭게 넘기는 한 방편이 될 수 있겠다.

사회 진출 시기와 운

'세살 버릇 여든까지 간다'란 속담이 있다. 이는 무슨 일이든 시작 시점이 중요하단 것을 강조하는 의미일 게다. '잘 나가다 삼천포로 빠진다'라는 말도 있다. 왜 '삼천포'라는 지명이 사용 됐는지는 식견이 부족하여 정확히 알 수 없지만, 하여튼 중도에 엇길로 간다는 의미는 틀림없는 것 같다. 직업의 세계에서도 마찬가지다. '외길 파기' 인생은 드물다. 복잡하게 돌아가는 세상 이기에 더욱 그러하다. 전자의 경우는 자부심을 가지고 자기의 직업에 전념하는 '외길 파기' 삶을, 후자는 자의든 타의든 이, 전 직하는 경우를 뜻한다고 봐도 되겠다.

사주에 나타나는 직업관이 뚜렷한 사람은 하나의 직업에 만족해 가며 살아간다. 예컨대 학자의 명(命)이 뚜렷한 사람은 그 길에 평생을 건다. 공직자의 명을 타고난 사람은 공직에 자부심을 갖고 업무에 충실하다. 이런 사람들은 운이 나빠 크게 출세를 못한다 하더라도, 적어도 먹고 사는데 지장은 없다. 반면 학자의 명을 타고난 사람이 자영업을 하면 자기의 삶이 불만족스럽다. 당연히 성취도도 떨어진다.

명리학에선 자신을 나타내는 오행이 강할 것을 요구한다. 그래야 주체성이 강화되고, 모든 일에 자신감도 생긴다고 본다. 이런 사람은 시류(時流)나 다른 사람의 의견에 쉽게 동화되지 않는다. 여기에다 직업관까지 뚜렷하게 나타난다면 어릴 때부터 자기가 나아갈 길을 스스로 찾는다. 반면 자신이 약한 사람은 시류에 흔들린다. 귀가 얇다는 얘기다.

첫 직업선택은 사회진출시기의 운에 크게 영향을 받는다. 직업관이 달리 나타난다고 해도 사회진출시기의 운이 관성(官星)이라면 공직이나 일반 직장 진출에 관심이 많아지고, 재운(財運)이라면 사업 쪽에 관심이 높아진다. 그러나 엇길로 나갈 확률은 비교적 적다. 문제는 자신이 심약할 경우다. 직업관이 뚜렷하다 해도 잘 찾지를 못한다. 나무하러 산으로 가다, 친구 따라 시장으로 향하는 꼴이다. 귀가길 빈 지게엔 아무 것도 없다. 그러다 보면 남는 것은 갈등뿐이다. 운이라도 그럭저럭 그쪽으로 흐른다면 다소나마 성취감을 맛볼 수 있지만, 대개의 사람들은 불평 속에서 생활하거나 도중에 이, 전직을 한다. 이런 사람은 경험을 위안으로 삼으면 몰라도 실리적으론 그 기간만큼 손해다. 때로는 부업(副業)으로 모자라는 만족감을 보충시키기도 한다.

자기의 본분을 안다는 것은 어렵다. 더욱이 현실과의 괴리감도 있다. 인간의 지능은 무한한 것이라 무슨 일을 해도 가능성은 있다. 그러나 자신이 갖고 있는 '그릇'의 종류나 크기를 안다면 아는 만큼 이익이다. 직업선택엔 첫 단추가 중요하다. 이 바쁜 세상에 '삼천포'에서 굳이 헤맬 일은 없지 않은가.

끼와 멋

예전과는 달리 요즘은 연예인이 관심의 초점이다. 특히 청소년들에겐 성공한 연예인은 가히 우상이라 해도 되겠다. 돈과 명예를 동시에 충족시키니 더 말할 필요도 없다. 없는 살림을 쪼개 자녀를 연예인으로 데뷔시키는 것에 올 인하는 부모들도 많다. 다행히 자녀사주에 연예인 자질이 풍부하다면 유리한 국면이 전개되겠지만, 막무가내로 이끄는 형상이라면 자녀는 자녀대로, 부모는 부모대로 힘들고 고통스럽다.

연예인은 대중적 성향이 강해야 한다. 대인관계, 즉 사교성은 감정표현력이나 언어구사력으로 대표된다. 풍부한 감정표현이나 명확한 언변은 연예인의 생명이다. 사주에서 이를 상징하는 것이 식신(食神)과 상관(傷官)이다. 이들은 관성(官星)과는 정반대의 위치에 선다. 관성은 형식, 기존질서, 법규, 강박관념 등을 뜻한다. 따라서 식신과 상관은 기존 틀을 벗어나는 새로움을 뜻한다고 봐도 되겠다. 쑥스러움을 벗어 던지고 당당하게 남 앞에 서는 것, 세상을 향해 자기 자신을 알리는 것이다. 연예인을 희망하는 사람의 사주에 이들 성분이 부족하면 좀 더 많은 노력이 필요하다.

식신과 상관은 창조적이고 유행에 민감하다. 재능을 뜻하기도 한다. 영어의 탤런트(talent)다. 하나를 이해하면 열 개로 응용할 수 있는 능력이다. 양자 모두 창조적이지만 식신은 감정이 이입

되어 좀 더 자기식대로 표현을 한다. 상관은 모방성이 강하다. 상관은 누가 청바지를 입으면 그것을 그대로 따라하는 것이고, 식신은 자기식대로 찢어서 입는 것 등으로 독특하게 표현한다고 보면 되겠다. 대체적으로 이들 성분이 사주에 강하면 미남, 미녀가 많으며, 끼와 멋, 풍류를 아는 사람이다.

연예인은 재치와 순발력도 강해야 한다. 편인(偏印)이 사주에서 그 역할을 한다. 기발한 착상을 의미하기도 한다. 대중 앞에서 말을 더듬거나 한 번의 실수로 주눅이 든다면 인기 관리에 치명적이다. 따라서 적당한 위치의 편인도 연예인에겐 필수적이다.

여기에 도화(桃花)나 역마(驛馬)가 끼어들면 금상첨화다. 도화는 사람을 끄는 매력을, 역마는 왕성한 활동력을 의미한다. 대중의 인기로 먹고 살고, 이곳저곳으로 많이 다니는 직업이니만큼 필요하다면 필요한 성분이다. 그러나 그 뿐이다. '금상첨화'로 끝나야 한다. 이 도화나 역마를 연예인 기질의 잣대로 삼아선 절대로 안 된다는 것이다.

청소년기는 하고 싶은 일이 많다. 연예계 진출도 그 중 하나일 것이다. 이 시기에 식신, 상관운이 오면 부쩍 이 방면에 관심 둘 경우도 있다. 일시적인 호기심일 수도 있다는 얘기다. 또한 시대적 흐름도 무시할 수 없다. 잘 헤아려 볼 일이다.

법조계와 관성

'고시 폐지' 정책 발표로 파문이 크다. 거센 여론에 밀려 한 발짝 뒤로 물러서긴 했지만, 불씨는 남아 있기에 이를 지켜보는 사람들의 관심은 수그러들지를 않는다. 서민들의 '신분 상승 기회'가 사라질 위기에 놓였기에, 현실적으로 따져 특채(特採)는 일부계층 자녀들에게 유리한 국면으로 전개될 확률이 높기 때문에서라도 관심을 끊을 수가 없다. 예나 지금이나 검, 판사는 이름 높은 '사' 자 돌림의 직업군에서도 상위권의 직종이기 때문이다.

사주에서 법(法)을 상징하는 것은 관성이다. 사주에 관성이 뚜렷하면 명령지휘체계를 중시하는 성향이 강하다. 기존질서와 원칙을 고수하고, 형식을 따지는 편이며 권위에 복종적이다. 주위 환경변화에 민감한 편이라 판단력도 뛰어나다. 이타심과 공정심, 약자를 보호하는 마음도 강하다. 명예와 권력을 추구하며 대의명분을 중시한다. 객관적이며 삶에 있어 사회가 주체가 된다. 따라서 사주에 이들 관성이 적절히 배치되어 있다면 일단 법조계 진출에 유리하다. 반면 관성은 법 자체, 구속을 뜻하기에 사주에 너무 강하면, 이는 자기 구속이 된다. 피해 의식이나 강박 관념에 휘둘릴 수 있다는 얘기다.

헌법, 민법, 형법, 민사소송법, 형사소송법 등 주위를 둘러보면 모든 게 법이다. 삶 자체가 법으로 시작해서 법으로 끝난다. 법치

국가이기에 당연하다. 법조계 진출은 곧, 이 법들의 집행을 의미한다. 그렇게 하려면 이 법들을 이해하고 기억해야 한다. 사주에서 기억력을 관장하는 것이 바로 관성이다. 관성이 뚜렷해야 기억력이 좋다. 한번 외우면 잘 잊어버리지 않는다. 그러기에 법조계를 희망하는 이들에게 관성은 필수적이다.

관성은 나를 구속하는 것이기에 나 자신이 강해야 한다. 그래야 구속에서 벗어나 그 힘을 나의 것으로 만들 수 있다. 사주에서 나에게 힘을 실어주는 것은 비겁(比劫)이고 인성(印星)이다. 비겁은 자존심, 책임감, 자신감이다. 사회에 대한 책임감이 부족하면 명관(名官)이 될 수 없다. 인성은 신의요, 정직이며 예의다. 따라서 중후한 인품, 군자(君子)를 상징하기도 한다. 일신의 안위나 부귀를 탐하는 사람은 일단 법조계 진출엔 불리한 측면이 있다. 다음으로 운을 살펴보아야 한다. 운이 직업과 상반되면 아무리 좋은 직장이라도 갈등이 있을 수 있고, 특히 중년운이 불리하면 사회적 성취도가 낮을 가능성이 높다.

사람은 저마다 타고난 재능이 있다. 이해력이 뛰어난 사람, 수리계산력이 뛰어난 사람, 신체지능이 뛰어난 사람이 있다. 명예 추구 성향이 강한 사람도 있고, 재물에 집착하는 사람도 있다. 타고난 저마다의 소질을 개발하는 것이 중요하다.

학계와 사주

　유난히 자아가 강한 사람이 있다. 자신감을 가지고 매사에 임하며, 규칙이나 질서를 준수하는 것보다 자유스러움을 추구한다. 남에게 지는 것도 싫어한다. 복종은 불가(不可)하고, 간섭도 불허(不許)다. 자기가 의도한 대로 일을 추진하고 실행하며, 결론도 자기식대로 도출한다. 처음부터 끝까지 독립적이고 자기본위다. 이런 사고방식이 작은 사안에서부터 크게는 삶의 전반에 이르기까지 영향을 미친다. 물론 사주의 구성이 잘된 경우로, 사주에 인성(印星)과 비겁(比劫)과 식상(食神과 傷官)이 골고루 발달한 사람이다.

　인성은 수용성이다. 자기의 의지로 받아들이는 것이 아닌, 본능적으로 찾는 것이기도 하다. 예컨대 유아기 때 본능적으로 엄마의 젖을 찾는 것 등이다. 천연적으로 주어지는 것도 아우른다. 배움이요 어머니요, 이해력이다. 사주에 인성이 튼실하게 자리한 사람은 배움을 좋아하고, 이해력이 남다르다. 정리와 기록이 습관화 된 사람이다. 요점정리도 잘한다. 차분하고 침착하지만, 현실감각이 다소 떨어지는 사람이기도 하다. 정신세계의 발달이다.

　비겁은 자기 자신이다. 동료요 친구요, 형제를 뜻하기도 한다. 자기 자신이 뚜렷하기에 주체성, 자존심으로 나타난다. 고집스런 일면도 보인다. 자기 자신이 강하기에 정신적으로 비실대지 않는다. 활동적, 적극적이다. 의지가 확고하고 끈기도 강하다. 남의 얘기보다 자신의 생각에 비중을 둔다. 한마디로 소신파다.

식상은 내가 가진 재능을 빼내어 쓰는 능력이다. 응용력이 되고, 표현능력을 뜻하기도 한다.

하나를 배우면 두, 세 개로 응용하여 쓰는 재능이다. 말 그대로 창조력이 뛰어나다. 그 중에서도 식신이 뚜렷하면 몰입형이다. 자기가 필요하다고 생각되는 일에는 중단이 없다. 따라서 목표 설정이 중요하다. 잘 나가면 대성(大成)이요, 빗나가면 엇길로 빠질 공산도 그만큼 크다. 게임에 지나치게 몰두하는 애들은 이런 성분이 강할 확률이 높다.

이해력이 좋고 자존심도 강하며, 한 가지 사안에 몰입하는 이런 유형의 사람은 전문성 배양이 관건이다. 외길파기, 즉 장인(匠人)정신이다. 독립성이 강하기 때문에 남 밑에서 일 하는 것은 적성에 맞지 않는다. 독자적으로 할 수 있는 직종을 찾아야 한다.

학계는 비교적 계통이나 규율에 얽매이지 않는다. 연구 실적이 높아야 하기 때문에 집중력도 강해야 하며, 끈기도 있어야 한다. 쉽게 싫증내는 성향이면 목적 성취가 어렵다. 여기저기 기웃대지도 않아야 한다. 그러다 보면 표절시비에 휘말리기 쉽다. 자존심, 명예에 치명적이다. 인성, 비겁, 식상은 자유전문직의 기본 요소다.

학계 희망자엔 식신이 좋다

자기를 표현하는 방법 중에 말로써 하는 사람이 있고, 글로 하는 게 편한 사람이 있다. 일을 하더라도 여러 사람과 함께 해야 성과가 큰 사람이 있는가 하면, 혼자서 해야 능률이 오르는 사람도 있다. 사주에서도 합작을 하는 형과 혼자서 하는 형, 말솜씨가 뛰어난 사람과 글 솜씨가 뛰어난 사람으로 구분된다. 상관과 식신이 그것이다.

상관과 식상은 내가 만들어내는 오행이다. 태어난 날의 천간(天干, 즉 일간)과의 음양(陰陽)비교로 상관과 식신이 구분된다. 예컨대 나 자신이 되는 생일의 천간이 갑(甲)이라면 나무가 되고, 나무가 생해주는 것은 불이 된다. 불에는 병(丙), 정(丁), 사(巳), 오(午)가 있다. 갑은 양이다. 불에서 양은 병과 사가 되고, 정과 오는 음이 된다. 양과 양이 만나면 식신이 되고, 양과 음이 만나면 상관이 된다.

상관과 식신은 모두 나 자신을 표현하는 것이다. 그러나 그 방법에는 큰 차이가 있다. 상관이 외향적 성격인 반면, 식신은 다소 내성적이다. 내성적인 사람은 대인관계가 원만치 못하다. 말주변이 뛰어나지 못하기 때문이다. 대신 글 솜씨가 좋다. 반면 상관은 말솜씨가 좋기 때문에 대인관계가 원활하다. 자기 자랑이 심한 사람은 대개 상관이 강한 사람이다. 정치가나 사교계에 이름을 날리는 사람들 중에 흔히 보인다. 따라서 정치 지망생이나 연예계 등에 관심이 있는 사람은 상관이 있는 게 좋다.

식신은 연구나 궁리에 시간 가는 줄 모르는 사람이다. 혼자서, 그것도 몰두한다. 따라서 외길 인생을 사는 사람에겐 이 식신이 강할 가능성이 높다. 그만큼 한 가지 일에 파고든다. 학식을 뜻하는 인성(印星)이 적절히 구비되어 있다면 학계 진출이 제격이다.

사주에서 식신이 적절한 사람은 조용하고 사색적이며, 필요한 말만 골라서 하는 사람이다. 사회생활에서 자기가 주체가 되는 사람이기도 하며, 남의 눈치도 잘 보지 않는다. 겉으로 내보이기보다는 내면적인 자기만족감에 충실하고, 일 자체를 즐기는 사람이기도 하다. 부품하게 떠벌리지도 않는다. 뭔가 추진할 땐 요모조모 따지기도 많이 한다. 따라서 뭔 일에 대한 준비과정도 길다. 그래서 그에게서 나오는 말은 언제나 확신에 찬 것들이다. 반면 자신이 없으면 나서지도 않는다. 외길파기에 이만큼 적절한 요소도 드물 것이다. 반드시 학계로 나가야 된다는 게 아니라, 적어도 전문직은 찾아야 한다. 그래야 자기만족감도 충족시킬 수 있고, 사회적인 성취도도 높일 수 있다.

그러나 너무 많으면 좋지 않다. 넘침은 모자람만 못하다. 상관이 너무 강하면 사기꾼이나 사이비 교주가 될 가능성도 배제하지 못하고, 식신이 너무 강하다면 자기만의 세계에 갇혀 살 수도 있다.

벼슬사주

　권력과 명예를 싫어하는 사람은 없을 게다. 여기에 재물까지 풍족하면 더 바랄 것이 뭐 있겠나 싶지만, 그런 사람은 그 나름대로 갈등은 있을 것이다. 이와 반대로 가족 간의 화합, 주위 환경과의 원만한 관계를 우선으로 치는 사람도 있다. 자기 고집대로 밀고 나가는 사람에, 다른 사람의 의견을 수렴하여 접목시키는 유형의 사람도 있다. 그러나 무슨 일, 무슨 생각을 하든 정작 중요한 것은 자기의 뚜렷한 마음이 아닐까. 속 비고 겉만 강한 사람은 아무 짝에도 쓸데없는 자존심만 세다. 흔히 말하는 '헛 똑똑이' 인 셈이다.

　사주에서 말하는 주관이 강한 사람은 자신의 뿌리가 확실하여 흔들리지 않는 사람이다. 모든 일에 긍정적이고, 자신감이 충만한 소신파다. 적어도 뒤로 '호박씨 까는' 사람은 아니다. 그러기 위해선 나와 동격인 비겁(比劫)이 확실하게 바탕에 깔려 있어야 한다.

　벼슬을 추구하는 사람은 '벼슬과의 전쟁'을 치러야 한다. 벼슬을 뜻하는 관살(官殺)은 나와 정면으로 부딪히는 오행이다. 그 관살을 이기려면 자신이 강해야 한다. 벼슬에게 휘둘려선 자기 뜻을 제대로 펴지 못한다. 내가 너무 강해서도 안 된다. 이럴 경우엔 옹고집이 되고, 자기 본위로 세상을 본다. 관살은 조직이다. 조직에 상반(相半)되는 성향이 강하기 때문에 관리자로 나서기엔 자질이 부족하다.

관살과 나를 이어주는 중간다리 역할은 인성(印星)이 담당한다. 인성이 없으면 관살과 나의 정면 대립이다. 나의 자긍심과 주위 환경이 사사건건 부딪힌다. 불평불만이 쌓이는 형이다. 인성은 양심을 뜻하기도 한다. 나만의 이익을 추구하지도 않는다. 질서와 순리와 순서를 중시한다. 또 하나의 공신(功臣)인 재성(財星)은 관살에게 힘을 실어주는 역할을 한다. 재성이 없으면 그 벼슬은 오래 가지 못한다. 힘의 원천이 부실하기 때문이다. 자신이 강한 사주에 운(運)에서 비겁이 오면 직업의 변동이 생기기 쉽다. 재성의 힘이 약화되기 때문이다. 벼슬의 근본 바탕이 흔들리는 셈이다. 비겁은 재성을 억압하는 기운을 가진다.

관살과 인성, 재성이 조화롭게 구성되어 있으면 흔히 '벼슬사주'라 한다. 관살 중에서도 정관(正官)으로 구성되어 있으면, 기존의 틀을 중시하기에 행정 쪽이 되고, 편관(偏官)으로 구성되면 사법 쪽이 된다. 편관은 기존의 틀을 고쳐 자기 식대로 다시 재구성하려하는 성향이다. 비교컨대 일반 법규나 질서가 정관이라면, 특별법이나 계엄령 등은 편관이라 하겠다.

수능시험 날이다. 큰 시험에 흔들리지 않는 사람은 대개 나와 관살이 균형을 이룬 사람들이다. 흔들리지 않는 마음으로 끝까지 최선을 다하기를 빈다.

관성이 발달하면
공무원이 좋다

계획을 세워 차근차근 공부하는 학생이 있다. 하루 일과 뿐 아니라 1년의 목표량도 확실하다. 피곤하다고 싫증내거나 그만두지 않는다. 목표를 향해 누가 뭐라던 꾸준히 나아갈 뿐이다. 곁에서 부모들이 보면 안쓰럽기조차 하다. 자기 관리가 뚜렷한 이런 학생은 관성(官星)이 적당히 발달한 사람이다.

무엇보다 사안을 객관적으로 본다. 그만큼 자기감정 제어가 확실하다. 부모의 기대에 부응코사 노심초사인 아이이고, 반발은 남의 일이다. 주위에서 흔히 말하는 '범생이'다. 주위의 평판과 평가를 중시하기에, 행동도 아주 조심스럽다. 경상도 말로 시근이 일찍 드는 아이다. 남의 부탁은 잘 들어주나, 내가 부탁할 처지가 되면 오만가지 생각을 한 다음에 겨우 입을 뗀다. 내 편하고자 남에게 피해를 줘선 안 된다는 마음이 강하기 때문이다. 커서도 내 주장보다는 중의(衆意)에 따르고자 하며, 리더가 되어도 화합을 중시한다. 책임의식이 강한 데다 개인적인 삶을 추구하지도 않기 때문에, 사회에서 바라는 인물로는 '딱'인 사람이다.

관성은 자신을 나타내는 일간(日干)을 이기는 오행이다. 즉 태어난 날의 천간이 목(木)인 갑을(甲乙)이라면 천간 경신(庚辛)과 지지 신유(申酉)의 금(金)이 된다. 화(火)인 병정(丙丁)이라면 수(水)인 임계(壬癸)와 해자(亥子), 토(土)인 무기(戊己)라면 갑을과 인묘(寅卯)가 된다. 금인 경신이라면 화인 병정과 사오(巳午), 수인 임계라면 토인 진술축미(辰戌丑未)가 관성이다.

자기를 이기기 때문에 관성은 통제성을 나타낸다. 사람에게 통제를 가하는 것은 법이 되고, 규율도 된다. 따라서 관성이 발달한 사람은 규율을 잘 지킨다. 규칙을 잘 지키는 사람은 상대적으로 융통성이 떨어진다. 고지식한 측면이 다소 강한 편이란 얘기다. 이런 사주를 타고난 사람은 사업은 체질상 맞지 않는다. 명령이나 지시계통이 확실한 직업, 즉 공무원이나 군인, 경찰 등이 좋다. 문과(文科)기질이 다분한 사람이란 얘기다. 고교시절 부모의 강요나 운(運)의 작용으로 이런 사람이 이과(理科)를 선택한다면 출세할 확률이 상대적으로 낮다. 특히 관성 중에서도 정관이 강한 사람에게 이런 경향이 더 짙게 나타난다.

너무 강하거나 약해도 좋지 않다. 너무 강하면 자기 억압으로 나타난다. 소신 없이 남의 말에 휘둘리거나, 조직사회에 적응치 못해 따돌림을 당하기도 한다. 너무 약하면 주위를 의식하지 않기 때문에, 법규나 기존 질서를 무시하는 행동도 서슴지 않는다. 이래저래 사주는 중화(中和)가 최고다.

조직체 리더에
편관 놓은 자 많다

사주에서 자유 분망함을 나타내는 것은 상관(傷官)이다. 말 그대로 관(官)을 상하게 하는 것이다. 관은 글자가 나타내는 것처럼 법이 되고 사회질서가 된다. 따라서 사주에서 상관은 법을 경시하는 것이 된다. 규칙이나 질서 등에 구속받는 것을 싫어하는 사람은 대체로 상관이 강할 경우가 많다. 기존질서에 부정적이며, 직장에서 상관과 마찰이 잦은 사람도 이에 속한다고 보면 되겠다. 한마디로 혁명적, 반항적, 진취적 기질이 다분한 사람이다.

상관이 강한 여명(女命)은 활동적이다. 집안에만 있으면 답답하다. 관은 곧 남편을 뜻하기도 한다. 이런저런 이유로 예전엔 이 상관이 강한 여성을 기피했다. 궁합을 거론할 때 중요한 잣대가 되기도 했다. 하지만 이것은 다소곳한 여인상이 최상이었을 때의 얘기다. '남녀평등' 이란 말은 '흘러간 단어' 가 되었고, 현실적으로 따져도 요즘은 맞벌이가 대세다. 특히 애들 교육문제에 있어선 뒷짐 지고 있다간 뒤처지기 십상이다.

이래저래 상관은 개인적인 성향이 강하다. 이와 반대인 것이 관살(官殺)이다. 상관의 반대이니 그 뜻하는 의미도 반대가 된다. 개인적인 사고의 반대, 즉 공익적인 성격을 띤다. 상관과는 반대로 보수적이며 규칙이나 질서가 몸에 배인 사람이다. 그것도 정관(正官)보다는 편관(偏官, 즉 七殺)이 그런 경향이 강하다.

관살은 곧 계통이 되기도 한다. 관살이 강한 사주를 타고난 사람은 공직이나 일반직장도 자유로움 보다는 계통질서가 중시되는 일터에서 더 큰 성취도를 보인다. 규칙이나 계통은 복종을 뜻하기도 한다. 상관에 대한 복종심도 강하고 부하에 대한 권위의식도 상당하다. 따라서 이런 유형의 사람들은 조직체 속의 리더로 성공할 가능성이 높다.

반면 관살이 강한 사람은 쉽게 좌절감에 빠지기도 한다. 법이나 규칙은 자신을 구속하는 힘도 가지기 때문이다.

단체장 후보는 관성이 필요

　지자체 선거철이다. 출마, 비리, 낙마, 눈물 읍소, 바람몰이, 고발, 공천 내분 등 말도 많다. 그러나 진작 중요한 유권자는 관심이 없다. 자기네들끼리 치고받는 싸움이나, 잔치판쯤으로 여기는 사람들도 많다. 주민을 위해 일하라 뽑아 줬더니 자기 잇속이나 챙기는 이들이 속출하니 그럴 만도 하다. 고발을 당하고, 도망을 가고, 감옥에도 간다. 기왕 염치야 버린 지 옛날이니 전국적 유명세나 타 보자는 마음이면 할 말이 없다. 그야말로 자랑스러운 주민 대표가 아니라 부끄러움만 챙겨주는 대표다. 비록 일부이기는 하다. 그러나 한 마리의 미꾸라지가 온 물을 흐리게 할 수도 있다.

　돈 앞에 장사 없다고 했다. 재물 앞에 흔들리지 않는 사람이 어디 있겠나마는 그래도 자기 본분을 잊어선 아니 될 터이다. 적어도 자기를 믿고 뽑아준 주민들에게 부끄러움을 안겨줘선 안 된다는 얘기다. 투표율이 낮다고만 탓할 게 아니다. '정치꾼'이 아닌 정치인이 많이 나오면 투표율은 저절로 올라간다.

　예전엔 선량(選良)이란 말을 많이 썼다. 뛰어난 사람을 뽑는다는 뜻이다. 그러나 요즘은 이 선(選)자가 선택된 사람을 뜻하는 것쯤으로 보인다. 국민의 공복(公僕), 주민의 공복이란 말도 많이 했다. 국가나 사회의 심부름꾼쯤이다. 세월의 흐름에 따른 어의 전성인지는 모르겠지만, 그 말들의 의미도 많이 변했다. 특권과

특혜쯤이고, 심부름꾼이 아니라 주인행세를 한다. 나머지 선택되지 못한 사람들은 그저 선택된 사람만을 바라보며 가야할 판이다. 뜻을 잃어버린 허울만 좋은 '선거판'이라, 주민들의 의견은 봄날 아지랑이처럼 사라지는 것 같기도 하다.

명리학에서 공직(公職)은 관성(官星)으로 본다. 관은 곧 법이요, 규칙이요, 질서가 된다. 이타적인 마음, 즉 공익을 추구하는 마음도 포함된다. 따라서 사주에 관성이 적절하면 법을 잘 지킨다. 희생정신도 강하다. 적어도 양심은 팔지 않는다. 또 관성은 자기 제어를 뜻하기도 한다. 지나친 명예욕이나 재물에 대한 욕구를 적절히 제어한다. 반면 상관은 관성을 제거하는 역할을 한다. 사주에 관성이 약한 데 상관이 강하면 자기 제어가 부족하게 되고, 도덕이란 글자를 우습게 여길 확률도 높다.

관성은 조직을 뜻하기도 한다. 따라서 조직 속의 리더를 꿈꾸는 사람은 이 관성이 반드시 필요하다. 예전에 인기 높던 TV 드라마 주인공 '포청천'을 관성의 표본으로 봐도 될 성 싶다.

재성이 없는 사주는 관운도 기대 이하

어수선한 세월이다. 하루가 멀게 실업자가 쏟아진다. 실업가와 실업자, 한 획순의 차이가 하늘과 땅으로 삶을 가른다. 그 사이 '실없는 웃음'으로 목숨을 연명하는 이는 또 얼마나 많은가.

사주에서 직장은 관살(官殺)로 나타낸다. 예컨대 나 자신을 나타내는 일간(日干)이 물이라면 물을 제어하는 흙이 관살이다. 이 관살을 튼튼하게 만드는 것이 재성(財星)이다. 여기에선 불이 된다. 재성은 돈이기도 하다. 사주에 재성이 튼실하다면 웬만한 외부의 불합리한 조건에서도 관직은 이어진다. 즉 돈으로 관직을 매수할 수도 있다는 얘기다. 실제로 뇌물은 돈을 주고 관직을 사는 것으로 볼 수도 있지 않은가. 상사와 술자리를 같이 하고, 골프로 유혹을 하는 것도 그 이면은 돈이다.

사주에 재성이 없거나 무력하다면 비겁운(比劫運)에 위험에 빠질 수 있다. 비겁은 나와 같은 오행이다. 여기에서는 같은 물이 된다. 그러기에 직장 동료도 되고, 경쟁자가 되기도 한다. 따라서 비겁운이 들어오면 동료들이 나의 직장 생명줄을 끊는다고도 볼 수 있다. 여기서 밀린 자들은 고용지원센터로 출근 할 수밖에 없다.

재성은 남자에게 있어서 아내가 되기도 한다. 직장에서 쫓겨난 자에 아내의 시선이 좋을 리 없다. 돈줄 떨어져 힘든 상황에 내리깐 아내의 시선은 그야말로 전율, 그 자체다. 이래저래 재성의 무서움이 실감나는 시기다.

　재성이 튼실한 사람은 아내가 무서운 동료들에서 나를 지켜주는 역할을 한다. 끊임없이 나에게 힘을 실어주기 때문이다. 비록 관직을 파괴하는 상관운(傷官運)이 들어와도 그 상관의 힘을 빼앗아 다시 관직을 생조한다. 여기서 상관은 나무가 되고, 나무는 불의 원천이 된다. 힘의 배가인 셈이다.

　재성이 없는 사주를 고관무보(孤官無補)라 한다. 말 그대로 외로운 관(官)이다. 아마 요즘 같은 세상엔 이처럼 무서운 글자도 없을 게다. 재성, 참으로 귀한 글자다.

재성이 왕성한 사주
결단력, 추진력 탁월

사주에서 재성(財星)은 현실을 나타낸다. 따라서 물질을 의미한다고 봐도 되겠다. 현실은 지금 내가 살고 있는 상태가 되고, 삶을 영위하기 위한 물질은 지금 당장 필요한 것이다. 먹는 것, 잠자는 것, 돈을 버는 것 등이다. 반면에 인성(印星)은 정신세계다. 인성이 강한 사주는 그만큼 생각을 많이 한다는 얘기다. 대표적인 것으로 학업이다. 인성이 무력하고 재성이 강한 사주는 따라서 학업을 지속하는 데는 불리하다.

예컨대 갑목(甲木)이 나를 나타내는 일간이라면, 인성은 나를 있게 해주는 수(水)가 되고, 재성은 내가 리드해가는 토(土)가 된다. 사주에 나에게 힘을 실어주는 인성이 강하면 나는 나태해진다. 받는 마음이 강하기 때문이다. 따라서 비현실적인 사람이 될 가능성이 높다.

반면 재성은 내가 리드해 나가는 것이기에 가만히 있다가는 굶어 죽는다. 내게 도움을 주는 사람이 그만큼 적다는 얘기도 된다. 내가 직접 재물을 찾아 나서야 한다. 그래서 발달한 것이 결단력이고 추진력이다. 간단히 말해 우두머리, 즉 보스기질이다. 따라서 사주에 재성이 무력한 사람은 기회가 주어져도 미적거리다 놓칠 경우가 많다.

재성이 너무 강하면 이것도 문제가 된다. 재성은 어떤 일에 대한 결과이기도 하다. 과정은 도외시하고 결과만 중시하는 사람,

능력에 비해 욕심이 지나친 사람이 되기 쉽다는 게다. 사주에서 재성에 대한 과정을 나타내는 것은 식신(食神)과 상관(傷官)이다. 그래서 식신과 상관을 돈 버는 재능, 즉 기술로 보기도 한다. 식신과 상관이 왕성하고, 재성이 있는 사주를 사업가 기질을 타고 났다고 보는 것은 이런 이유에서다.

　재성이 없고 식신과 상관만 있다면 열심히 일은 하지만 그 결과는 신통찮다. 분주하게 움직이지만 실속이 떨어진다는 거다. 따라서 이런 사주를 타고난 사람은 자영업보다 회사원이 더 적성에 맞는다 하겠다. 대물림 경영, 돈 많은 부모는 한번 생각해 볼 문제다.

의사에 유리한 사주

'사' 자 돌림의 직업, 존경과 돈을 한꺼번에 움켜쥘 수 있는 직업군이다. 텔레비전이나 신문에 한 번씩 오르내리는 혼수에 따른 사건은 대게 이들 직군에서 비롯된다. 그만큼 선망의 대상이다. 들리는 얘기로는 아파트가 오고가고, 승용차는 필수다. 부모의 심정이야 뭐든 해주고 싶고, 잘 키운 만큼 받고 싶기도 할 게다. 그러나 씁쓰레한 심정은 금할 수 없다.

모두가 원하는 것이기는 하지만, 마음과는 달리 쉽게 얻어지지 않는 직업이 또한 이들 직업이다. 성향도 맞아야 하고, 운(運)도 적절히 따라야 가능하다. 학업에 대한 관심도 있어야 하고, 인내도 필요하다. 이해력과 기억력도 좋아야 한다. 가정적인 환경도 무시하지 못한다. 몇몇을 빼고는 재정적인 뒷받침도 필수라는 얘기다.

특히 의사라는 직업은 자기가 하고 싶어야 가능하다. 개성이 강해야 한다는 것이다. 따라서 모든 것을 있는 그대로를 받아들이는 사람이라면 불리한 여건이 된다. 이런 사람은 순수 인문학에 관심을 가지는 경우가 많다. 비판적으로 수용하는 사람은 사물을 부정적으로 본다. 따라서 이런 성향을 가지 사람은 대게 자기가 좋아하는 일에 매달리기 쉽고, 사회적인 성취도도 이런 분야여야 높다. 대게 학업기간이 긴 학문이다. 의학도 이 분야에 속한다.

학업기간이 길다는 것은 인내가 있어야 가능하다. 사주에서 편관은 이를 관장한다. 자기가 하고 싶은 것을 인내를 갖고 접근하는 사람이라는 것이다. 따라서 우선 의학을 원하는 사람은 이들 두 요소가 적당히 구비되어야 유리하다.

기억력도 좋아야 한다. 병원에서 주는 처방전을 보면 마치 구렁이가 기어가는 듯하다. 한글도 이해하기 어려운데, 그 많은 전문용어를 외우려면 절대적으로 필요한 게 이 기억력이다. 이 기억력도 편관이 강한 사람이 좋다. 더욱이 의사도 따지고 보면 기술이다. 사주에서 반복적인 기술을 뜻하는 글자도 역시 편관이다.

대게 공간을 활용해야 하는 직업이 의사다. 판단력도 중요하다. 이런 성향을 대표하는 것이 재성이다. 정재냐, 편재냐의 차이로 전공과목을 선택할 수도 있다. 재성의 발달 여부는 길을 잘 찾거나, 한번 본 사람은 잘 잊어먹지 않는 것으로 대충 판단할 수 있다. 반드시 이래야 되는 것은 아니지만, 그러나 적어도 이런 요소는 기본적으로 구비되어야 한다. 실제로도 거의 이렇게 나타난다.

하고 싶다고 다 이루어진다면, 모두가 부귀(富貴)를 보장하는 이런 직업에 매달릴 것이다. 그러나 자기의 적성에 맞지 않다면 어렵게 그것을 이룰 수 있다 할지라도 스트레스로 인해 중도 포기한다. 사회적인 성취도도 그리 높지 못하다. 아이 양육 때 참고로 할 일이다.

상황판단과 체력과 스포츠

결과에 유난히 집착하는 사람이 있다. 사주 구성이 그렇게 되어 있다는 얘기다. 눈에 보이는 것에, 외면적인 것에 치중하는 가치관을 가진 사람이다. 누가 무슨 일을 해서 돈을 많이 벌었다는 얘기를 듣거나, 화려하게 보이는 사람을 보면 우선 자기도 해보자는 마음을 가진 사람이다. 자기의 주체성은 이에 비해 부족한 사람이기에, 앞뒤 재보지 않고 무조건 상황이나 주위 사람들의 말에 솔깃해진다.

이런 사람은 상황을 판단하는 능력이 아주 좋다. 대인관계도 좋아 주위엔 친구도 많다. 남 의견에 동조를 쉽게 하는 사람이다. 기회포착력도 좋고, 공부도 자기가 필요한 부분만 취한다.

반면 상황 판단이 빠르고, 눈에 보이는 것에 강한 호기심을 보이기 때문에 변덕이 심할 수도 있다. 묵직한 기분이 나지 않는 사람이기도 하고, 한 가지에 집중하지 못하는 단점도 있다. 그러나 공간을 활용하는 능력은 뛰어나다. 따라서 공을 잘 차기도 한다. 그라운드를 누비는 것은 부지런함의 연장이고, 공이 어떻게 날아올지를 아는 것은 상황판단과 공간을 잘 활용하는 능력의 연장이다.

그러나 묵직함이 떨어진다는 것은 규칙을 준수해야 한다는 것을 간과할 우려가 있고, 한 가지를 판다는 마음이 부족하다는 것을 뜻할 수도 있다. 남의 말에 귀를 심하게 기울이거나, 지나치게 상황만을 중시한다는 것은 나 자신을 나타내는 글자가 사주에서 무력하다는 것을 의미하기도 한다. 이런 면은 스포츠로 돌리면 지구력이 뛰어나지 못하다는 것도 되고, 지나치게 개인주의로 흐를 경우도 생길 수 있다는 뜻이 된다. 이런 것들은 협동이 강조되는 구기 종목이라면 '쥐약'일 수도 있다.

무엇보다 체력이 문제다. 나를 뜻하는 글자가 힘이 없다면 십중팔구는 신체적으로 문제가 있을 수 있다. 여기에 골격을 뜻하는 글자가 부족하다면 뼈대의 불량이 된다.

어떤 아이가 있었다. 나를 뜻하는 글자가 유난히 약한 사주이고, 환경이나 규율을 의미하는 관성이 없으며, 신체적으로 골격을 뜻하는 글자가 아주 무력한 아이였다. 대신 머리회전은 아주 빠르고, 공간을 활용하는 능력을 나타내는 글자는 아주 뚜렷한 사주를 가진 아이였다. 얼마 전 골프를 접고, 구기 종목으로 바꿀 의향이라고 했다. 그러나 구기 종목은 골프보다 몸싸움이 우선이 되고, 동지애도 이에 못지않게 필요한 분야다.

가급적 말리고 싶은 게 애비의 심정이란다. 그러나 그렇게 하지 못하는 부자(父子) 관계라 프로가 되지 못하면 그 언저리의 일을 억지로 생각해 본단다. 스포츠를 활용하는 지도자나 교수직과 같은…….

스포츠에 입문한다고 해서 반드시 프로까지 진출하지는 않겠지만, 한 번 정한 목표가 삶을 바꿀 수도 있다. 특히 정적인 학업과 동적인 스포츠는 정반대의 입장에 서는 것이기 때문에, 학업시기엔 신중히 접근할 일이다. 한해 한해의 운에 절대 휘둘리지 말아야 한다.

요점 정리를 잘하는 아이

모든 일에 계획을 세워서 추진하는 사람이 있다. 그 과정에서 어느 하나가 헝클어지면 괜히 불안하다. 시장을 가더라도 반드시 메모지를 들고 가는 형인 셈인데, 이 경우는 나이가 듦에 따라 기억력이 감퇴하는 과정에서 겪는 것일 수도 있겠지만, 습관적으로 행하는 유형일 경우가 더 많다. 돈 이동의 경우 친한 친구나 형제 간일 지라도 문서가 오간다. 이런 사람은 돌다리도 두드려가면서 건너는 안정지향성향의 사람이다.

공부시간에 선생님의 한 말씀 한 말씀을 빠뜨리지 않고 메모하는 아이는 대게 관성(官星)과 인성(印星)이 강한 아이들이다. 그 중에서도 특히 인성이 강한 아이일 가능성이 높다. 인성의 인(印)자는 도장 인이다. 확실함이다. 차분한 성격에 공부도 체계적이다. 학습계획안을 만들어 놓고 그대로 실천하는 아이다. 사주에서 인성은 받아들이는 역할을 한다. 따라서 이해력이나 암기력도 강하다. 체계적으로 요점을 정리하는 습관이 몸에 배여 있기에 시험 때만 되면 인기도 높다. 여기저기서 노트 빌려달라는 요청이 잇따른다. 대학생이라면 술도 수월찮게 공짜로 먹을 수 있다.

이런 성향의 아이는 양육시 주의할 사항이 있다. 정신세계가 높기 때문에 우선 현실적 감각이 다소 무디어 질 경우가 생긴다. 자연스럽게 이쪽 방향으로도 관심을 갖게끔 유도할 필요가 있다는 얘기다. 이점을 간과하고선 자라서 손해 볼 일이 많다. 요즘 세상에 어디 재물을 도외시 하고 행세할 수가 있겠나. 이상과 현실이 적절히 조화를 이룬 곳에서 사회적인 성취도나 정신적인 만족감이 높아질 수 있다.

자존심도 상당하기 때문에 다소 부진한 면이 보여도 격려와 칭찬이 효과적이다. 지나친 간섭도 불리하다. 이론적으로는 모든 게 일목정연하게 정립되어 있는 편이기 때문에 이론적 설명은 더더욱 효과가 떨어진다. 잔소리쯤으로 받아들 수도 있다. 구체적, 사실적으로 학습 동기 등을 설명해 줘야 솔깃해진다. 인성함양 측면에선 현장학습이나 체험학습도 효과가 크다. 활동성이 다소 부족할 경우가 생길 수 있기 때문에 동아리 활동 등으로 대인관계를 넓히는 것도 도움이 된다. 그렇다고 이 방향으로 삶의 목표를 잡아서는 불리하다. 직업은 자기가 잘 할 수 있는 방향, 흥미를 가지는 분야로 잡아야 한다. 학습 성취도 면에선 응용력이 요구되는 수학 등 과목에 시간을 할애하면 효과가 크다.

음양(陰陽)과 오행(五行)이 두루 원만하게 구성된 사주는 어느 과목에서든 두각을 나타낸다. 팔방미인인 셈인데, 이런 사주를 제대로 타고 나기는 상당히 어렵다. 학업 시기는 학업 성취도 이외 인성함양에도 관심을 둬야 한다.

인성이 약한 아이는
정리 습관 길러야

공부하는 습관을 가만히 들여다보면 두 가지로 크게 나뉜다. 어떤 아이는 정리나 기록을 꼼꼼히 한다. 과목마다 노트가 따로 있고, 교과서에도 글자들로 빼곡하다. 반면 어떤 아이는 대충 대충이다. 노트가 아예 없거나 있어도 딱 한권에 그것도 여기저기 어지럽다. 교과서도 기분 내키는 대로다. 어떤 곳은 빽빽하고 어떤 곳은 허허벌판이다.

사주에서 인성(印星)은 안정을 의미하기도 한다. 따라서 인성이 약한 아이는 덤벙댈 확률이 높다. 인성이 강하면 안정을 추구하기에 정리나 기록을 꼼꼼히 한다. 그렇게 하지 않으면 불안하다. 이 인성을 방해하는 것이 재성(財星)이다. 서로 반대되는 개념이다. 재성은 현실적이다. 안정감보다는 엉덩이가 가벼운 아이다.

인성은 목표나 계획에 따라 일을 처리하는 타입이다. 그래서 변함이 거의 없다. 꾸준하다. 여기에 관성(官星)이 붙으면 계획성이 탁월하다. 관성은 규범이나 습관 중시 등으로 파악되기 때문이다. 따라서 공부방식도 시간표대로다.

반면 재성은 자유로움을 중시한다. 틀에 박힌 것을 싫어한다. 공부습관도 그대로 나타난다. 자기 마음 내킬 때 공부를 한다. 자리에 오래 앉아 있지도 못한다. 도서관에서 들락날락하는 학생은 사주에 인성이 부족할 경우가 많다.

재성은 사물이나 사람에 대한 가치판단력을 의미하기도 한다. 따라서 재성이 강한 아이는 요점을 잘 파악한다. 시험 전일 벼락치기로 공부를 해도 성적이 좋게 나오는 아이는 대게 재성이 강한 경우다. 여기에 식상(食傷)이 붙으면 십중팔구다. 식상은 재능 그 자체를 나타내는 것이기 때문이다.

　덤벙대는 성격엔 차분함을 키울 필요가 있다. 음양의 조화다. 학업에서 뿐만 아니라 사회생활에서도 필요하다. 따라서 인성이 약한 아이는 정리나 기록을 습관화 하는 것이 성적을 올리는 한 방편이 될 뿐 아니라 차후 사회생활에서도 보탬이 된다.

벼락치기로 공부하는 아이

공부는 하는 둥 마는 둥하고, 맨날 노는 것처럼 보이는 아이가 있다. 체계적이고 계획적인 생활은 아예 뒷전이다. 친구 사귀기도 좋아하고, 즉흥적인 면도 강하다. 그러나 막상 시험을 치면 결과는 딴판이다. 줄줄이 만점이다. 컨닝을 의심 받기도 한다. 그러나 실상은 아이는 나름대로 자기의 능력을 잘 살린 것이 되고, 시간 활용도 아주 잘 한 것이 된다.

이런 아이는 대게 필요한 것을 잘 파악한다. 불필요한 것들은 아예 빼버린다. 한마디로 아주 현실적인 성향이다. 선생님이 하는 말 들 중에서, 시험에 나올 만한 것을 귀신같이 알아내는 아이이고, 불필요한 말이다 싶으면 아예 딴 짓을 한다. 내게 소용이 닿지 않는다 생각하기 때문이다. 이런 아이는 공간을 활용하는 능력도 뛰어나다. 숫자에도 강한 능력을 보이고, 특히 '길치'는 상상할 수 없다. 길이란 것도 따지고 보면 하나의 공간이다.

덤벙되는 성향이기도 하고, 정리정돈을 잘 않는 아이이기도 하다. 그러나 자기가 필요한 것은 어디에 있든 찾아낸다. 부모가 아이의 방에 들어서면 정신까지 사나울 판이지만, 아이에게는 이게 질서다. 난장판 속에서도 국어책은 어디에 있고, 산수책은 어디에 있는지 잘도 찾는다. 이런 아이에게는 정돈이 무질서이고, 어질러진 것이 질서인 셈이다.

사회생활을 할 때도 이런 능력은 유감없이 발휘된다. 다른 사람 입장에서 보면 '약은 사람'이라고 생각할 수도 있다. 그러나 밉보이지는 않는다. 수완이 좋기 때문이다. 사람을 현실적으로 다루기 때문에 주위엔 사람도 많다. 아랫사람을 다루는 방법도 안다.

아이가 벼락치기로 시험공부를 한다고 무조건 말릴 것은 아니다. 모자라는 부분, 즉 체계적인 학습방법을 보완할 필요는 있다. 그러나 자기가 타고난 이 현실감각, 기회포착, 임기응변을 약화시키면 아이의 능력을 하향평준화 시키는 것이 된다. 부모는 아이가 타고난 능력을 제대로 파악하려는 노력이 필요하다. 남이 간다고 장(場)에 따라나서는 어리석음을 범해선 아이에게만 손해다. 벼락치기 공부를 하는 아이는 사주에서 편재(偏財)가 적절히 역할을 하는 아이일 경우가 많다.

본 시험에 강한 아이와
모의시험에 강한 아이

학교에서 치르는 시험은 잘 치르는데, 정작 본 시험에서는 상대적으로 저조한 성적을 내는 아이가 있다. 부모의 심정은 애가 타고, 아이는 아이대로 힘들어 한다. 밤낮으로 열심히 한다고 했는데, 결과가 그에 상응하지 못하니 자신을 학대하기도 한다. 바라보는 부모는 애간장을 넘어, 측은하기까지 하다. 차라리 빈둥대는 아이라면 당연히 그럴 것이라는 생각으로 포기나 하지, 그렇지도 못하니 미워할 수도 없다.

대체적으로 이런 아이는 주어지는 업무나 일에 익숙한 성향을 타고난 것이라 보면 된다. 공부도 반복학습에 유리한 아이다. 사주 구조에 관인(官印)의 형성이 뚜렷하다. 관성(官星)은 규범이고 인성(印星)은 받아들이는 것이라 당연히 이런 결과를 나타낸다. 대게 이런 성향을 가진 사람은 직업도 체계적이고, 변화가 많지 않은 직군에 종사할 가능성이 높고, 실제로 이에 종사하는 사람이 많다. 응용력이나 창의적인 직군에 불리한 사람들이고, 사람들과의 어울림도 그리 원활하지가 않다.

반면 학교시험은 고만고만하게 나오지만, 본 시험에선 기대 이상의 성과를 올리는 아이도 있다. 이런 아이는 창의력이나 응용력이 상대적으로 강하다. 주어지는 과제보다는 새로운 것을 추구하는 아이다. 변화를 좋아하고, 기존틀을 깨려는 성향이 강하다. 친구도 잘 사귀고, 표현력도 좋다. 다만 이런 아이는 체계적으로 생활하는 면이 약하기 때문에 이를 의식적으로 키울 필요는 있다. 사주 구조에 재성과 식상의 구조가 뚜렷할 가능성이 많은 아이다.

대학입시 땐 전자는 내신을 위주로 하는 학교나 전공을 택하면 유리할 것이고, 후자에 속하는 아이는 수능에 비중을 두는 곳을 택하면 유리할 것이다. 지금 나타난 결과를 따지라는 게 아니라 평상시에 어느 한 곳에 좀 더 비중을 두고 생활을 하라는 것이다. 하도 자주 바뀌는 대입전형이라 정확한지는 모르겠지만, 전자는 수시에 치중하고, 후자는 정시에 비중을 두는 것도 좋을 것이다.

사람이 모든 재능을 완벽하게 갖추고 태어날 확률은 낮다. 그러나 모두가 천재성을 가지고 있다고도 할 수 있는데, 이는 자기의 타고난 재능을 잘 활용할 때 나타난다. 명리학은 이를 알게 해주는 학문이다.

단계별 점검이 필요한 아이

　현실에 강한 사람이란 자기가 처해 있는 상황을 잘 아는 사람
이란 뜻일 게다. 뭘 해야 유리하고, 어떻게 하면 힘을 덜 소모하
고 목적을 달성할 수 있을까를 생각하는 사람이라 보면 되겠다.
계획 보다는 순간적인 판단에 의지하는 경향이 강하고, 남에게
싫은 소리도 잘 않는다. 한마디로 주위 상황을 자기에게 유리하
도록 이끄는 사람이다.

　임기응변, 기회포착은 주위 상황을 잘 파악하는 사람들의 특성
이다. 상대가 하는 말, 전개되는 상황을 눈치 하나로 파악할 수도
있다. 저 사람이 하고자 하는 말이 뭔지, 저 사람의 진면목이 뭔
지, 저 물건의 가치는 뭔지를 정확하게, 그것도 아주 신속하게 알
아차릴 수 있는 사람이다. 닥친 현실을 가장 실속 있게 받아들이
는 사람이기도 하다.

　정재냐, 편재냐의 차이는 있지만, 대게 재성은 현실적인 것, 공
간에 속하는 것들과 관계가 깊다. 재성이 강한 사람에겐 '길치'
가 없다는 것은 이런 면을 잘 보여주는 일례다. 이런 사람들 중에
서도 정확성에 무게를 두는 사람은 정재가 강한 사람이고, 전반
적인 가치 판단에 강한 면모를 보이는 사람은 편재가 강한 사람
이다.

　맥을 잘 짚는다는 것은 상황판단을 잘 한다는 뜻도 되고, 이에
대한 대처가 민첩하다는 뜻도 포함된다. 따라서 재성이 강한 아

이는 자기에게 이익이 되는 방향으로 나아가고, 공부도 필요한 것만 찍어서 하는 경향이 강하다. 따라서 이런 아이는 체계적인 학습보다는 벼락치기 방식을 택할 가능성이 더 높다. 시험에 나올 만한 내용들을 잘 파악하기 때문이다. 대신 오래가지 못하고, 체계적이지 못하기 때문에 단계별 점검이 반드시 필요하다.

당장 필요한 것에 비중을 많이 두기 때문에 학습계획안이 우선 필요하다. 정재는 분석적이고 논리적인 면도 강하기 때문에 덜하지만, 편재가 강하다면 더 필요하다. 큰 틀로 움직이고, 작은 것들에는 그만큼 관심이 더 떨어진다. 크고 작음도 자기 판단에 의할 가능성이 농후하기 때문에 이런 아이는 적절한 통제가 필요하다. 적절한 시간적 안배도 필요하다. 자신에게 유리한 방향으로 시간을 활용하기 때문이다. 기록이나 정리도 꼼꼼히 체크해 줄 필요가 있다. 당장에 소용이 닿지 않으면 관심이 떨어지기 때문이다. 이러한 것들은 평소에 습관화되도록 지도하면 뒷날 사회생활 할 때에도 도움이 된다.

맥을 잘 짚는다는 것, 요령껏 한다는 것, 결과에 치중한다는 것 등을 죽이라는 게 아니다. 이런 면은 이 아이가 잘 할 수 있는 것들이다. 이런 면들은 그대로 두고, 그 이면의 약한 부분을 보완해 주라는 것이다. 사주에서 눈에 보이는 것들이나 현실을 뜻하는 재성의 반대편에 있는 것은 인성이고, 인성은 정신세계와 기록이나 정리 등을 뜻하는 글자다.

외우기와 눈썰미

1960년대 말 '국민교육헌장' 외우기가 있었다. 학급별로 줄을 서서 담임 앞에서 외우기를 했다. 외우면 자유 시간을 가질 수 있었지만, 그렇지 못한 아이는 타고난 머리를 한탄하며 눈물도 많이 흘리기도 했다. 아니 부모를 원망하기도 했다. 단시간에 외우는 친구들을 보면서 부러움을 넘어 시샘어린 눈길을 던지기도 했다.

대학시절엔 8절지 종이에 빽빽하게 예비 답안지를 작성하고, 그것을 글자 한자 빠짐없이 송두리째 외우는 친구도 있었다. 실컷 놀면서도 찍기만 잘하면 성적이 잘 나오는 걔에게 술도 많이 사줬지만, 원래 외우는 머리가 아닌 다음에야 결과는 그저 그랬다. 방법이야 알았지만, 내 머리가 외우는 머리가 아닌 다음에야 결과는 뻔했다는 얘기다.

이런 사람은 일을 하는 데도 반복되는 것을 좋아한다. 대개 응용력이 상대적으로 떨어지고, 주어지는 일에 만족해 한다. 기술이 뛰어나고, 인내심도 강해 한 가지를 잡으면 결과까지 보고자 하는 마음도 강하다.

한번 본 사람은 좀처럼 잊어버리지 않는 눈썰미가 기가 막히게 좋은 친구가 있다. 몇 번을 봐도 도무지 누가 누가인지 헷갈리는 사람에겐 거의 신처럼 여겨지는 사람이다. 숫자 관념도 확실하다. 미, 적분은 잘하지 못했어도 돈 계산엔 귀신이다. 물건만 보면 돈이 될 것인 지, 안 될 것인 지도 귀신같이 알아맞힌다. 특히 내비게이션이 없어도 가고자 하는 방향을 잘도 찾는다. 시내 복판에 서서도 동서남북을 정확히 짚어낸다. 반복되는 일상을 탈피하고자 하고, 부지런 하며, 한 번 갔던 곳은 기가 막히게 잘도 찾아간다.

어떤 부모가 있었다. 아이가 무척이도 똑똑했단다. 붙임성도 좋고, 학업성적도 항상 상위권이었다 한다. 그러니 만큼 거는 기대도 컸다. 그런데 공부는 죽어라하고 하지 않으려 해, 속이 뒤집힐 지경이란다. 기억력도 좋다고 생각했는데, 외우는 과목은 그렇게 좋은 성적이 나오지 않더란다. 부모는 열심히 공부를 하지 않아서 그렇다고 지레 짐작을 하고, 무조건 외우라고 강요를 했단다. 그럴수록 주눅만 들고, 결과는 더욱 나빠지고…….

사주에서 재성은 공간을 활용하는 능력이 뛰어남을 뜻한다. 눈에 보이는 것들에 유난히 관심이 많고, 이런 방면에 뛰어난 두뇌를 가진다. 그만큼 현실적인 사고도 강하다. 공간은 내가 서 있는 바탕이고, 눈에 보이는 것이다. 눈에 보이는, 직접 부닥치는 현실을 바탕으로 머리가 돌아가기 때문에, 관념적인 것들에는 흥미가 떨어진다.

반면 관성은 말 그대로 기억을 담당한다. 능동적이라기보다는 수동적이다. 따라서 무조건 외워야 하는 것들에는 그만인 사람이다. 따라서 법이나 의학을 전공하려는 사람들은 이 관성이 사주에서 적당히 자리 잡아야 유리하다.

저마다 타고난 머리는 장점이 있다. 이 장점을 살려야 조금이라도 더 후회 없는 삶을 영위할 수 있다.

아직도 공부 중,
고민 중

'책벌레'는 요즘도 좋은 의미로 쓰이는 말이다. 예전에는 더 그랬다. 학문이 인격이나 명예의 척도였으니 그럴 수밖에 없다. 그러나 요즘은 대우가 달라지는 추세다. 부(富)가 명예와 지위를 가늠하는 기준 잣대가 되는 경향이 짙다. 따라서 '책상물림'이 예전만큼은 귀하게 여겨지지 않는다. 이는 '배움의 실용화'가 중시되는 상황으로 변하고 있다고 봐도 되겠다.

인성(印星)이 사주에서 많은 사람은 대게 학업에 매달린다. 응용과 실천을 뜻하는 식상(食傷, 食神과 傷官)이 파괴되기 때문이다. 책을 좋아하고, 정신세계가 높기에 혼자서 사색하기를 좋아한다. 하루 종일 골방에서 소설책을 읽어라 해도 마다할 사람이 아니다. 굳이 돈 벌 생각도 않는다. 돈은 의식주 해결로 만족해하는 사람들이다. 지켜보는 가족들은 속상할 일이지만 자기가 내키지 않으니 별 도리가 없다.

생각이 많은 사람도 인성이 많은 사람들에게서 많이 나타난다. 어떨 땐 세상 근심은 혼자서 다하는 것처럼 찌푸린 얼굴이 되기도 한다. 이상향을 꿈꾸는 유형이기에 '기존 틀'이 불만스럽기도 하다. 인성 중에서도 정인(正印)보다 편인(偏印)이 강한 사람이 더 하다. 기분 내키는 대로다. 호기심이 많기에 이것저것 손댐은 많지만 꾸준하지 못하다. 사고(思考)의 다변화다. 그러나 편인이 강한 사람의 공상이나 추리력은 타의 추종을 불허한다.

그만큼 다양하게 머리를 쓴다. 문학이나 예술 방면에 특출한 재능이 있다.

생각이 많기에 계획은 잘 세운다. 그러나 실천력이 약하다. 머리로 몇 천억을 벌고, 대통령직도 잘해낸다. 화성에도 가고 토성에도 간다. 그러나 그저 머리로만이다. 실천력 부족으로 기회를 놓칠 가능성도 많다. 고민을 더 해봐야 하고, 계획도 완벽하게 세워야 안심이 된다. 따라서 순간적 판단이 필요한 사안엔 불리하다. 이래저래 생각이 많은 것도 병인 셈이다.

인성이 강한 사람은 현실감각이 부족하다. '현실과 이상간의 괴리감'이란 말이 있듯이, 이상과 현실은 대척점에 있다. 사주에선 인성은 이상세계이고, 재성(財星)은 현실세계가 된다. 재성은 인성을 극(剋)하는 관계로 나타난다. 세상살이에서도 마찬가지다. 현실은 이상을 이긴다. 그냥 생각해 봐도 그렇다. 예전의 투사가 현실의 무게에 짓눌려 제도권 내로 진입하는 것과 같은 이치다. 이상과 현실이 조화를 이루면 좋다. 그야말로 이상적이다. 그러나 그게 어디 말처럼 쉬운 일인가.

인성이 강한 사람은 어릴 때부터 현실감각을 키워줘야 한다. 인격도야 측면서 그러하고, 현실 속에서 살아가기에도 부대낌이 적다. 실천하려는 의지도 중요하다. 그 첫발은 남을 이해하고, 남의 의견을 들어주고, 그리고 활동성을 키우는 것이다.

재수와 반수

　자기 의지보다 남에게 기대는 것이 편한 사람이 있다. 무슨 일이든 시작을 할 때, 남의 의견을 참조로 한다. 결과도 여러 사람의 의견을 종합하여 도출한다. 이런 사람은 대게 나만 잘되기를 바라는 사람이라기보다는 여러 사람이 함께 잘되기를 바라는 사람이다. 리더가 되더라도 독불장군 보다 후원자의 입장에 서는 사람이기도 하다. 대게 사주에 관인(官印)의 형성이 뚜렷한 사람이다.

　강한 북풍에 기온도 영하도 뚝 떨어진 요즘, 이 와중에서도 포근함을 느끼는 사람도 있을 것이고, 시베리아의 혹한도 저리 가라 할 만큼 혹독한 추위를 느끼는 사람들도 있을 것이다. 출세를 위해 나아가는 첫 시험대, 포근한 마음을 느끼는 사람은 그 나름 또 다른 욕심이 있을 것이고, 몸서리치도록 마음까지 얼어붙은 사람은 또 다른 한해를 준비하는 마음으로 분주할 것이다. 아니면 어중간한 위치서 이것도, 저것도 아닌 결과에 허탈해 하는 사람도 있을 것이다. 올해 수능을 치른 사람들의 얘기다.

　결과야 어떻든 올해보다 내년에 기대를 거는 사람도 많을 것이다. 재수(再修)를 말함이다. 뭔가에 기대려는 심성이 강한 사람은 이럴 경우에도 뭔가에 기대는 것이 안전하다. 여유를 찾는 것이 곧 기대는 것이다. 사주에 관인이 강하게 자리하고 있는 사람은 타이트하게 삶을 살고자 한다. 그러다보니 마음의 안정을 찾는 데는 소홀할 수가 있다. 강한 책임의식이 원인이 될 수도 있고, 피해의식이나 자기 폄하, 자신감 결여가 원인이 될 수도 있다.

이런 성향을 타고난 사람이 재수를 하는 데는 '반수(半修)'가 유리하다. 비록 성공하지 못한다 해도 갈 곳이 있다는 것에 마음의 위안을 얻는다. 이게 뭔가에 기댄다는 것이다. 이런 사람이 배수지진(背水之陣)을 친다면 심적인 부담이 너무 커진다. 여유를 찾기 힘들다는 말이다.

이런 사람은 비록 부모의 말을 잘 따르는 사람이긴 하나, 반면 그에 따른 지나친 강박관념도 무시할 수 없는 사람이다. 재수도 성향에 따르면 유리하다.

철이 빨리 드는 아이

주위에서 나이에 비해 어른스러운 아이들을 가끔 본다. 부모의 말도 잘 듣고, 자기 할 일도 착실히, 성실히 잘 하는 아이다. 모든 일을 체계적으로, 목표한 바대로 차근차근 이루어나간다. 남들에게서 받는 평가도 좋지, 일일이 간섭을 않아도 자기 일 척척 알아서 잘하지, 부모의 입장서 보면 이보다 더 키우기 쉽고, 자랑스러운 일도 드물다.

이런 아이는 객관적으로 세상을 보는 아이다. 자기의 주관은 잠시 뒷전에 둔다는 얘기다. 그만큼 환경에, 주위의 변화에, 주위 사람들의 시선에 관심을 두는 아이다. 명예나 체면을 챙기는 아이이기도 하기 때문에 세상 질서에 반(反)하는 행동은 스스로 자제한다. 그래서 잔재미는 떨어지는 아이다.

사주에서 관성(官星)은 감정을 제어하는 능력이다. 스스로 구속하는 것도 된다. 자기가 하고 싶은 일도, 부모의 입장서 생각해 보기도 하고, 세상의 입장서 바라보기도 한다. 그만큼 시근이 빨리 들 수밖에 없다. 부모에게 응석을 부리고도 싶지만, 자기를 제어하기 때문에 행동으로 나타내기도 쉬운 일이 아니다. 항상 자기는 손해 본다고 생각을 하지만, 그런 마음을 나타내 보이기 쉽지 않다. 그래서 주위 사람들은 그를 순하고, 착한 사람이라고 한다.

남에게 피해 주기도 싫어한다. 커서 호떡장사를 해도 불쌍해

보이는 사람에겐 하나를 더 얹어주는 사람이지, 한 개를 더 팔자고 그 사람을 속이지도 못한다.

이런 사주를 타고난 사람은 이면의 것을 나타내 보이려는 마음 자세를 어릴 적부터 키워야 한다. 내 주장도 강화시킬 필요도 있고, 내 것을 챙기려는 마음도 가져야 한다.

철이 빨리 드는 것, 현실을 그대로 수용하는 것, 남을 배려하는 것도 좋다. 그러나 이것도 너무 지나치면 어수룩한 사람, 바보로 취급되는 세상이다. 현실을 다소 부정적으로, 내 것부터 먼저 챙기려는 마음도 필요한 세상이다. 이런 사주구조를 타고난 사람은 식재(食財=식상과 재성)의 심성을 강화시켜야 자기의 삶을 상향 평준화 시킬 수 있다.

낯가림이 심한 아이

대개 감정의 흐름이 원만하지 못한 아이는 충동적이고 즉흥적인 성향을 보인다. 이성적으로 사물이나 사람을 보기 보다는 자기의 감정에 충실한 사람이다. 좋으면 좋은 대로, 싫으면 싫다는 것을 분명히 나타낸다. 비록 그런 마음을 숨기고자 하나, 그것이 쉽지 않다. 뭔가를 숨기려면 얼굴에 표시가 난다. 말을 더듬거나, 얼굴이 붉어지거나, 쓸데없이 머리를 흔들거나 등이다. 어릴 때부터 표정관리 훈련이 필요한 아이다.

이런 아이는 조직에 얽매이고 싶은 생각이 없다. 아니 불리하다. 그러나 자신이 있는 분야에선 누구에게도 지기 싫어한다. 형식을 그리 달갑게 받아들이지도 않고, 평상시엔 말도 그리 많이 하는 편이 아니다. 꼭 필요한 말만 가려서 한다. 말을 많이 하면 실수할 것이라는 것을 스스로 잘 알기 때문이다.

좋고 싫음이 분명하다는 것은 감정을 제어하는 것이 서툴다는 것도 된다. 자기의 감정을 잘 제어한다는 것은 주위를 잘 살피는 성향이다. 낯가림이 심한 아이는 자기의 속내를 털어낼 때는 속임이 없다. 친한 사람에겐 아무런 거리낌이 자기의 의견을 표출한다. 그만큼 순수한 측면도 있다는 얘기다. 따라서 남에게 이용을 잘 당할 수도 있기 때문에, 주위를 잘 판단해서 행동할 필요도 있다. 친소(親疎)를 판단하는 기준이 자기가 되기 때문에 더욱 유의할 필요가 있다. 상대의 기분보다는 자기 잣대로 상대를 판단하고, 그 순간을 따지기 때문이다.

이런 아이는 친한 사람에게 예의를 그리 잘 따지지 않는다. 하고 싶은 말이나 행동을 거침없이 한다. 다행히 그 상대가 너그럽게 이해해 주는 사람이라면 탈이 없겠지만, 권위적인 요소가 다분한 상대는 이를 못마땅해 할 수도 있다. 버릇없는 아이로 볼 수도 있다는 뜻이다. 특히 학업시기엔 참고로 할 일이다.

사주에서 이를 주관하는 글자는 식신(食神)이다. 반면 그 반대편에 있는 글자는 관성(官星)이고, 관성은 이성적인 성향이 강하게 작용하는 글자다.

엄마만 따르는 아이

　엄마라는 말보다 든든한 말도 없을 것이고, 편안한 말도 없을 것이다. 어릴 때든, 자라 나이가 들었을 때든 이 엄마라는 말은 항상 아늑하고 편안한 느낌을 준다. 그러기에 위험에 처할 때 가장 먼저, 아니 무의식적으로 내뱉는 말이 '엄마' 일 것이다.

　그러나 그것도 적당할 때다. 무슨 일이든 엄마에게 보고하는 아이도 있다. 자기의 주관은 간 곳 없고, 무조건 엄마한테 물어봐야 하고, 엄마의 의견을 좇아야 편안한 아이다. 친구들에게 '마마보이' 라 핀잔을 듣기도 하지만, 타고난 것이니 어쩔 수도 없다.

　자립심, 주체성을 스스로 키우려 노력도 해본다. 그러나 그게 쉽게 되지를 않는다. 용기가 생기지 않고, 겁부터 난다. 어른이 되어서도 뭔가에 기대야 편안하다. 내 주장보다 남의 의견을 좇는다. 그래야 편하기 때문이다. 리더가 되더라도 내가 앞장서서 팀을 이끌어 가는 게 아니라 중의를 좇아야 마음이 놓인다. 투쟁보다는 화합을 우선으로 하는 타입이다.

　사주에서 인성(印星)은 엄마를 의미한다. 이 인성이 강한 사주를 신강(身强)이라 하여 주체성도 강하다고 본다. 그러나 실상은 그게 아니다. 내가 강한 게 아니고, 내 배경이 강한 것쯤이다. 어떤 일을 당했을 때 치고나가는 힘은 내가 강할 때다. 그러니 강한 것도 비겁(比劫)이 강해야 한다. 그래야 행동으로 표출된다. 내게서 나가는 것은 식상(食傷)이고, 식상은 해방감이고, 원칙이나 형식에서 벗어나고자 하는 마음이다. 인성으로 강한 사람은 절대로 행동성이 강하지 못하다. 머리로는 천만금을 벌 수 있는 사람이지만, 현실적인 면이 부족하고, 행동성이 약하기 때문에 돈 벌 엄두를 내지 못한다.

행동성이 약하기 때문에 엄마에게 기대는 것이고, 조직에 기대는 것이다. 보완의 의미로 자립심을 키워줄 수는 있다. 그러나 적성을 따질 때나 직업을 택할 때는 혼자서 책임을 져야 하는 일에는 부적합하다.

생각은 민첩하게 돌아가기 때문에, 자존심은 강하기 때문에, 명분을 중시하기 때문에 허드렛일은 기피한다. 이런 성향을 가진 아이라면 뭔가에 기댈 수 있는 직업을 택해야 한다. 대표적으로 자유 전문직이다. 머리를 쓰는 직업을 택하라는 얘기다. 사업이나 기술직은 전적으로 불리하다.

인성이 많은 아이,
자립심 배양이 우선

유난히 남에게 의지하고자 하는 아이가 있다. 반찬 투정에 학교에 갈 때도 부모를 동행해야 안심이 되는 애들이다. 어릴 때야 어린 대로 봐주기나 하지, 커서까지 이어지면 밉상이다. 흔히들 말하는 공주병, 왕자병에 걸린 사람들, 즉 남이 알아서 해주기를 기다리는 사람들이다.

이런 사람들 사주엔 대부분 인성(印星)이 많다. 인성은 받아들이는 것이다. 어머니를 뜻하기도 하며, 지식을 뜻하기도 한다. 예컨대 자신을 나타내는 일간(日干)이 목(木)이라면 수(水)가 인성이 된다. 인성이 많은 사주는 남에게 베풀려는 마음이 부족하다. 베푸는 것은 식상(食傷)이다. 앞의 예에서 화(火)가 식상이다. 인성인 물이, 베푸는 마음인 불을 끄는 형상이기 때문에 남을 배려하지 못하는 이치다.

인성이 많은 사주를 타고난 아이들 엄마 중엔 치마폭에 싸서 키우는 사람이 많다. 너무 애지중지한다는 뜻이다. 편애(偏愛)다. 극성스런 엄마가 되기도 한다. 어떻게 보면 아이를 나약하게끔 유도하는 셈이 된다. 타고난 바탕에 외부 환경까지 받게만 만드니 혼자 서려는 힘이 아이에겐 부족해 질 수밖에 없다. 조심할 일이다.

나를 뜻하는 일간이 강하고 식상이라도 튼실하게 구비되어 있다면 다행이겠지만, 미약한 식상이라면 상황은 더욱 나빠진다.

식상은 자기의 능력을 표출하는 것이기도 하기 때문이다. 따라서 아는 것은 많을 수 있지만, 그것을 표출하는 힘이 부족하기 때문에 소극적인 사람으로 성장할 가능성이 높다. 일반적으로 인성이 강한 사람은 게으르다. 정신적인 면을 중시하기 때문에 육체적으로 움직이는 것을 꺼려한다는 것이다. 따라서 이런 아이에겐 스피치 훈련도 필요하고, 동아리 활동도 필요하고, 규칙적인 운동도 필요하다. 그래야 모자라는 면을 인위적으로 보완해 모가 나지 않는 아이로 키울 수 있다. 요즘은 자기광고의 시대다. 남이 알아주기를 기다려선 안 된다.

또 이런 사주를 타고난 아이에겐 부모 중 아버지의 관심이 필요하다. 사주에서 아버지는 어머니를 제어하는 역할을 한다. 위의 경우 아버지를 나타내는 것은 토(土)가 된다. 따라서 사주의 글자 맞추기로 보면, 어머니가 아이에게 쏟는 열정을 아버지가 조금 완화시킨다는 의미가 된다. 현실에서 아버지와 어머니의 관계를 생각해보면 분명해진다. 일반적으로 우리나라에선 어머니가 아이의 교육을 책임지고, 아버지는 재정적인 뒷바라지 역할에 힘이 실린다. 정신적인 면과 현실적인 면의 조화인 셈이다. 어머니의 역할, 즉 받기만 하려는 마음에 아버지의 역할, 즉 세상에서의 활동을 조화시켜 아이의 자립심을 키우게 된다고 보면 되겠다. 아이의 타고난 성격에 따라 부모의 양육역할도 달라져야 한다.

관성이 강한 아이는
다그치지 마라

공부를 할 때도 벼락치기로 하는 아이가 있고, 목표량을 정해 차근차근 나아가는 아이가 있다. 벼락치기로 하는 아이는 사주에 식신과 상관, 재성이 많은 편이고, 꾸준히 하는 아이는 관성과 인성이 많은 경우가 많다. 식상과 재성은 임기응변, 순발력 등을 뜻한다. 따라서 순간적 기억력이 좋다.

관성은 사주에서 자신을 억압하는 오행이다. 글자 그대로 법이나 규칙 등을 뜻한다. 사주에 관성이 많다는 것은 따라서 법이나 규칙 등을 중시하는 성격이라 할 수 있다. 규범적인 마인드가 강한 이런 아이는 인내심이 강한 편이고, 끈기가 장점이다. 그리고 이런 사주에선 옆이나 위, 아래에 인성이 붙어 있어야 제격이다. 인성은 강한 관성의 힘을 빼내 자신을 강하게 해주는 중간다리 역할을 한다.

관성이 강한 사주를 타고난 사람은 성실과 정직, 노력이 삶의 모토가 된다. 착실히 자기 할 일을 한다. 순간적으로 일을 처리하는 형이 아니다. 따라서 융통성은 조금 떨어진다. 관성은 법이기에 자기 제어 능력도 된다. 놀고 싶어도 놀지 못하고, 자기 할 일을 먼저 생각한다. 시험보기 며칠 전부터 계획을 세우고 진행시킨다. 이성적, 객관적 사고가 우선되기 때문이다. 어떻게 보면 이만큼 좋은 사주도 없을 듯하다.

그러나 관성은 규율이 되기에 스스로 구속을 많이 한다는 의미도 된다. 예컨대 부모가 강요하면 따라가기는 한다. 그러나 그 뒤가 문제다. 억압을 심하게 받는 성격 때문에 되레 역효과가 날 수도 있다는 얘기다. 스트레스가 중첩이 된다는 것이고, 이는 자기 압박감 가중으로 이어질 수도 있다. 자기 울타리를 치는 경우도 많다. 울타리는 안정감을 준다. 주택에 담장이 있어야 안정이 되는 것과 같다. 뭔가 자기를 보호해 주는 게 있어야 안심이 된다는 얘기다. 관성이 강한 아이라면 어지러운 상태에선 그래서 진도가 나가지 않는다. 예를 들면 어수선한 집안 분위기 등이다. 부부싸움도 이런 아이 앞에선 몇 배 더 신경을 써야한다.

비교 당하는 것도 무척이나 싫어한다. 비교 당하는 것을 좋아하는 사람이 어디 있겠나마는 이런 아이는 더하다. 그만큼 주위의 평가에 민감하다. 관성이 강한 사람이 부끄러움을 많이 타고, 주눅 들기도 쉽다는 것은 이런 면도 참고해야 하지 않나 싶다. 주눅이나 쑥스러움도 따지고 보면 남들과의 비교에서 비롯된다.

따라서 이런 아이에겐 강요는 불가하다. 강요는 특히 강박관념이나 자기비하로 이어질 수 있다. 조리에 맞게 차근차근 설명해야 효과가 있다. 그것도 아버지보다 엄마가 하면 더 좋다. 인성은 엄마를 뜻하고, 엄마는 사주에서 구속을 완화시키는 역할을 하기 때문이다.

자신이 강하면
자수성가한다

　지지리도 궁상맞은 집안에서 태어난 어떤 사람이 있었다. 보릿고개 시절엔 굶기를 아예 밥 먹 듯했던 사람이었다. 그래도 내색은 않았다. 실상을 알고 있는 가까운 사람들 외엔 아무도 그가 그렇게 험한 가정서 생활하리라곤 생각지 않을 만큼 쾌활하고 명랑했다. 친구들과도 잘 어울렸고, 말 주변도 좋았다. 그러나 자존심 지키기 하나만큼은 철저했다. 도움이란 단어는 사전에 없는 사람, 그러나 어려운 일엔 누구보다 앞장섰던 사람이었다. 초등학교만 그럭저럭 졸업한 뒤 소식이 끊겼다. 자연히 친구들 관심에서 사라졌다. 그랬던 그가 어느 날 동창회에 나타났다. 그것도 아주 화려한 모습, 환한 웃음을 띤 얼굴이었다. 꽤 큰 중소기업을 운영하고 있다고 했다. 그 과정은 알 수가 없었지만, 모두들 '개룡남' 이라고 부러워했다. 그 사람의 사주팔자는 자존심, 추진력, 자신감을 뜻하는 글자가 대부분이었고, 나머지 한, 두자는 재능을 뜻하는 식상이었다.

　명리학에서 자신은 일간(日干)이 된다. 일간은 태어난 날의 간지(干支)중 위의 글자를 말한다. 예컨대 2009년 6월 27일(음 윤 5월 5일)이라면 계묘(癸卯)가 되고, 계는 일간이면서 자기 자신이 된다. 계는 오행으로 따지면 수(水)다. 사주 구성에 이 수가 많거나 수를 생(生)하는 금(金)이 많으면 강한 사주, 즉 신강(身强)이 된다.

사주에서 자기와 같은 오행을 비겁(比劫)이라 한다. 이 비겁의 속성은 독립심과 경쟁심이다. 따라서 강한 사주 중에서도 유난히 비겁이 많으면, 공부를 해도 1등을 위한 공부요, 재물도 남을 이기는 기쁨을 맛보기 위해 모으는 경향이 있다. 즉 공부 그 자체나 재물 그 자체를 위해서가 아니란 얘기다. 다른 말로 하면 자존심 때문에 공부를 하고, 축재(蓄財)를 한다고 봐도 되겠다.

이런 사주를 가지면 동업(同業)은 불리하다. 부모나 동료의 도움, 상부상조는 성격상 맞지 않는다. 자수성가(自手成家) 타입이다. 직업도 혼자서 할 수 있는 자영업이나 운동선수 등이 적합하다. 대학도 자영업자가 되기 위한 의료계열이나 법학계열 등이 유리하다. 이런 타입의 사람이 학문에 매달린다면 그만큼 더 많이 노력해야 성공한다.

반면 비겁이 적으면 자신이 약할 가능성이 높다. 자신이 약한 사주를 신약(身弱)이라 한다. 이런 사람은 부모나 동료, 스승 등의 도움이 절대적이다. 직업은 동업이 최상의 선택이 되고, 공부도 학문 자체가 좋아서 할 경우가 많다. 자신을 생해주는 것은 인성(印星)이다. 여기선 금이 인성이 된다. 인성은 수용성(受容性)을 뜻한다. 따라서 남의 의견을 잘 받아들이고, 어려운 문제도 이해를 쉽게 한다. 이런 사람은 학자나 직장생활이 제격이다.

식상이 뚜렷하면
대인관계 중시 직업 유리

식신(食神)과 상관(傷官)은 자신이 생(生)해 주는 오행이다. 즉 자기의 기운을 빼가는 것이다. 그러기에 식신과 상관은 자기의 감정을 표출하는 능력을 뜻한다. 예컨대 자기가 태어난 날의 천간이 갑목(甲木)이라면 병정화(丙丁火)와 사오화(巳午火)가 식상(食傷)이다.

감정을 표출하는 것은 곧 표현력이다. 표현하는 방법에도 작지만 차이가 있다. 글로써 표현할 수도 있고, 말로써 표현할 수도 있다. 사주에서 식신이 발달한 사람은 대개 글 솜씨가 좋은 반면, 상관이 발달한 사람은 말 주변이 좋다.

식신은 일간과 음양이 같은 오행이다. 따라서 다소 소심한 성격을 띤다. 교수 등 연구직이나 문학계통에 식신이 발달한 사람이 많은 것은 이런 이유에서다. 상관은 일간과 음양이 다른 오행이다. 그래서 활달한 성격의 소유자가 많다. 자기표현이 특출하기 때문에 말로써 먹고사는 사람들에게 많이 보인다. 나쁘게는 사이비 종교의 교주도 여기에 속한다.

식상은 자신을 표현하는 방법이기에 처세술이 뛰어나다. 따라서 대인관계가 중시되는 직업이 일 자체를 우선하는 직업보다 상대적으로 유리하다.

식상은 또한 같은 이치로 그 사람이 가지고 있는 재능을 뜻하기도 한다. 따라서 식상이 적절히 발달한 사람은 다재다능하다.

돈 버는 재주, 음식 만드는 재주, 춤추고 노래하는 재주 등도 모두 여기에 속한다. 여기에 재물을 뜻하는 재성(財星)까지 뚜렷하다면 금상첨화가 된다. 따라서 창의력이 요구되는 일반 직장에도 식신과 상관이 있어야 성공할 확률이 높다.

물론 이 모든 것들은 자신이 강해야 한다. 사주에서 일간 자체가 약하다면 만사휴의(萬事休矣)다. 자신이 약한 사주에 상관이 강하면 말마다 허풍이요, 변명이 주특기가 될 수도 있다.

음식점 창업 희망자
식상이 구비되면 유리

　명예퇴직이 늘어난다. 신문과 방송은 연일 구조조정 기사로 도배를 한다. 명색이 '명예'이지 이를 곧이곧대로 받아들이는 사람도 없다. 후배에게 길을 터주기 위해 용퇴한다는 얘기도 들린다. 그런 사람도 있기는 있을 터이지만, 대다수의 사람들은 눈물부터 앞선다. 당장 먹고 살 일이 걱정되기 때문이다.

　그러다 보니 실업자 수도 늘어난다. 평생을 한 직장에서 생활을 했으니 가진 기술도 변변찮다. 마땅히 갈 곳도 없다. 그동안 애들 키우랴, 먹고 살랴 모은 돈도 없다. 기댈 곳이란 쥐꼬리만한 퇴직금에 얼마간 얹어주는 명퇴금이 전부다. '발등의 불'을 꺼보자는 생각으로 가장 먼저 떠 올리는 게 음식점 창업이다.

　명리학에서 식신(食神)은 음식을 뜻한다. 음식을 뜻하기에 손맛이 좋다는 의미도 포함된다. 음식점 성공의 첫 번째는 음식 맛이다. 그 집만의 독창적인 음식이면 금상첨화다. 식신으로 보는 성격은 연구심이 되고 창의성이 된다. 식신이 구비된 사람이 운영하는 음식점은 그래서 독특한 맛을 내는 곳이 많다.

　상관(傷官)이 뚜렷한 사람은 모방성이 탁월하다. 창의성이 떨어지면 모방이라도 해야 한다. 유명 음식점의 맛을 얼추 흉내라도 내야 한다. 그래야 뒤지지 않고 살아남는다. 음식 맛이 제대로 먹힌다면 다음으로 서비스다. 상관은 언변을 뜻하기도 한다. 말주변이 좋다는 얘기다. 내 맘에 들든 들지 않던 대인관계를 중시한다. 그래서 서비스 정신이 투철하다. 여기에다 사람을 끄는 묘한 매력도 있다.

부부끼리, 아니면 다른 사람과 동업을 할 경우 한 사람은 식신이 강하고 한 사람은 상관이 강하면 좋다. 이것은 맛과 서비스의 조화가 되기도 하고, 돈 버는 측면에선 상부상조가 되기도 한다. 여기에 적절히 재성(財星)이 겸비되어 있다면 성공은 더욱 가깝다. 재성은 돈 자체가 되기도 하고, 어떤 일에 대한 결과를 나타내기도 하기 때문이다.

순환상생 타고난 사주,
운 따라 직업선택 가능

사람은 저마다의 특성을 가진다. 사람 사귀기 좋아하는 사람, 일부러 일을 만들어 하는 사람에 책만 죽자고 파고드는 사람, 만사가 귀찮아 휴일만 되면 배 깔고 자리서 뒹구는 사람도 있다. 불평이 많은 사람은 무슨 일을 하던 불만부터 털어 놓고, 묵묵히 일하는 사람은 누가 무슨 말을 해도 자기 할 일만 한다. 각기 사는 방식은 달라도 자기 나름대로의 방법으로 살아가기는 간다.

사주에 오행이 편중된 사람은 그 편중된 것에 대하여 많은 관심을 가진다. 직업이든 학업이든 가족관계든 상관이 없다. 좋은 관계면 좋은 대로 흥미를 보이고, 싫은 관계면 싫어서 관심을 가지기도 한다. 예컨대 사주에 재물을 뜻하는 재성이 지나치게 많다면 그 사람은 재물에게서 벗어나기 힘들다. 많은 돈이 들어왔다 나갔다 하기에 그렇다. 반면 재성이 없는 사람은 돈에 대한 집착이 강하다. 이런 의미로 명리에선 중화된 사주를 가장 귀하게 본다.

사주에서 특정 오행의 상생관계가 뚜렷한 사람은 그 부분에 대한 관심이 높고 재능도 우수하다. 특히 오행이 균형을 이루며 그것도 이웃에서 서로 상생하고 있다면 다방면에 소질을 보인다. 이런 사람은 운(運)이나 가정 분위기 등 환경에 따라 직업선택이 이루어지고 성격도 변한다. 특히 사회진출 시기 때의 운에 의해 직업이 선택될 가능성이 높다. 일반적으로 직업은 사주 구조를 기본으로 사회적 성취도가 절정에 이르는 40~50대의 운을 참고로 하여 선택하면 유리하다.

순환상생하는 사주의 경우 30~40대의 운이 관운(官運)이고, 50~60대의 운이 재운(財運)이라면 시작은 검, 판사 쪽에서 하고, 나중에 변호사 개업을 하는 게 유리하다. 자기의 관심이 재물로 향하기에 자연히 공직활동은 그만큼 시들해지는 경향을 무시하지 못한다. 공직을 고수하면 상대적으로 성취도가 떨어진다는 의미다.

반면 편중된 사주는 그 편중된 방향으로 가야 성취도를 높일수 있다. 운이 비록 거꾸로 흐른다 해도 이런 사주는 한 우물 파기가 중요하다.

불리한 운일 땐
이, 전직 신중히

어떤 사람이 있었다. 우리나라 최고의 명문대학을 나와 굴지의 연구소에서 능력 인정받는 연구원으로 일했다. 20년 가까이 남의 부러움도 많이 샀다. 내조 잘하는 집사람에 토끼 같은 자식들, 그야말로 남 시새움 받을 만도 했다. 다소 내성적인 성격에 술과 담배도 멀리 했다. 흐트러진 모습은 볼 수가 없었고, 남에게 피해를 끼치는 언행은 생각할 수 없을 정도로 정도(正道)로만 걸어온 모범 인생이었다.

40대 중반이 그에겐 삶의 전환점이었다. 나가던 직장을 그만 두고 창업을 했다. 그동안 축적된 지식을 바탕으로 아는 이들의 조언과 도움으로 사업도 잘 키웠다. 그러나 부족한 면이 없었던 것은 아니다. 자기가 주체가 되고 업무자체가 중시되는 자유전문직과는 달리 사업은 사람과의 관계가 상대적으로 중시된다. 따라서 고정관념이나 현실적 감각이 떨어지는 이상적 사고 등은 사회성취도 제고에 다소 불리하게 작용하기도 한다. 융통성의 부족이다.

그의 공장에 불이 났다. 문제는 보험가입에 있었다. 제조업은 기계가 큰 비중을 차지한다. 당연히 기계 쪽에 무게를 실어 보험 가입을 해야 했었다. 그러나 그는 공장 건물에 비중을 두고 기계 부품 쪽은 소홀히 했다. 현실성의 부족이다.

사주의 구성이 수용을 나타내는 인성과 연구를 뜻하는 식신이 뚜렷하면 교수나 의사 등 자유전문직 진출이 사회적 성취도가 높다. 반대로 상관과 재성이 공조하는 사주는 현실적 감각이 탁월하고 사업가 기질이 다분하다. 이 사람은 인성과 비겁, 식신이 공조하는 전형적인 자유전문직 사주다. 그런데 40대 중반에 들어 재운(財運)이 들었다. 재운은 그에게 부정적인 역할을 한다. 명(命)과 운(運)이 배치되는 까닭이다. 이럴 경우 대게 마음은 운으로 쏠린다. 하지만 운이 불리하게 작용할 때는 매사 쉬어가야 한다. 물론 쉬운 일이 아니다. 그러나 그 열매는 달다. 어쩌다 한 번씩 만나는 내 아는 이의 경우다.

도화살은 나쁜 것인가

요즘 청소년들 사이에서 가장 선망의 대상이 되는 직업군 중의 하나가 연예인이다. 뜨기만 하면 돈이 되고 명예도 뒤따르니 그럴 만도 하겠다. 자신의 능력이나 적성 등은 고려치 않는다. 춤, 노래, 연기는 무조건 하면 가능하리라 생각한다. 하지만 남 앞에 선다는 것이 결코 쉬운 것은 아니다. 노력이외 흔히들 말하는 '끼'가 있어야 한다.

명리학에서 '끼'를 나타내는 것 중의 하나가 도화살(桃花殺)이다. 도화는 복숭아꽃이다. 사람이 살짝 부끄러움을 느낄 때나 한 잔의 술이 얼굴에 그려내는 발그스레한 색깔, 이를 연상하면 되겠다. 이런 모습은 아주 매혹적이다. 도발적인 색깔이기도 하다. 그래서 옛사람들은 도화살을 기피했다. 특히 여자 사주에선 최우선 금기사항이 됐다. 똑같은 도화지만 남자에겐 풍류로 해석됐고, 여자에겐 '음란' 등의 부정적 의미로 많이 사용됐다. 하지만 이는 남녀칠세부동석(男女七歲不同席)이 지배하던 시절에나 적용되던 이론이다.

도화를 가진 사람은 애교가 많다. 또한 예쁘기도 하다. 자연히 주위에 사람이 많이 몰린다. 인기가 좋다는 말이다. 그만큼 대인관계가 좋으니 하는 일이 잘 풀릴 확률도 높다. 따라서 요즘은 부정적 의미보다 긍정적 측면이 더 강하다 할 수 있겠다.

비근한 것으로 역마살(驛馬殺)이 있다. 한 곳에 정착하지 못하고 떠돈다는 것이다. 말 그대로 주거부정(住居不定)이다. 방랑시인 김삿갓을 떠올리면 되겠다. 하지만 이것도 한곳에 정착하지 않으면 삶을 영위하기 어려웠던 농경사회가 낳은 하나의 부산물이다. 요즘같이 지구촌이 하나가 되는 세상에선 없으면 되레 손해가 된다. 즉 재물을 뜻하는 재성(財星)에 역마가 붙으면 국제무역이 가능한 사주가 되고, 공부를 뜻하는 인성(印星)에 역마가 붙으면 한번쯤 외국유학을 꿈꾸어 볼만도 하다. 그러고 보면 역마살이 아니라 역마귀인(驛馬貴人)으로 봐도 될 성싶다.

역마가 들면 부지런하다. 일을 기다리기보다 찾아 나선다. 선거 때만 부지런을 떠는 일부 정치인들을 보면 생각나는 단어다.

도화살 많다고
연예인 사주라네

　사주에서의 관살은 자기감정을 억제하는 작용을 한다. 내가 하고 싶은 말도, 행동도 움츠리게 하는 역할을 한다는 게다. 관살이 많은 사람은 주위의 평가에 지나치게 민감하게 반응하기도 한다. 혹여 남이 나를 어떻게 볼까 노심초사하는 사람이다. 체면과 명예를 중시하고, 사회 규범을 찰떡같이 지키는 사람이다. 일탈은 남의 일인 사람이다.

　사주에서의 식상은 내 감정을 표현하는 작용을 한다. 행동을 할 때도 남의 눈치를 잘 보지 않는다. 감정의 흐름이 부드럽고, 언변에 관한 한 타의 추종을 불허한다. 하나를 알면 둘을 엮어 표현할 줄도 안다. 임기응변에 능하고, 주위 환경에 따라 적절히 언행을 한다. 유행을 알고, 멋을 부릴 줄도 알며, 적당히 끼를 부리기도 한다. 인기 영합적인 발언도 하고, 무엇보다 순발력이 뛰어나다.

　도화살은 사주에서 신살로 분류된다. 예전부터 내려오는 이론 중의 하나다. 끼를 대표한다고 해서, 도화가 강한 여자는 끼가 많은 여자가 된다. 그래서 일반 여성들에겐 있어서는 안될, 통상 기생팔자라 했다. 요즘으로 치면 연예인 사주쯤이다.

　나를 뜻하는 글자가 무력한 사람에게 도화가 중첩된 경우가 있었다. 재운이 들었던 고교시절 여러 철학관을 기웃거렸던 경험도 있다 했다. 모두들 연예인 사주라 이 방면으로 나가면 출세한다고 했더란다. 그런데 일간은 무력하고, 그 주위엔 관살이 진을 치고 앉았다. 세상에, 주위의 시선에 주눅 드는 사주다.

지금 30대에 가까이 간다. 아직도 연극판 주위를 뱅뱅 돌고 있다. 십여 년의 세월이 아까워 빠지지도 못하고, 그렇다고 치고 나가려니 돈 사정도 여의치 못하고, 체면과 남의 시선 챙기다 보니 뻔치도 강하지 못해 궁지에 몰렸다.

명리는 예언이 아니다. 주어지는 환경도 중요하다. 그래서 상담학이다. 그리고 글자 몇 개로 삶의 틀을 잡는 그런 어수룩한 학문은 절대 아니다.

부모의 한풀이식 교육관

어떤 사람이 있었다. 배움에 있어서는 한(恨)이 맺힌 사람이다. 자랄 때, 먹고 살기도 힘든 시대에 공부는 먼 나라의 일이었다. 게다가 위로 오빠가 있어 대학은 꿈도 꾸지 못할 형편이었단다.

결혼을 했다. 부군은 성실한 사람이었다. 그러나 살기에도 빡빡한 월급이라 자기도 알바를 해 보냈다. 아침에 나가 12시간을 서서 일하는 일이었다. 그 와중에서도 아이들에겐 자기가 못다 이룬 꿈을 이루어주기 위해 최선을 다했다. 수입을 넘나드는 과외도 서슴없이 지원했다. 아이들도 기대에 부응을 했다. 남매가 모두 대학에 진학을 했다.

한 아이가 외국으로 연수를 갔다. 군말 않고 지원했다. 귀국해 다시 외국으로 배낭여행을 간다고 했다. 또 다시 있는 돈 없는 돈 긁어모아 등 떠밀어 보냈다. 대학을 졸업할 즈음 대학원 진학을 꿈꾼다 했다. 주름 진 그 얼굴에 희색이 만연했다. 이 보다 좋은 일이 어디 있을까. 많이 배우면 많이 배울수록 좀 더 나은 삶을 살 수 있다는 게 그네의 생각이다.

부군의 퇴직 시기는 내일 모레다. 그런데도 아직 그 아이는 공부에 또 공부다. 부모는 그 재미로 밀어주고 또 밀어준다. 당장 내일 어떻게 되더라도 내 아이의 배움은 끝장을 보겠다는 태세다. 거의 배수지진(背水之陣) 수준이다. 아마도 우리네 부모들의 심정은 거의 이런 수준일 게다.

그 아이의 팔자(八字), 참 좋은 팔자다. 4반세기 동안 자기가 직접 한 일은 공부밖에 없다. 부모가 알아서들 뒷바라지 해주니 자립은 생각할 필요도 없고, 따로 계획을 세울 필요도 없다. 자기가 어떻게 살아야 하는 지도 생각지 않는다. 지금까지의 삶 중 모든 게 자기 위주로 돌아가니 살판도 난다. 현실적인 문제도 공부만 착실히 하면 해결된다는 생각이 아주 짙다. 받기만 하는 아이이기도 하다. 친구도 자기에게 굽실대야 사귀고, 자기보다 잘난 사람은 쳐다보지도 않는다. 그러나 자기에게 필요한 사람을 찾아내는 데는 귀신이다.

부모의 사주는 관인(官印)의 구조가 확실한 사람들이다. 관인은 남들이 자기를 어떻게 평가하는 가에 관심이 많다. 책임감도 강하고, 명예나 명분에도 강한 면모를 보인다. 그러나 운이 나쁘게 걸리거나 환경이 불량하면 자기비하나 피해의식에 젖을 수도 있다.

아이는 인비(印比)의 구조가 확실한 사주다. 이런 사주는 매사 자기 본위이고, 자기 위주로 일을 몰아가는 경향이 짙다. 다른 사람의 의견을 수렴해 그것을 자기 것으로 만드는 재주도 탁월하다. 그 반면 현실적인 감각은 이에 미치지 못한다. 고된 일은 생각할 수도 없고, 지나치게 명분을 따진다. 주체성도 강하기 때문에 남의 밑에서 일을 할 수도 없다. 이런 아이에겐 그 반대편에 있는 식재관(食財官)의 의미를 깨우쳐줘야 한다. 과정도 중요하지만 그 결과에 대해서 책임을 질 수 있는 가치관도 심어줘야 한다는 것이다.

그 아이는 제대로 적성을 찾아들어 갔다. 어떻게 보면 아이의 사주와 부모의 한풀이식 교육관이 잘 맞아 떨어진 경우라 할 수도 있겠다. 그러나 달리 생각해 보면 부모가 그 적성을 너무 강조하고 있는 지도 모른다. 너무 강하면 부러지기도 쉽지 않는가. 남을 배려할 줄 모르고, 자기만 내세우다 보면 그 부러짐에 가속도가 붙는다. 더욱이 운이 거꾸로 흐른다면 이 아이는 할 게 아무것도 없다. 대학원 졸업하고, 외국 유학 마치려면 아직 요원한 배움의 길이다. 가다가 중단하면 아니 감만 못하다 했는데…….

모름지기 사주는 조화를 이루어야 한다. 사주에서의 모자람은 인위적으로 채워줘야 한다.

제4부

넘침은 덜고, 모자람은 채우고

살면서 부대끼는 여러 상황, 건강

스트레스와 사주

　현대는 스트레스 천지다. 질병도, 가정불화도 스트레스가 주원인인 경우가 많다. 도서관에서는 취업 때문에, 직장에서는 시시때때로 들리는 구조조정 소문으로 스트레스가 쌓인다. 남이 잘되면 배 아파 스트레스, 내가 안 풀리면 짜증나서 스트레스다. 팍팍한 생활 속에서 어쩌면 이게 삶의 본 모습인지도 모르겠다. 어쨌건 '적당히'가 아닌, '정직과 성실이 방책'이라는 '옛 말'을 모토로 삼고 살다보면 늘어나는 것은 스트레스다.

　사람들 중에서도 두 종류의 부류가 있다. 물론 스트레스에 따른 분류다. 한 종류는 받은 스트레스를 훌훌 털어버리는 사람들이다. 한 잔의 술로, 친구와의 수다로, 운동 등으로 답답함을 푸는 형이다. 또 한 부류는 시간이 한참 흐를 때까지 가슴에 꼬깃꼬깃 챙겨두는 형이다. 혼자서 안고 간다. 누구에게 하소연 하려니 자존심이 상하고, 그렇다고 밖으로 나도는 형도 아니다. 컴컴한 방안에서 잠도 못자고 끙끙대는 사람들이다.

　사주에서 스트레스와 관련되는 것은 크게 관성(官星)과 식상(食傷)이다. 관성은 규칙이나 질서, 구속 등을 나타내기에, 사주에서 관성이 강한 사람은 이를 지키려는 마음도 강하다. 그래서 스트레스가 많다. 그 많은 법규와 어려운 예의범절, 체면까지 고려하다 보면 속내를 털어 낼 수가 없다. '심성 좋은 사람'이란 평판을 듣는 사람들은 대게 이런 유형에 속한다. 불편함, 불만족을

속으로 삼키는 사람들이다. 관성은 주변 환경을 뜻하기도 하기에 이런 사람들은 환경 변화에도 민감하다. 이것저것 신경쓰다보면 신경이 예민해 진다. 사주에 관성이 많을 때 나타나는 나쁜 경우 중의 하나다.

반면 식신과 상관은 개방적 성향을 띤다. 감정의 배출구이기도 하다. 무슨 일이건 마음속에 담아두는 경우가 적다. 말로써, 행동으로 우선 나타내고 본다. '자기 식대로'가 중요한 사람들이다. 그만큼 스트레스 받을 일이 적다. 거기에다가 식상은 권위에 부정적이고, 기존 질서에 종속되는 성향도 약하다. 취미생활이나 운동, 동아리 활동도 좋아 한다. 대인관계도 비교적 원만하다. 스트레스에 관한 한 관성이 강한 사람들 보다 유리한 입장이다.

식상은 관성을 제어하는 역할을 한다. 관성이 강한 사람도 운(運)에서 식상을 만나면 일시적으로나마 활달해진다. 그만큼 스트레스를 덜 받는다는 뜻이다. 그러나 그 운이 지나가면 그뿐이다. 또 피곤한 얼굴로 돌아간다. 이런 사람은 삶의 여유를 찾는다는 마음가짐이 중요하다. 피해의식이나 강박관념은 관성의 대표적 심리 성향이고, 자유분방함과 여유는 식신과 상관의 대표적 성향이기 때문이다.

사주와 수명

명리학에서는 오행(五行)이 상생(相生)되고, 음양(陰陽)이 조화된 사주를 으뜸으로 친다. 이런 사주를 타고난 사람은 성격이 편향되지 않고, 타고난 재능도 고루 발달되어 있다. 예전 같으면 이런 사람을 아마도 '사람다운 사람'이라 했을 것이다. 타고난 건강이 조금 부족하다 해도 그것은 차후의 문제이고, 출세와 다른 사람에게서 좋은 평가를 받는 것이 삶의 궁극적인 목표였을 지도 모르기 때문이다.

그러나 요즘같이 급박하게 돌아가는 시대, 스트레스로 시작해서 스트레스로 하루를 마감하는 시대엔 그에 못지않게 중요하게 생각하는 것이 건강이다. 중량감을 가진 사람, 공인(公人)의 위치에 서 있는 사람이 무슨 병에 걸렸다더라 라는 소문에 가슴이 철렁 내려앉기도 한다. 찬찬히 살펴보면 언젠가부터 광고도 암, 치매, 스트레스 등 건강에 관한 비중이 눈에 띄게 늘었다. 건강식품이 불티나게 팔리는 것은 또 어떤가.

예부터 아기의 점지는 삼신할미가 하고, 수명은 칠성신(七星神)이 맡는다고 했다. '인명(人命)은 재천(在天)'이란 시각이 강했다는 것이다. 이를 사주에 연계시키기도 한다. 사주는 한 사람의 타고난 선천적인 요소이기에 가능한 얘기이기도 하다.

그러나 일부 생각이 부족한 사람들이 문제다. '누구누구는 언제 망하고, 어느 때가 이승을 하직할 시기'란 말을 스스럼없이 내뱉는다. 그 말들이 상대방 가슴에 대못을 박는 것인 줄 뻔히 알면서도 하찮은 자신의 으스댐을 위해 뱉어내고 본다.

그러나 사주로 정확하게 죽을 시기를 예측하기는 어렵다. 아니 불가능하다. 다만 어느 한 곳으로 편중된 사주를 타고난 사람이거나 건강이 나빠져 있는 경우, 운이 나쁘게 돌아갈 때는 여느 때보다 건강 면에서 위험성은 커진다고 할 수는 있다. 그렇다고 그게 반드시 죽음과 연계된다고 볼 수는 없다. 즉 위중한 상태이거나 고령일 경우 참작은 할 수 있으나, 반드시 죽는다고 말할 수는 없다는 것이다. 말 그대로 참작이다. 더욱이 현대 의학의 발달은 상상을 초월한다.

북한의 최고 지도자가 사망했다. 어김없이 이런 식의 얘기도 함께 나돈다. 그러나 인터넷에 떠도는 사주명식은 대게가 시(時)가 결여되어 있고, 또한 지금 60대 이상은 생년월일시가 정확한 사람도 그리 많지가 않다. 당사자가 알고 있는 날도 명확치 않은데, 어떻게 흘러 다니는 사주만을 보고 함부로 한 사람의 운명을 예측할 수가 있나. '맞으면 내가 유명해지고, 아니면 말고'란 무책임한 시각은 없어져야 한다.

음양과 건강

사주학(四柱學)은 음양(陰陽)과 오행(五行)이 근간이다. 즉 사주를 구성하고 있는 음양과 오행이 서로 돕거나 제어하고, 좋아하고 밀어내는 과정을 살펴 한 사람의 삶을 추론해 내는 것이다. 따라서 이들 음양과 오행이 적절히 구비되고 적당한 위치에 있다면 한평생 큰 회오리 없이 보낼 수 있지만, 어느 한 쪽으로 치우쳐 있다면 사회생활에서나 건강상 기복(起伏)이 많은 삶을 살 확률이 높다. 많은 것의 반대편엔 반드시 모자람이 있고, 이를 적절히 제어하고 보충해 줘야 균형을 이룬다. 편향된 사고, 편식 등이 옳지 못하단 얘기와 같다.

사주에서 중요한 것은 물과 불의 조화다. 불은 양이고 물은 음이니, 간단히 음양의 조화다. 이는 성격에서 잘 드러난다. 일반적으로 사주에서 물의 기운이 강하면 조금은 사색적이고 속내를 잘 표현하지 않는다. 반대로 불의 기운이 강한 사람은 성급한 편이고, 분출하려는 성향이 강하게 나타난다. 이것은 또 건강과도 관계가 깊다. 겨울에 태어나고 사주 여덟글자 중에 물의 기운을 상징하는 글자가 많다면 평소에 심장계통 기능을 강화할 필요가 있다. 심장은 불로 나타내고 물은 불을 끄는 게 속성이며, 겨울은 물을 나타내는 오행으로 이루어진다는 게 이유다. 여름에 태어나고 불이 많은 사주는 이와 반대로 보면 되겠다.

겨울에 태어나고 물이 많다는 것은 몸이 차다는 의미도 된다.

불의 힘이 약하기 때문이다. 살다보면 너무 강한 것도, 너무 많은 것도 탈이 되는 경우가 많다. 돈이 너무 많으면 돈 때문에 사달이 많이 나고, 자존심이 너무 강하면 대인관계에 손해 보는 일이 많다. 물은 신장과 방광을 관장한다. 따라서 물이 너무 많은 사주는 신장계통 기능강화에 신경을 쓰는 것도 좋다. 생식기, 골수 계통이다.

운에서의 작용도 중요하다. 사주에 물이 없고 불의 기운이 아주 강하다면, 그냥 불의 기운이 오는 게 좋다. 이런 사주에 중화(中和)를 이룬답시고 물의 운을 좋아하다간 건강도 나빠지고 사회생활도 지체가 된다. 강한 불속으로 던지는 한 사발의 물은 되레 불기운만 강하게 할 뿐이기 때문이다. 이런 시기엔 멀쩡하던 신장이 갑자기 탈이 날 수도 있다. 신장이 관장하는 인체 중엔 머리카락도 포함된다. 따라서 새까맣던 머리카락이 갑자기 희어지거나 빠진다면 일단 신장의 기능을 의심해 볼 필요가 있다.

양기(陽氣)가 강하면 열을 빼내야 하고, 음기(陰氣)가 강하면 찬 기운을 몰아내야 한다. 인체는 스스로 평형을 이루려는 기능이 탁월하다. 따라서 추운 날엔 따뜻한 커피나 햇볕이 그리워지고, 더운 날엔 찬 커피와 에어컨을 좋아하는 것은 지극히 당연한 것이다.

색상과 사주

아기가 태어나면 이름을 짓는다. 그 이름자 속엔 그 아이가 타고난 오행 중에 모자라는 것을 채우는 글자가 우선으로 채택이 된다. 예컨대 금수(金水)의 기운이 강할 때 태어났다면 목화(木火)를 의미하는 글자를 이름자에 포함시킴으로서, 선천적으로 모자라는 기운을 인위적으로 보완시켜 준다.

인체는 어떤 경로를 통하든 평형을 유지하려는 기능을 가진다. 감기에 걸리면 기침을 통하여 열을 발산하려는 것과 같은 것이다. 이런 경우는 인위적이 아니라 자연적이다. 검은색 볼펜을 사용하던 이가 어느 날 갑자기 푸른색 볼펜을 사용하는 것을 볼 때가 있다. 여태껏 사용하던 것을 갑자기 바꾼다는 것은 어떤 처해진 환경이 변했다고 볼 수 있다. 그것이 자의든 타의든 말이다. 사주의 구조를 통해서도 어느 정도 그 변화를 감지할 수 있다고 보는데, 그것은 건강과의 관련 문제가 된다.

검은색 볼펜을 사용하던 이가 갑자기 푸른색을 고집하고 있다면, 인체 내에 목(木)의 기운이 필요하다고 할 수 있다. 인체가 균형을 유지하기 위해 목의 기운을 나타내는 푸른색을 은연중에 요구하고 있다는 얘기다. 옷을 입을 때도 마찬가지다. 검은색의 옷을 즐겨 입던 이가 밝고 화려한 옷을 입고 나타났다면 의도적인 분위기 전환도 생각해 볼 수 있지만, 그 이전에 몸의 균형 상태를 점검해 보는 것도 손해 볼 일은 아니다.

어찌됐건 갑자기 푸른색을 선호하게 됐다면 이는 나무의 기운이 부족해졌다는 의미로 볼 수 있다. 오행으로 나무는 간 기능과 연계된다. 좋아하는 색깔이 검은색에서 푸른색으로 변했다면 간 기능에 문제가 생길 수 있다는 의미다. 이럴 땐 술을 적게 마신다거나 스트레스 푸는 방법을 찾는 것도 하나의 방법이다.

이런 변화는 운(運)에서 많이 나타난다. 운따라 좋아하는 색상이 바뀔 수 있다는 얘기다. 적당히 조화를 이룬 사주에 갑자기 강한 금(金)의 기운이 들이치면 나무는 병든다. 금극목(金剋木)의 이치다. 도끼로 나무를 찍는다는 뜻이다. 이를 견디다 못한 간이 은연중에 푸른색을 가까이 하여 동지를 규합하는 셈이다. 마찬가지로 금의 기운이 모자라면 흰색, 물의 기운이 모자라면 검은색, 불의 기운이 모자라면 붉은색, 흙의 기운이 모자라면 황색계통의 색상을 찾는다. 따라서 평상시에 검은색을 좋아했다면 물의 기운이 모자랐을 가능성이 있다. 반드시 검은색 정장을 입어야하는 규칙이 있다면 물론 그때는 예외다.

자신이 갑자기 푸른색을 좋아하게 됐다면, 바람이 잘 통하는 공간이나 숲속 길을 걸으면 마음이 한결 맑아진다. 숲은 나무 그 자체이고, 바람도 오행으로는 목에 배속되기 때문이다.

사주를 알면 병이 보인다

사주는 오행(五行)의 중화(中和)를 가장 중요시한다. 오행의 중화가 잘 이루어지면 일도 잘 풀리며, 건강도 크게 염려할 게 없다. 행여 나쁜 운이 와도 각각의 글자들이 적절히 제거해줘 큰 해(害)가 없다는 얘기다.

편중된 사주는 특정한 오행이 넘치는 경우다. 많으면 좋을 것 같지만 이것도 병이 된다. 과식 후 소화가 되지 않는 이치와 같다. 빼주는 오행이 있어야 건강한 체질이 된다. 사주에 이 오행이 없다면 운에서라도 그 힘을 약화시켜야 한다. 또한 이런 사주는 약한 오행이 있게 마련이다. 이번엔 이 약한 오행이 억눌려 제 기능을 다 하지 못한다. 그래서 또 병이 된다.

사주에서의 오행은 인체의 오장육부와 연계된다. 목(木)은 간과 쓸개를 대표하고, 화(火)는 심장과 소장을, 토(土)는 위장과 비장, 금(金)은 폐와 대장, 수(水)는 신장과 방광을 대표한다. 목이 간이나 쓸개부분만의 병을 뜻하는 것은 아니다. 즉 중풍이나 신경통 등의 질병도 목의 기운에 좌우되는 것들이다. 허리가 자주 아프거나 이명(耳鳴)이 잦다면 수 계통의 질병이다. 수의 기운을 보강해주거나 목의 기운으로 그 기운을 빼주어야 건강을 유지할 수가 있다.

사주에 목이 많다면 목의 기운을 빼주는 화가 필요하다. 그 기운을 제거해 주는 금의 기운이 적절히 있어도 무방하다. 하지만

이도저도 없으면 인체의 균형이 무너져 질병이 생긴다. 목의 기운이 넘치니 간이나 담이 상할 것이요, 나무가 흙을 파헤치니 위장이나 비장이 나빠져 만성 소화불량이다. 여기에 운마저 또 목의 기운으로 흐른다면 불치의 병에 위협당할 수도 있다.

상생(相生)의 관계도 파악해야 한다. 목이 강하면 토가 약해진다. 약한 토가 금을 생(生)해주는 힘이 모자라기 때문에 금도 덩달아 약해진다. 폐와 대장도 위험에 노출될 가능성이 높다는 얘기다. 물론 질병판단엔 유전적인 요소를 배제할 수는 없다.

평생 건강에 복 많은 사주

어느 한쪽으로 오행이 편중된 사주는 질병이 잦고, 운(運)에 따라 사회활동의 부침도 심하다. 예컨대 사주의 여덟 자 중에서 금(金)이 대부분을 차지한다면 상대적으로 다른 오행은 약할 수밖에 없다. 특히 목(木)은 금에게 심하게 두들겨 맞아 죽음 일보 직전의 상태가 되고, 토(土)는 금에게 힘을 뺏기게 되어 기진맥진 상태가 된다. 여기에 운마저 금운으로 간다면 헤어나기가 벅차다.

목은 인체의 오장육부 중에서 간과 담을 관장한다. 따라서 목이 금에게 두들겨 맞는 사주를 가진 사람은 간과 담에 관련된 질병을 항상 조심해야 한다. 토는 위장과 비장을 담당하기 때문에 평생이 위병에 노출돼 있다고 봐도 되겠다.

또한 목이 사주에서 인성이라면 인성은 문서나 학업, 가족 중에선 모친, 직장에선 상사 등을 의미하므로 이와 관련된 일은 불만족으로 나타나게 된다. 또한 모친이 병약하거나 상사와의 관계도 소원해 지기 쉽다. 재성이라면 재물과 여자, 부친과의 인연이 박(薄)하기 때문에 이성에 빠지기 쉬우며, 재물복도 많다고 볼 수가 없다.

좋은 사주는 오행이 골고루 분포하는 것이다. 여기에 상생하는 오행이 연이어 인접하면 최상의 사주가 된다. 이를 순환상생(循環相生)이라 한다. 이런 사주는 오행이 고루 분포하기에 지나치거나 모자람이 없다. 따라서 질병에 시달릴 우려도 적다. 운에서 나쁜 작용을 하는 오행이 와도 물리치거나 약화시킬 수 있기 때문에 부귀가 따른다. 다만 자신을 뜻하는 일간도 강하고, 다른 오행도 적절히 뿌리를 내리고 강해야 가능하다. 내가 약하면 내 의지도 동시에 약해지기 때문에 그만큼 목적 달성도 어렵다.

오행이 두루 구비되었다면 타고난 능력도 한 쪽으로 치우친 게 아니다. 모든 방면서 능력을 발휘할 수 있다. 학업 시절 공부도 잘하고, 스포츠에도 일가견이 있었던 친구가 있었다면 이런 사주를 생각해 봐도 무방하다. 이런 사주를 타고난 사람은 학업시절의 운이나 가정 분위기, 취업 시기의 운에 따라 삶의 목표가 세워질 가능성이 있다. 그쪽으로 쏠릴 수도 있고, 분위기가 그런 쪽으로 몰고 갈 가능성도 있기 때문이다. 그러나 무슨 일을 하든 어떤 운이 오든 그리 구애받지 않기 때문에 사회적인 성취도도 높다.

이런 사람에게 재운(財運)이 오면 재물이 늘어날 것이요, 관운(官運)이 오면 지위가 올라갈 것이다. 인운(印運)이 오면 문서가 늘어날 것이고, 학자라면 학계에 두각을 나타낼 것이다. 하지만 아쉽게도 이런 사주는 좀처럼 보기가 힘들다.

목화가 강한 사주는
골절사고 조심

　세상 모든 이치가 오행의 상생상극(相生相剋)으로 이루어지고 있다고 보는 게 동양철학이다. 따라서 오행의 존재를 배제하고선 동양문화의 기본 바탕을 이해할 수 없다고 봐도 되겠다. 사주에서의 인체 균형도 오행의 이치에 따른다. 이게 인체를 소우주(小宇宙)로 보는 이유다. 오행이 구비된 사주는 건강한 체질이다. 사주의 오행과 인체의 오장육부(五臟六腑)는 상호 연관성을 갖기 때문이다. 그중에서도 물과 불의 조화가 최우선이다.

　사주에서 물(水)이 부족한 사람은 허리 쪽이 부실한 경우가 많다. 흔히들 허리 부실을 정력 약화와 연계시킨다. 일리 있는 논리다. 인체의 물은 신장(腎臟)이 주관한다. 신장은 또한 골수(骨髓)와 생식기관을 주재하기도 한다. 따라서 사주에서 물이 부족한 사람은 신장이 약할 경우가 많으며 허리가 아플 가능성도 높고, 골절도 잘 일어날 수 있다. 이렇게 보면 정력과 뼈의 강도는 함께 간다고 봐도 되겠다. 실제로 사주에서 물이 많은 사람을 정력이 강한 것으로 보기도 한다.

　음력으로 사, 오, 유월에 태어나고 사주에 나무와 불이 많다면 조열(燥熱)한 사주가 된다. 이 경우 나무는 결국 불을 지피는 역할을 하기 때문에 불과 다름이 없다. 화기(火氣)는 금기(金氣)를 제어한다. 따라서 불의 기운이 강하면 약화되는 것은 쇠와 물의 기운이다. 사주에서 금(金)은 폐장(肺臟)을 의미한다. 금은 수를 낳는다고 보기 때문에 폐장의 기운이 부족하면 신장도 덩달아 나빠진다. 또한 신장이 나쁘면 폐도 동시에 나빠질 확률이 높다. 강한 화기를 제어하는 물이 약해지기 때문이다. 유난히 뼈가 잘 부러지는 사람이 있다면 먼저 신장의 기능을 검사해 볼 필요가 있겠고, 툭 하면 감기에 걸리는 사람은 폐장이외 신장의 기능도 강화할 필요가 있겠다.

불을 의미하는 화와 바짝 마른 흙으로만 구성된 사주가 있었다. 일간은 물을 뜻하는 오행이었고, 인성인 금은 마른 흙 위에서 녹아나고 있었다. 이 사주의 주인공은 어릴 때 기관지염으로 사흘이 멀다 하고 병원 응급실에 실려 갔고, 감기는 달고 살았으며, 결국 폐렴으로 병원 신세를 지기도 했다. 운동을 좋아 했는데, 골절로 인한 부상도 이어졌다. 기브스도 달고 살았던 게다. 보다 못한 이웃이 보험에 들기를 권유하기까지 했다. 그 사람은 커서도 허리 통증으로 인해 군 입대도 망설여야 했다. 또 눈만 뜨면 돈 타령이었고, 공부는 아예 뒷전인 사람이기도 했다. 이 사주에서 불은 돈을 뜻하는 재성이 된다.

물과 불의 조화가 깨진 사주는 여러모로 힘들다. 특히 건강 쪽으로 관심을 둘 필요가 있다.

목이 부족하면
신맛 나는 음식이 좋다

세상사는 음양(陰陽)과 오행(五行)의 범주에서 벗어나지 못한다. 명리학 분야에서뿐만 아니라 한의학, 풍수학 등 적어도 동양철학에선 그렇다. 인간도 자연의 일부다. 따라서 음양과 오행의 원리는 인간의 인체에도 적용된다. 몸이 차가운 사람은 음의 기운이 강하고, 더운 사람은 양의 기운이 강하다. 전자엔 사색적인 사람이 많고, 후자엔 다혈질인 사람이 많다. 간은 목(木)의 기운에 속하고, 심장은 화(火), 신장은 수(水), 폐는 금(金), 비위는 토(土)의 기운에 속한다. 이들 음양과 오행은 인체 내에서 서로 견제하고, 보완하며 균형을 이룬다. 따라서 이 균형이 깨지면 인체에 이상이 온다는 얘기도 된다.

예컨대 사주에 금이 약한 사람은 폐와 대장의 기능이 상대적으로 약한 것으로 본다. 운(運)에서 금이나 수가 온다면 별 탈이 없다. 문제는 불, 즉 화가 들어올 때다. 가뜩이나 약한 쇠붙이가 강한 불에 녹는 형상이 된다. 이는 곧 폐기능에 이상이 올 수도 있다는 것을 의미한다. 인체는 스스로 모자라는 부분을 보완하는 기능을 갖추고 있지만, 건강할 때 약한 부분을 인위적으로 보완하면 도움이 될 수도 있다. 이럴 경우 물을 많이 먹어 주거나 의복 등의 색상으로 몸의 균형을 바로 잡아주면 좋다.

색상도 오행으로 구분된다. 푸른색 계통은 목의 기운을 상징하고, 붉은색은 화, 황색은 토, 흰색은 금, 검은색 계통의 색상은 수에 속한다. 따라서 사주에 금이 부족하여 폐기능이 약화될 우려가 있는 사람은 흰색이나 검은색 계통의 옷을 입으면 몸에 이롭다. 검은색은 강한 불의 기운을 누를 수 있어 좋고, 흰색은 약한 금의 기운을 도와 폐를 강하게 하는 역할을 해서 좋다. 마찬가지로 목의 기운이 모자라는 사람은 푸른색, 녹색계통의 옷을 입으면 건강이나 운을 틔우는 데 유리하다.

불의 기운은 양의 기운이기도 하다. 양은 하루 중 낮이 된다. 발산하는 힘이요, 활동하는 에너지다. 따라서 불이 많아 심장의 활동이 너무 강하면 밤에 잠을 설칠 수도 있다. 이럴 땐 밤의 기운인 물, 즉 수의 기운을 북돋워 줄 필요가 있다. 수는 갈무리하는 힘이요, 가라앉는 분위기이다.

음식의 맛도 오행으로 구별된다. 신맛은 목의 기운을 강하게 하고, 쓴맛은 심장, 단맛은 비위, 매운맛은 폐와 대장, 짠맛은 신장에 이롭다. 사주에 목이 부족하면 간기능이 약할 경우가 많다. 몸의 균형이 깨질 때 간이 그 시발점이 될 경우가 많다는 얘기다. 술과 담배, 스트레스로 찌든 간을 건강하게 하기 위해서는 신맛나는 음식을 많이 먹어주는 것도 생활 속의 지혜.

목이 약한 사주엔
술도 나쁘다

사주에서 일간은 소신, 주관서 재물, 권력 등 자기 자신의 모든 것이다. 따라서 일간이 약하면 운에서라도 도움이 있어야 한다. 건강도 예외가 아니다. 일반적으로 약한 일간을 타고난 사람은 강한 사람보다 신체가 약하거나 질병이 걸릴 확률이 높다.

사주를 구성하는 각각의 오행은 인체 내의 오장육부(五臟六腑)를 나타내기도 한다. 이 오행의 강약(强弱)을 보면 타고난 건강도 짐작할 수 있다. 즉 상대적으로 약한 오행이 뜻하는 장기(臟器)에 병이 올 가능성이 높다는 얘기다. 사주에서 목(木)을 나타내는 오행은 천간으로는 갑(甲)과 을(乙), 지지로는 인묘(寅卯)가 된다. 이 목은 간(肝)과 담(膽)을 뜻한다. 따라서 목의 기운이 약한 사주는 간과 담의 기능도 약하다고 보면 된다.

타고난 사주에 목의 기운이 약한데 운(運)마저 목을 쪼개는 금(金)의 운으로 간다면 십중팔구 간이나 담에 이상이 온다. 술과 간은 불가분의 관계이기 때문에 이런 시기엔 좋아하던 술도 싫어진다. 따라서 술을 싫어하는 사람에게 억지로 먹이는 것은 질병을 안기는 것과 같다. 조심할 일이다. 또한 목의 기운을 빼가는 화(火)의 운으로 가도 마찬가지다. 이번엔 곧장 치는 게 아니라 기진맥진케 한다.

너무 강해도 탈이다. 목의 기운이 너무 강하면 그 기운을 빼내거나 나무 자체를 전정해야 한다. 이런 사주는 화운이 건강에 최상이요, 금운이 다음이다. 화운이 금운보다 좋다는 것은 강제로 진압하는 것보다 스스로 항복케 하는 것이 효과가 더욱 크다는 의미가 된다.

잘 타고난 사주란 오행이 고르게 갖춰진 사주다. 그것도 오행들이 곁에서 서로에게 도움을 줘야하며, 일간이 조금은 강한 듯 보여야 한다. 그리고 출세와 건강이 비례하는 것은 아니다. 비록 권력을 잡고 재물은 모았지만 건강이 나쁜 사람은 그에 상응하는 오행이 약한 탓이다. 꾸준히 그 오행을 보강시켜야 한다.

촉촉한 흙 사주는
비위에 관심 둬라

스트레스 시대다. 자녀 입학금 걱정에, 군대 간 아들 걱정에, 장날마다 느껴지는 반찬값 걱정에, 신문에 대문짝만하게 실리는 호르무즈해협 봉쇄걱정에, 거기에 연관되는 주유소 가격표 걱정에 이마에 주름살 늘고, 초라하게 보이는 월급명세서는 한숨까지 더한다. 스트레스와 한숨의 풍년시대라 해도 되겠다.

오장육부(五臟六腑)에서 화를 담당하는 기관은 간이다. 간이 상하거나 간이 너무 비대하면 화를 자주 낸다. 화병은 자기의 감정을 제대로 분출하지 못해 생기는 현상이라고 한다. 사주에서 간은 나무에 속하고, 그중에서도 을목(乙木)이다. 을목은 사주에서 살아있는 나무로 대변된다. 바싹 마른 나무가 아니라 물기에 젖어있는 나무다. 불을 지피기엔 역부족이다.

사주에서 비위는 흙에 속한다. 그 중에서 위장은 마른 흙을 뜻하는 무토(戊土)다. 위장은 음식물을 뒤섞는 역할을 담당하고, 약간은 따뜻해야 제 역할을 다한다. 따라서 이 무토에 물기가 많이 스며들면 소화에 방해가 된다. 물기를 제거하는 데는 불이 필요하다. 그러나 사주에 불의 기운이 약하면 효과가 떨어진다. 여기에 생나무인 을목까지 사주에 많다면……. 이런 것을 두고 우리는 '낭패'라 한다.

생가지가 불에 타지 않듯이, 약한 불은 생나무를 태우지 못하고 도리어 불이 꺼진다. 실한 나무들이 빽빽하게 들어찬, 습기 가득한 정글과 같다. 연쇄 반응으로 흙은 제 역할을 하지 못하고, 나무에 시달린다. 사주로 풀이하면 목생화(木生火)가 되지 않아 목극토(木剋土) 현상이 일어났다라고 한다. 결국 당하는 것은 위장이다. 맨날 '꺽꺽' 대는 사람은 이런 현상을 생각해 볼 수 있다.

오미(五味) 중 단맛은 토(土)에 속하고, 쓴맛은 화(火)에 속한다. 불을 살리면 흙이 살아난다. 위장이 제 역할을 수행한다는 얘기다. 결론은 소화불량엔 쓴맛 나는 음식이 도움이 될 수도 있다는 것이다.

사주가 차가운 사람은
몸도 차갑고 이지적

겉으로 보기에 매우 쌀쌀맞게 보이는 사람늘이 있다. 말투도 여간 쌀쌀맞은 게 아니다. 사귀어 보면 그렇지도 않은데 다가서기가 결코 쉽지가 않다. 가라앉은 분위기에 차분함도 물씬 배어난다. 격정적인 분위기는 찾아보기 힘들고, 낭창낭창한 성격이 어떻게 보면 사람을 무시하는 인상도 풍긴다. 이런 사람은 대게 사주도 차가운 편이다. 예컨대 겨울에 태어나고, 사주에 물을 나타내는 오행이 많은 경우다.

물은 차갑다. 특히 겨울의 물은 얼어붙은 물이다. 겨울엔 태양의 힘이 약해진다. 당연히 사주에서도 불을 상징하는 오행이 힘을 잃는다. 불은 발산을 의미한다. 따라서 사주에 불이 모자란다는 것은 발산하는 힘이 약하단 얘기도 된다. 감정표현이 쉽지 않다는 의미다. 표현에 복선을 깔 수도 있다. 속내를 잘 내비치지 않는다. 물이 깊으면 그 바닥을 알 수 없는 것과 같은 이치다.

이런 사주를 타고난 여자라면 건강에 좀 더 관심을 기울일 필요가 있다. 여자는 원래 음(陰)기운이 강한데, 타고난 사주가 이를 가중시킨다는 뜻이다. 우선 몸을 따습게 할 필요가 있다. 물도 따뜻하게 마시는 게 유리하고, 갑갑하더라도 배는 항상 덮고 잘 필요도 있다. 소화기관인 비위는 오행에서 흙에 속한다. 음양의 중간자 입장에 선다. 따라서 비위는 약간은 촉촉해야 하고, 약간은 따뜻한 기운도 있어야 한다. 이래야 소화에 이상이 없다. 따라서 촉촉한 기운이 넘친다면 소화에 문제가 올 수밖에 없다. 변비다. 이는 여성을 더 짜증스럽게 만드는 요인이 된다. 또한 물은 인체에서 신장과 방광, 산부인과 계통을 관장하기도 한다. 이래저래 차가운 사주는 불을 가까이 하지 않으면 손해다.

오행에서 불은 나무의 도움을 받는다. 그러나 겨울나무는 동면을 한다. 불을 지필 마음이 생기지 않는다. 이래저래 겨울의 태양은 힘을 잃는다. 겨울에 마음이 움츠러들 듯이 '겨울사주'도 움츠러들 수밖에 없다. 나무가 어짊(仁)을 상징한다면 물은 지혜(智)를 나타낸다. 사주에 물이 많은 사람은 대게 생각이 깊다. 감정적이라기보다는 이지적이다. 그러기에 어떤 의견에 쉽게 동조하지 않는다. 요모조모 따진다. 그러나 세상살이에선 조금은 흐트러진 모습이 자신을 더 강하게 보이게 할 수도 있다.

명리학은 중화를 가장 우선한다. 그 중에서도 가장 조화를 이뤄야 하는 것이 물과 불이다. 음과 양의 균형인 셈이다. 따라서 불이 부족한 사주는 몸으로나, 마음으로나 불의 속성을 따를 필요가 있다. 불은 타오름이 생명이고, 자신을 태워 주위를 따뜻하게 한다.

사주에 물이 부족하면
맵고 짠 음식 나쁘지 않다

불은 양(陽)의 기운으로 폭발하는 성분이고, 물은 음(陰)의 기운으로 수렴, 저장하는 성분이다. 따라서 사주에 불이 많은 사람은 대부분 성질이 급하다. 물의 기운이 강한 사람보다 상대적으로 감정적이란 얘기다. 유난히 덜렁대거나 감정의 기복이 심한 사람들이 이에 속한다. 그러나 이런 사람들은 그때뿐이다. 불이 꺼지면 재만 남듯이 뒤끝이 없다.

그러나 물이 많은 사람은 차분하다. 대화를 할 때도 한 바퀴 돌려서 얘기하기 때문에 책잡힐 말도 잘 않는다. 서운한 감정은 가슴 속에 가둬둔다. 세월이 한참 지난 후 느닷없이 그 때의 서운했던 감정을 내뱉을 수도 있다. 사주를 구성하는 여덟 글자를 조합해 종합적으로 분석해야겠지만 음양으로만 따졌을 때 이렇다는 얘기다.

사주를 구성하고 있는 글자들은 어느 한 오행(五行)에 속한다. 우리들이 알고 있는 신맛(酸), 쓴맛(苦), 단맛(甘), 신맛(辛), 짠맛(鹹) 이 다섯 가지의 맛도 오행에 배속된다. 신맛은 목(木), 쓴맛은 화(火), 단맛은 토(土), 신맛은 금(金), 그리고 짠맛은 수(水)에 속한다. 사주에 불이 많은 사람은 무의식중에 물을 많이 찾는다. 몸이 스스로 물로서 불을 다스려 평형을 유지하고자 함이다. 수극화(水剋火)의 이치, 즉 화가 났을 때 시원한 한 잔의 물로 감정을 다독거리는 것과 같다고 보면 되겠다.

물이 모자라는 사주는 모자라는 만큼 스스로 보충시키려 한다. 물과 짠맛은 같은 오행이다. 어떻게 보면 짜게 먹어 물을 흡수케 하는 것일 수도 있겠다. 매운맛은 금이다. 금생수(金生水)의 이치로 물이 필요한 사람은 대부분 맵게 먹는다. 실제로 금과 수는 사주 풀이 때 함께 묶이는 경우가 많다.

반면 단것을 좋아하는 사람은 물을 많이 먹지 않는다. 이에는 토극수(土克水)의 원리가 적용되기 때문이다.

메마른 사주와 부인과 질병

잉꼬부부가 있었다. 연애로 만나 그 어렵던 70년대도 남부럽지 않게 살았다. 싹싹한 부군은 말도 잘했고, 무엇보다 처세술이 그만이었다. 늦둥이 아들 얻고, 세상을 얻은 듯 기뻐했다. 그러나 아이 낳고 부인과 계통에 이상이 생겨 자궁적출 수술을 했다. 그리고 지금은 남남이다. 사주에 물이 없고, 물이 식상이고, 마른 흙이 강하고, 금은 약하고, 햇빛은 강하다. 들려온 얘기론 부군은 성(性)을 좋아하는 데, 부인이 맞추지 못해서가 헤어짐의 이유란다. 특히 수술 이후로.

중년의 부인이 있다. 역시 잉꼬부부다. 사흘이 멀다 하고 병원엘 간다. 자궁에 혹이 있어서가 이유다. 사주에 불이 아주 강하고, 금은 무력하고, 물은 없다. 식상이 없고, 흙도 강하다.

또 다른 중년 부인이 있다. 사주에 불이 없고, 마른 흙이 태산이고, 물이 없고, 금이 무력하다. 나무가 있지만 뿌리가 없고, 물이 없어 무력하다. 불과 마른 흙의 기운이 강했던 해에 자궁 적출 수술을 했다.

젊은 부인이 있다. 첫아이 낳고 자궁 적출 수술을 했다. 마른 흙이 강하고, 햇볕도 강한데 금은 있지만 물을 나타내는 오행이 없다. 금을 나타내는 글자 속에 들어있는 물이 깨지는 해의 다음 해에 수술을 했다. 더욱이 성에 대한 관심이 아주 낮다.

물의 속성은 흐름이다. 따라서 물이 고여 있거나, 흐름이 원활하지 못하다면 물로서의 역할이 부족하다는 것을 뜻한다. 마찬가지로 사주에서 물이 흙에 의해 막혀 있다면, 그 역할을 제대로 하지 못한다. 따라서 물이 의미하는 오장육부의 기능에 문제가 발생하게 된다. 사주에서 물은 신장이나 방광, 생식기의 기능을 나타낸다. 강한 흙, 그것도 바싹 마른 흙이 물을 방해하고 있다면 이 기능에 관심을 쏟아야 한다. 여기에 금이 있다고 해도 물이 있으나마나 하다면 보탬이 적다. 금의 역할을 제대로 하지 못한다는 뜻이다.

물은 성생활과도 관계가 깊다. 바싹 마른 흙이 많은 사주에 불까지 있다면, 위에 든 것 이외에도 이 사람은 정신세계가 발달한 사람이다. 활동성도 그다지 강하지 못하다. 엮어보면 성생활을 그다지 좋아한다고 볼 수 없다는 결론이 나온다. 이런 사람에게 상대가 성생활을 좋아한다면 성적인 트러블이 생길 수 있다.

그러나 말 그대로 가능성을 애기하는 것이지 절대적으로 그렇다는 것은 아니다. 사람은 오감을 가지고 있고, 무엇보다 환경에 적응할 줄 아는 동물이기 때문이다. 또한 사주는 개인적인 것이고, 어느 오행이 약하다는 것은 그 개인만의 상대적인 개념이다. 사주명리학에서 절대적이라 주장하는 사람은 깊이가 없는 사람이다.

원진살

　도화살(桃花煞), 역마살(驛馬煞), 공망살(空亡煞) 등등등, 사주
책을 들여다보면 살(煞)자가 붙은 말들이 참으로 많다. '죽이다'
라는 뜻을 가진 무시무시한 글자다. 옛사람들이 이런 말들을 붙
인 것은 나태하고, 겸허할 줄 모르는 사람들에게 경각심을 일깨
우려는 의도가 있었던 것은 아닐까. 그러나 세상에선 이를 '겁을
주는' 용어로 이용하는 사람도 있고, 또 이를 곧이곧대로 받아들
여 맹신하는 사람도 있다. 하지만 맹신은 절대 금물이다.

　원진살(元嗔煞)은 결혼할 나이가 되면 본인이 직접, 아니면 친
구들에게서 한번쯤은 들어봤음직한 말이다. 사람들이 궁합(宮合)
을 볼 때 참고로 보는 것이기 때문이다. 말 그대로 참고용이다.
현대에선 별 의미가 없기에 언급을 회피해도 굳이 따지고 물어보
는 데에는 할 말이 없다. 이것 아니어도 얽히고설키는 세상사인
지라 있는 근심도 떨쳐내야 할 판에, 도리어 돈까지 줘가며 근심
을 사는 사람들 쯤 되겠다.

　'헤어지면 그립고 만나보면 시들하고 모를 것 이내 심사~'. 옛
노래를 좋아하는 사람이라면 누구나 알 수 있는 노래, 노래방에
서 한, 두 번은 불러본 경험이 있음직한 노래다. 원진에 대해 이
보다 더 명확한 뜻풀이는 없을 법 하다. 원진을 염두에 두고 지은
가사는 아닐 터이지만, 원진이 사람들의 마음을 휘어잡던 시절에
나온 노래라 가능성이 없지도 않다. 굳이 사전식으로 풀이를 하

자면 '부부간에 일어나는 까닭 없는 한 때의 갈등'이고, '주는 것 없이 꼴 보기 싫은 사람'은 실생활에서의 뜻풀이쯤으로 해석해도 되겠다.

원진의 구성은 남녀 간의 띠와 사주(四柱) 중 일주(日柱)의 아래글자를 상호 비교해서 본다. 띠로 보면 쥐띠와 양띠, 소띠와 말띠, 범띠와 닭띠, 토끼띠와 원숭이띠, 용띠와 돼지띠, 뱀띠와 개띠 등 여섯 개다. 예컨대 소는 말이 빈둥거리며 놀고먹는 것이 고까워 미워하고, 범은 보잘 것 없는 닭이 머리에 '정자관'을 쓴 꼴이 보기 싫어 미워한다는 식이다.

궁합은 두 사람의 사주구성이나 이성관 대조 등 전체 상황을 파악하는 것이 중요하다. 신살(神煞) 등 단편적 사항의 도입은 위험하다. 실제 원진이 있는 사람들도 명예 높고 돈 잘 벌고, 서로를 의지하며 잘들 산다.

부부는 일심동체라 한다. 그러나 각기 20여년을 다른 환경서 살아온 사람들이 부부로 맺어졌다고 해서 어떻게 한순간에 같은 마음이 될 수 있겠는가. 서로의 살아온 환경과 가치관을 인정해 가면서 양보할 것은 양보하고, 이해할 것을 이해하면서 살다보면 비슷하게 닮아가는 게 부부가 아닐까.

무소불위의 원진살

　결혼 적령기의 남녀 사이에 무엇보다 관심을 끄는 것 중의 하나가 원진살(元嗔殺, 元嗔煞)인 것 같다. 케케묵은 구시대적 사주 분석 방법인 데도 이 원진살만 들었다 하면 고개를 흔든다. 사랑이나 현실적인 조건이 아무리 맞는다 해도 마음이 흔들린다. 두 사람 간의 사랑이 부족한 까닭이라고 말을 하기도 하지만, 당사자들 입장선 그렇지 못하다. 어느 누가 헤어진다는, 심하면 상대방을 죽게 할 수도 있다하는데 웃으며 받아들일 수 있겠는가.

　인간이란 완전하지 못한 동물이다. 남의 말을 무시할 수도 없고, 언제나 평온한 삶이 이어지지도 않는다. 더욱이 자기에게 나쁘다는 말을 들은 다음엔 사소한 일만 일어나도 그 말을 상기한다. 뇌리에 박혀 사고의 전환을 쉽게 하지 못한다는 것이다. 풍수를 예를 들어도 마찬가지다. 부모 묘소를 감정하고 난 다음 그 묘에 살(煞)이 꼈다고 하면, 예컨대 장남이 불행하고 아우가 잘 된다는 감정을 받으면 장남과 아우간의 불화는 이미 시작된 것이나 다름없다. 뭔가 조그만 일이 발생해도 묘 탓으로 돌리고, 형제간에 싸움박질은 일상사가 된다. 시기와 질투로 만신창이가 된다. 형제간의 우애는 물 건너 간 상태가 된다.

　주는 것 없이 밉다는 것, 보면 싫어지고 보지 못하면 보고 싶어한다는 게 원진이다. 비슷한 것으로 정신병자에 많다는 귀문관살(鬼門關殺)이 있다. 두 사안만 틀리고 꼭 같다. 따라서 원진도 정신적인 문제에 귀결된다고 봐도 되겠다. 감정이 없는 사람은 없다. 성인군자라도 어쩔 수 없는 게다. 평범한 부부가 어찌 싸움한 번 하지 않고 살 수가 있나. 아마도 그런 사이라면 어느 한 쪽은 아마도 속이 곪아 터졌을 것이고, 시꺼멓게 변색되었을 게다. 삶이 삶이 아닌 사람일 게다.

부부싸움엔 각자의 성격과 가치관, 자라온 환경, 무엇보다 처해있는 현실의 차이가 큰 영향을 미친다. 아무리 원진이 무소불위(?)의 힘을 휘두르고 있다고 해도 두 사람 모두 모르면 탈이 없다. 그러나 아무리 사이좋은 부부라도 원진이 있다는 얘기를 들으면 사소한 말다툼도 원진 탓으로 돌리고, 그게 쌓이다 보면 심하면 이혼으로까지 확대된다. 멀쩡한 부부를 헤어지게 만드는 역할을 한다는 얘기다. 좋은 얘기는 잘 잊어버릴 수 있는 데 반해, 나쁜 말은 한 번 들으면 잊어먹지도 않는다. 또 인간이란 자기회피적인 성향이 강한 동물이다. 자기 탓은 절대로 인정 못한다. 어떻게 보면 그렇게 해서라도 편한 마음이 되고자 하는 까닭일 수도 있겠다. 울고 싶은 데 뺨 맞는 격으로 그때 귀에 쏙 들어오는 말이 원진이다. 마치 구세주와 같은 말이다.

죽고 못사는 연인이 있었다. 그것도 늦게 만나 부푼 꿈에 젖어 있는 사이였다. 어느 용하다는 사람을 찾았단다. 그런데 두 사람에게 청천벽력 같은 예언이 들려오더란다. 원진살이 끼인 사이라는 얘기다. 결혼해봐야 헤어질 게 뻔하다는 결론에 그들 두 사람은 결국 헤어졌고, 아직도 모두들 독신으로 살고 있다고 했다. 벌써 수년째란다. 천만번을 양보해 원진을 인정하더라도 그럴 바엔 차라리 결혼을 하는 게 더 현명하지 않을까. 헤어질 때 헤어지더라도 말이다. 먹고 죽은 귀신이 때깔도 더 곱다고 했다.

원진은 두 사람의 사주에 나타나 있는 글자만을 본다. 그것도 상대방에 한 자씩, 단 두 글자만의 비교다. 단순히 글자 두 개 맞춰 삶을 추론한다는 것은 어불성설이다. 현실이 배제되고, 타고난 본성도 배제되고, 살아온 궤적도 철저히 무시되는 단순한 글자 맞추기에 불과하다. 이를 천리(天理)처럼 떠들어 대는 사람이나, 이를 또 찰떡같이 받아들이는 사람이나 한심하기는 매 일반이다.

이혼 할까요, 말까요

정형화된 사주를 가진 사람은 곧은 성품에 엇길을 모르는 양반이다. 고지식하기도 하고, 도덕군자요, 보편적인 기준을 찰떡같이 지키는 사람이다. 융통성도 부족하고, 큰 틀보다는 눈앞에 보이는 작은 것에 목숨을 걸기도 한다. 명분을 따지고, 체면에 죽고 살며, 무슨 일이든 체계적으로 행하는 사람이다. 뭔가에 기대야 하고, 울타리를 확실히 치는 사람이기도 하다. 그 울타리, 자기가 믿는 그 무언가가 허물어지는 것을 못 견뎌 한다. 목표지향적인 사람이라 무엇보다 어떻게 목표를 세우느냐가 성패(成敗)의 관건이기도 한 사람이다. 예컨대 어떤 문제를 풀 때 1번이 모르는 문제라면 다음 문제로 쉽게 넘어가지 못하는 사람이다. 넘어가도 앞의 모르는 문제가 눈에 밟혀 자꾸만 뒤돌아본다. 이런 사람이 운이 좋다면 맨 뒤에 모르는 문제가 배치된다.

속내와 겉으로 드러나는 성향이 다른 사람도 있다. 외적으로는 아주 대범하고, 융통성도 뛰어나고, 대인관계도 원활한 사람이다. 달변에 사교술도 그만인 사람이다. 그러나 속내를 뒤집어보면 여린 구석이 많아 쉽게 자신감을 잃기도 하고, 남의 꼬드김에 낭패를 자주 당하기도 한다. 분위기에 휘둘리다 점심값 왕창내고 집에 와서는 한숨에, 쉽게 잠을 설치기도 한다. 과장된 행동도 이따금 하기도 한다. 겉과 속이 다른, 이중적인 성향이 다분한 사람이다.

어떤 여인이 있었다. 소위 '바람'을 피운 여인이다. 불륜도 들키지 않으면 문제가 되지 않는다. 모르는 바에야 어떻게 하겠는가. 그런데 '재수 없게도' 이 여인은 들켰다. 착한 부군은 정신줄을 놓았다. 횡설수설에 어제와 오늘이 다른 사람이 되었다. 하루는 용서를 한다했다가, 다음날은 막말에 흉기 들고 설쳐대기도 했다. 자신의 목표가 깨진 상황이라, 자기가 믿고 있는 그 무언가가, 자기의 울타리가 무너졌기에 눈에 뵈는 게 없을 것이고, 상황판단도 되지 않는 상태였을 것이다.

몇 달 동안 이런 상황이 계속되었다. 여인은 지쳤다. 빌어도 봤지만, 어제와 오늘이 다른 날이 계속되니 이판사판이 되었다. 이혼 얘기가 오갔다.

이혼은 둘 만의 문제가 아니다. 아이들도 있고, 어른도 있다. 감정만으로 대처해서는 안 된다는 얘기다. 아무리 자기가 우선이 되는 요즘 세상이라 해도, 그래도 쉽게 판단해선 안 될 사안이 이혼이다. 이럴진대, 그것도 남의 얘기를 기준으로 삼아 이혼 여부를 결정하겠단다. 지쳐 그런 마음이 드는 것을 이해 못할 바는 아니지만, 그러나 이것은 아니다. 자기와 가족의 앞날을 결정하는 중요한 문제를 남의 얘기로 판단하겠다는 것은 정신이 바로 박힌 사람이라면 상상조차 못할 일이다. 하긴 그런 문제로 협박을 하고, 부적을 들춰내어 돈을 우려먹는 사람들도 있긴 하지만……

'이혼 할까요, 말까요'가 여인네의 눈물 속 물음이다. 그러나 자기가 없는 삶은 빈껍데기 삶이다. 판단은 자기 몫이고, 최종적인 선택도 자기 몫이다. 자기의 삶은 자기가 주체가 되어야 한다.

남이 살아주지는 못한다. 명리에서의 분석은 아이들과 경제적인 문제, 상대의 입장 등과 함께 자기가 내려야 하는 최종 판단의 한 참고 자료가 된다.

명리학은 예언학도 아니고, 협박용도 아니다. 이왕 사는 김에 만족감 높게, 사회적인 성취도도 높으면 좋을 게 아닌가. 명리학은 이런 삶에 도움을 주는 상담학이다.

삼재 유감

우리들이 흔히 접하는 말들 중에 '삼재(三災)가 꼈다'는 말이 있다. 하는 일이 여의치 못하거나, 예기치 못한 일이 발생할 때 주로 쓰는 말이다. 삼재는 세 가지 재난을 뜻하는 것으로 전쟁이나 기근, 전염병을 뜻한다. 다른 한편으론 수(水, 즉 홍수나 장마), 화(火, 즉 화재), 풍(風, 즉 태풍)의 피해를 의미하기도 한다. 현대에 들어선 불가항력적인 천살(天殺, 즉 전쟁 등 천재지변)이나, 교통사고 등 길 위에서 흉한 일을 당하는 지살(地殺), 보증 피해나 사기 등 사람에 의해 피해를 입는 인살(人殺)로 재해석되기도 한다.

이 삼재는 태어난 해가 기준이 되며, 3년에 걸쳐 진행이 된다. 처음 시작하는 해를 '들삼재', 두 번째 해를 '눌삼재' 마지막 해를 '날삼재'라 한다. 이중 날삼재해에 가장 피해가 크다고 한다. 돼지띠, 토끼띠, 양띠인 사람은 매년 돌아오는 해 중에서 아래 지지(地支)가 사(巳)인 해가 들삼재 해가 되고, 오(午)인 해가 눌삼재, 미(未)인 해가 날삼재 해가 된다. 마찬가지로 범띠나 말띠, 개띠인 사람은 각각 신(申), 유(酉), 술(戌)인 해가, 뱀띠나 닭띠, 소띠인 사람은 해(亥), 자(子), 축(丑)해, 원숭이띠나 쥐띠, 용띠인 사람은 인(寅), 묘(卯), 진(辰)해가 각각 해당이 된다.

사주의 지지는 모두 열 두 개의 글자로 이루어진다. 따라서 12년마다 한 번씩 이 삼재가 돌아온다. 잊을만하면 돌아오는 '삼재

공포증'인 셈이다. 여기에 사람들이 예전 '마마'처럼 두려워하는 '아홉수'까지 겹치면 아예 얼굴에서 핏기가 사라진다. 이 분위기를 악용해 욕심을 채우고자 하는 사람들도 많다. 넌지시 부적이나 삼재풀이 등을 비치는 사람들이다. 알면서도 당하는 '울며 겨자 먹기'다. 그러나 대책이 없는 것은 아니다. 그런 말을 들었다면 그냥 조용히 나오면 된다. 최상의 대처 방법이다. 그런 말들은 일고의 가치도 없는 까닭이다. 그래도 당한다면 돈 아깝고, 시간 아깝고, 속까지 상하니 당하는 만큼 자기만 손해다.

또 한편으로 원활한 사주에 운도 좋은 방향으로 흐른다면, 삼재년이 되레 길한 작용을 하는 것으로 보기도 한다. 흉(凶)이 길(吉)로 작용한단 얘기다. 군인이 총을 들면 무기가 되고, 강도가 총을 들면 흉기가 되는 이치와 같다 하겠다.

이 삼재는 명리학에서 취급하는 것이 아니다. 일반 속설로 맞을 확률도 미미하다. 그러나 사람들이 받아들이는 심리적 부담은 크다. 따라서 심리적 압박감을 줄이기 위해서도 무조건 무시만 할 게 아니라, 나쁜 쪽으로 운이 흐른다면 일을 신중하게 처리하는 게 좋을 듯하다.

믿지 못하는 마음- 의처증

어떤 남자가 있었다. 독단적이라기보다는 남의 얘기에 귀를 기울이는 사람이었고, 강단은 그리 강한 편이 아니었다. 중견기업서 어느 정도의 지위까지 올랐다. 당연히 아래 사람과의 소통이 필요하고, 자연히 회식자리도 마련해야 했다. 그러나 그에게는 고민이 있었다. 그런 자리에서 끊임없이 울려대는 휴대폰 때문이었다. 아내에게서 걸려오는 전화였다. 매 시간마다 보고에, 어떤 땐 옆 사람을 통해 확인까지 시켜줘야 했다. 전화를 받지 않으면 아예 부인은 술집 문밖에서 진을 쳤다. 이런 일도 하루 이틀이지 회사사람들도 부담스러워했다. 자연히 회식 자리에서 그 사람은 빠졌다. 소설 같은 얘기지만, 참으로 힘들게 회사생활을 했던 사람이다. 그 사람은 책임감이 아주 투철한 사람이었고, 압박감에 시달리기도 했으며, 그러한 것들이 때로는 자기학대로 이어지기도 했다. 부인의 사주는 알 수가 없지만, 그 남자의 사주는 관살이 아주 진을 친 사주였다. 관살 대신에 비겁이나 식상이 많았었다면 아마 그런 세월을 견디기가 힘들었을 게다.

뭔가 께름한 것을 그냥 넘기지 못하는 사람들이 있다. 묻고 또 묻는다. 확신 하고픈 마음이다. 자기의 마음에 들도록 대답을 유도하기도 한다. 강한 집착이랄 수도 있고, 어떻게 보면 소유욕이라고도 볼 수 있다.

어떤 물건이나 사람을 자기 것으로 만들기 위해서는 승부근성이 필요하다. 뺏기지 않으려는 마음 자세이기도 하다. 그러기 위해선 경계심도 일어난다. 어설피 대응하다간, 어느 순간에 날아갈지 모른다. 지금은 내 것이라도 언제 뺏길지 모르는 불안감에 휩싸인다. 그래서 그냥은 남을 믿지 못한다. 확인에 또 확인을 한다.

이 강한 경계 심리는 상대라는 것을 지나치게 의식하기 때문에 일어나는 현상이다. 심리학자가 아닌 이상, 깊은 내용이야 알 수가 없다. 그러나 명리학으론 이런 형태로 나타난다. 현실이란 상대가 있어야 가능한 얘기다. 혼자서는 살 수 없는 것이고, 나 이외에 누가 있다면 당연히 그를 의식할 수밖에 없다. 거기에 소유가 개입되면 경계심이나 강한 집착으로 나타난다.

사주에서 경계심, 승부사 기질을 나타내는 것은 겁재(劫財)다. 그리고 섬세함, 분석적, 확실한 자기 것을 나타내는 것은 정재(正財)다. 꼼꼼한 성격에 확실하게 자기 것을 챙기는 사람은 대게 이들 부분이 겹치는 경우가 많다. 확실히 자기 것이 되어야 안심할 수 있는 사람, 그래서 의처증(疑妻症), 의부증(疑夫症)을 보이는 사람들에 많은 유형이다.

이런 사람들에겐 관성(官星)과 식상(食傷)이 해결의 관건이 될 수 있다. 관성은 있는 그대로를 인정하는 것이고, 식상은 개방성을 키우고 활동성을 넓히는 것이다. 그러나 타고난 성향이라 각고의 노력이 필요하다.

재다신약 사주에
바람둥이 많다

남자에게 재성은 돈을 뜻하기도 하지만 이성을 뜻하기도 한다. 따라서 재성이 많으면 여자도 많은 것으로 본다. 인물은 변변찮지만 주위에 여자가 많이 서성인다면 일단 재성이 많다고 보면 되겠다.

이성 문제에 있어서 중요한 것은 자신이 강해야 한다는 것이다. 자신이 강하면 주관도 강한 게 되고, 그러면 탈이 생기지 않는다. 이성을 만나도 가려서 만난다. 이런 사람은 직업도 이성을 상대하는 것이면 좋다. 이성에 유난히 강하기 때문이다. 반면에 '치마만 둘렀다면 무조건 좋아한다.'는 말도 있다. 여자에 빠져 헤어나지 못하는 경우다. 자신이 약하고 재성이 너무 강한 사주, 명리학 용어로 재다신약(財多身弱)이다. 재다신약 사주는 자신이 약하기 때문에 이성에 휘둘린다.

사주에 유난히 합(合)이 많은 사람도 바람둥이일 가능성이 높다. 이 경우는 남녀불문이다. 합이 많으면 정(情)도 많다. 마음이 여리다는 말도 된다. 잔정에 이끌려 맺고 끊음이 확실치 못하다.

식상(食傷)은 내가 생(生)하는 오행이다. 이것은 어떤 일을 함에 있어서 재능을 나타내기도 한다. 사주에 재성이 많고 식상도 많으면 이성을 다루는 능력도 뛰어나다. 자연히 바람기도 강하게 된다. 바람기와 정력은 다르다. 일반적으로 화기(火氣)가 강하면 바람기가 강하고, 수기(水氣)가 강하면 정력이 강하다고 본다.

일간과 재성이 합하면
돈 욕심 많다

합(合)은 합한다, 한 몸이 된다는 의미다. 유난히 돈에 민감한 사람은 사주에 일간이 재성(財星)과 합을 하고 있을 확률이 높다. 일간은 자신이 되고 재성은 곧 재물을 뜻하기 때문이다.

합은 남녀 간 궁합을 볼 때도 적용된다. 서로의 일간과 일간이 합이 되면 일단 좋다고 본다. 그러나 간과할 수 없는 게 있다. 이면에 존재하는 집착이 그것이다. 연애할 땐 마음이 잘 맞는다. 그러나 부부로 함께 산다는 것은 어떻게 보면 상호간 구속을 의미하기도 한다. 적당한 구속은 사랑이 되지만 집착은 서로를 피곤하게 하는 요인이 되기도 한다.

남자에게 있어서 재성은 여자가 된다고 했다. 그러므로 일간이 재성과 합을 하고 있는 사람은 여자에게도 관심이 많다. 다행히 그 재성이 사주에서 좋은 역할을 하고 있을 땐 사회생활에서나 집안일에서 여성이나 아내의 도움이 크다. 하지만 나쁜 역할을 할 경우 나타나는 결과도 좋지 못하다. 여자 밝히다 망신당하기 십상이다. 이런 사주를 가진 남자와 같이 사는 여자는 가급적 남편을 따라다니면 안심이 된다. 모임이든 여행이든 동반이 좋다. 사주를 떠나 부부애를 돈독히 하는 재미도 솔솔 하다.

사주에 합이 많은 사람은 마음이 여린 편이다. 여기저기에 마음을 두다보니 강단심이 부족하다. 이래저래 합이 많은 사주도 피곤한 삶이다.

편재가 강한 사주는
돈 씀씀이 신중히

요즘은 돈이 대세다. 재물이 삶을 좌우한다고 해도 지나친 말은 아닐 게다. 돈으로 명예를 사고, 돈 때문에 일생 지울 수 없는 죄를 저지르기도 한다. 투기와 도박 등 한탕을 노리는 사람에 한 푼의 돈을 모으는 재미로 사는 사람도 있다. 이는 곧 물질만능시대에 사는 우리들에겐 돈은 곧 생명이요, 체면이 된다는 것으로 이해할 수도 있겠다.

사주에서 재물은 재성(財星)으로 본다. 재성도 두 가지로 나뉜다. 하나는 정재(正財)이고 하나는 편재(偏財)다. 글자가 나타내는 것처럼 정재는 올바른 재물이 되고, 편재는 치우친 재물이다. 정재는 성실한 노력으로 버는 자기 소유의 돈이요, 편재는 그 보다는 세상에 돌아다니는 돈이다. 따라서 정재와는 달리 편재는 잘 잡으면 빗자루로 쓸어 담을 수도 있다.

사주에서 편재가 강한 사람은 정재보다 스케일이 크다. 예컨대 점심을 먹고 난 후 먼저 카운터로 가는 사람은 편재가 강할 경우가 많다. 반대로 구두끈을 만지작거리는 사람은 정재의 기운이 강하다. 따라서 정재가 강한 사람은 돈과 관련된 직장계통이 유리하고, 편재가 강한 사람은 사업 쪽으로 진출하면 성취도가 높다.

편재가 많은 사람은 돈에 대한 욕심이 적은 편이다. 돈이란 돌고 도는 것이란 인식이 강하다. 거기에 리더십도 구비된다. 이래저래 사업가 기질이 농후한 사람이다. 진정한 사업가는 자기 자신만을 챙기지는 않는다. 사회에 대한 책임감도 강하기 때문이다. 세상의 돈이기에 자신이 잠시 맡고 있다는 인식이 필요하고, 실제 그렇게들 처신을 한다. 이런 사람은 사주에서 편재가 좋은 역할을 하는 경우다.

편재가 사주에서 나쁜 역할을 하는 사람은 작게는 돈 씀씀이가 헤프게 되고, 크게는 한탕주의에 빠질 위험이 다분한 사람이다. 자신이 돈을 관리할 수 없기 때문이다. 이런 사람은 절제하는 힘을 기를 필요가 있다. 자신의 주체성이 중요하단 얘기다. 오행으로 따져 재물은 자신이 강해야만 소유할 수 있다.

재성과 인성이 다투면
고부갈등 우려

사주에서 인성(印星)은 학업도 되지만, 나를 선천적으로 있게 해준 모친을 뜻하기도 한다. 가령 나를 의미하는 일간(日干)이 갑목(甲木)이라면 나무를 생(生)해 주는 물(水)이 인성이다. 인성이 강한 사람은 주체성이 부족하다. 모친의 사랑을 너무 많이 받기 때문이다. 인성이 강한 사주를 타고난 사람은 따라서 '마마보이'가 될 가능성이 높다.

남자 사주에서 재성(財星)은 돈도 되지만, 이성이나 아내가 되기도 한다. 따라서 재성이 약한 사람은 이성에 대한 관심이 아예 없거나, 이성에 지나친 집착을 갖는다. 반대로 재성이 너무 많으면 이번엔 아내에게 주눅이 들어 엄처시하(嚴妻侍下) 신세가 된다.

사주 구성상 인성과 재성이 극단적으로 다투는 경우가 있다. 글자 그대로 모친과 아내가 서로 싸우는 격이다. 이를 사주용어로 재인상전(財印相戰)이라 한다. 그렇다고 어느 편을 들지도 못한다. 모친 편을 들면 아내가 눈을 부라리고, 아내 편을 들면 모친이 화낸다. 그야말로 샌드위치 신세다. 여기에 일간마저 약하면 이때는 사는 게 사는 것이 아닌 삶이 된다. 모친 눈치 보랴, 아내 눈치 보랴 밤낮이 지겹다.

인성이 강한 남자의 사주는 어릴 때 어머니 쪽에서 관심을 조금 줄여야 한다. 자신감을 키워주기 위함이다. 모친에 대한 지나친 의존심은 성인이 되어서도 자기에게 도움이 되지 않는다. 요즘같이 부부중심이 되는 세상에선 더욱 그러하다. 나아가 모친과 아내의 의견 다툼서 모친 편을 들 확률이 높기 때문에 가정불화의 한 원인이 되기도 한다.

인성과 재성을 화합시켜 주는 것이 관성(官星)이다. 재성과 인성이 싸우는 사주에선 관성운이 와야 가정이 편안하다. 관성은 자식이 되기도 한다. 결국 모친과 아내를 화합시키는 것은 나의 아들, 즉 모친의 손자가 되는 셈이다.

상관 강한 사주는
언행에 신중 기해야

청산유수(靑山流水), 막힘없이 말을 잘한다는 뜻이다. 밤 새워 얘기를 나눠도 소재는 무궁무진이다. 남이야 어떻게 생각하든 자기 할 말을 다해야 끝을 낸다. 밥상의 국이 다 식어도, 따놓은 맥주에 김이 다 빠져도 아랑곳 하지 않는다. 상관이나 손윗사람이라면 피할 수도 없다. 이건 대화가 아니라 아예 고문이다. 누구나 한두번은 겪었을 법한 일이다.

사주에서 감정이나 재능의 표출은 식신과 상관이다. 이 식신과 상관이 무력하거나 없는 사람은 스트레스로 몸을 상하기 쉽다. 감정을 발산하지 않으니 속에서 불이 난다. 잔뜩 먹고 배출하지 않는 것과 같다. 같은 감정의 표출이지만 식신과 상관은 차이가 난다. 식신은 소심한 편이라 얘기에 신중을 기한다. 자신없는 분야나 서먹한 사이엔 표현이 어눌하다. 한마디 말에도 몇 번을 망설인다. 그러나 전문분야나 친한 사이라면 숨김이 없다.

상관은 박학다식하다. 아는 것이 많으니 자연히 얘깃거리도 많다. 식신과는 달리 남에게 보여주고 싶은 심리도 다분하다. 예컨대 식신이 은근히 내비치는 자랑이라면, 상관은 대놓고 하는 자랑이다. 평소에 과묵하다 술집서 말이 많은 사람은 식신이 강한 사람이고, 평상시 대화의 소재 거리가 풍부한 사람은 상관이 강한 사람이며, 이도 저도 아니고 뒷자리에서 불평불만만 하는 사람은 사주에 식신과 상관이 무력하거나 아예 없는 사람이다.

상관은 속에 감춰두지를 못한다. 말이 많다 보니 말실수를 자주 한다. 그러나 자신은 그 실수를 인지하지 못한다. 자기가 하는 말들이 남에게 도움을 준다고 생각한다. '실수'는 상대방이 그렇게 느낄 뿐이다. 또한 상관은 겁이 없다. 어떤 자리, 어떤 사람 앞에서든 할 말을 한다. 연단에 올랐어도 말 그대로 청산유수다. 따라서 정치 지망생에겐 상관이 유력하면 도움이 된다.

선거철이다. 말들의 천국이다. 연단에 선 많은 사람들, 그들이 뱉은 말들이 유수(流水)가 되어 흘러가 버리지 않고, 변치 않는 청산(靑山)이 되기를 바라는 마음이다.

상관 강한 사주는
정관운 조심

멀쩡하게 직장생활 잘하다 어느 날부터 갑자기 상관에게 대드는 사람이 있다. 불평불만에 툭하면 신경질이다. 겁도 없다. 될 대로 되라는 식이다. 상관에게 뿐만 아니다. 입만 열면 세상에 대한 불만이다. 이런 사람에겐 힘으로 누르려면 반발이 더 커진다. 정신적으로 감화시키는 게 최상의 방법이다.

관성(官星)은 규율이요 명령이며 질서다. 업무 자체이기도 하다. 반면 상관(傷官)은 재능이다. 자기 과신의 경향도 내포한다. 남을 이해하기보다 자기 위주로 삶을 꾸려간다. 기존 질서나 전통, 고정관념은 남의 일이다. 관성을 깨트리는 역할, 그래서 명칭도 상관이다.

사주에서 이 상관이 관성과 직접 부닥치지 않으면 별 문제가 없다. 멀리 떨어져 있거나 중간에 재성이 있어서 통관(通關)시켜 주거나, 하나는 천간에 있고 하나는 지지에 있는 경우 등이다. 관성이 사주에 아예 없어도 무난하다. 부닥칠 리가 없기 때문이다. 세상이 어떻게 평가를 하던 자기 잘난 맛으로 살면 그만이다. 문제는 운(運)에서 만날 경우다.

상관견관(傷官見官)에 위화백단(爲禍百端)이라 했다. 상관과 정관(正官)이 만나면 재앙이 연이어 일어난다는 뜻이다. 자기가 최고라는 생각으로 살아가는 사람에게 느닷없이 규율과 법을 들이대는 꼴이라 반발심이 생길 수밖에 없다. 이직이나 전직의 경

우가 생기기도 한다. 결혼한 여자라면 남편과의 불화로 가정의
평화가 깨질 수 있고, 미혼이라면 이성을 우습게 아는 시기가 되
기도 하다.

　관성은 자기 제어를 나타내기도 한다. 따라서 상관과 관성의
부닥침은 자기 제어와 이를 부정하려는 마음과의 갈등이다. 심리
적 갈등은 삶을 피곤하게 한다. 이럴 땐 인성(印星)이 필요하다.
인성은 공부요 사고요 정신이 된다. 오행으로 따지면 상관을 제
어하는 역할을 한다. 공부를 하거나 사색에 잠기거나 종교를 가
지는 것도 좋다. 무엇보다 언행에 신중을 기하려는 마음가짐이
중요하다.

승부욕 강한 자는
겁재가 왕성한 사람

지고는 못사는 사람이 있다. 공부에서도 사업에서도 대인관계에서도 그렇다. 학생의 경우라면 일부러라도 경쟁자를 붙여줘야 한다. 그래야 더욱 분발해 성적을 올린다. 물론 지기 싫어서이다. 그런가하면 질투심도 강하다. 소원했던 친구에게 다른 사람이 접근하면 그 친구에게 더 잘해준다. 뺏기기 싫은 것이 이유다. 이런 유형의 사람은 사주에서 겁재가 왕성한 사람이다.

겁재(劫財)는 글자 그대로 재물을 가로채 가는 오행이다. 예컨 대 일간(日干)이 갑목(甲木)이라면 을목(乙木)이 겁재가 된다. 즉 일간과 오행은 같으나 음양이 다르다. 현실에서도 재물을 강탈해 가는 자는 행동력이 강하다. 나약하면 생각만 하고 실천력이 없다. 따라서 겁재는 실천력을 뜻하는 것도 된다. 그러기에 겁재가 사주에 많으면 말 이전에 행동으로 자기의 뜻을 나타내 보이는 사람이 되기도 한다.

경쟁심은 자존심으로 나타나기도 한다. 그러기에 겁재가 많은 사주는 사업을 해도 동업(同業)은 불리하다. 동업자는 허심탄회해야 한다. 자존심만 내세우다 보면 되는 일이 없다. 혼자서 할 수 있는 일, 겁재가 많은 자에게 유리한 직업이다. 자유업이다. 이런 사람이 회사생활을 한다면 스트레스로 몸살이 난다. 상사와의 잦은 의견충돌에 부하에게도 인기가 없다. 자기 위주로 이끌어 가려고 하기 때문이다. 승부근성은 좋다. 그러나 투기나 도박의 경우는 어떤가. 도박장에서의 승부욕은 패가망신으로 이끄는 기관차와도 같다.

겁재가 없는 사주도 문제다. 이번엔 소신이 없는 삶이 된다. 주체성도 자존심도 모자란다. 말 그대로 남의 삶을 사는 셈이다. 이런 사람에겐 직장생활이 제격이다.

예전엔 겁재를 흉신(凶神)의 범주에 넣어 천대했다. 그러나 요즘은 남을 밟지 않으면 자기가 밟혀죽는다. 따라서 사주에서 한, 두 개의 겁재는 반드시 필요하다 하겠다.

시집가기 힘드네

결혼 날짜를 잡을 땐 금기시하는 게 참으로 많다. 길(吉)한 일에 조금도 마(魔)가 끼어선 안 된다는 관념이 강하기 때문인데…….

일찍이 이런 일도 있었다. 어떤 처녀가 결혼 날짜를 잡으러 갔는데, 4년 뒤에나 결혼 운이 들었으니 그때 하라고 했다는 것. 그 당시 연애 6년차였다는 데, 4년을 더 기다려야 한다고 했으니, 속된 말로 하면 '미치고 환장하고 팔짝 뛸 노릇'이었을 게다. 아무런 가책 없이 그렇게 말하는 사람이나, 그 말을 곧이곧대로 들어 가슴만 치는 사람이나 답답하기는 매 한가지다. 따지고 보면 택일(擇日)이라는 것도 결혼하려는 조건들 중 하나일 뿐이지 않은가.

올해는 윤달까지 들었다. 지금은 아예 윤달을 결혼 날짜 산정에서 제외시킨다. 그러다 보니 꽃피는 봄철 중 한 달이 결혼 날짜에서 송두리째 빠진다. 올해 29세(쥐띠)인 처녀는 더욱 어렵다. 택일 조건 중에 가취월(嫁娶月)이란 게 있다. 이는 여자의 나이를 기준으로 결혼에 나쁜 달이 있다는 이론이다. 29세인 처녀는 '아홉수'를 찰떡같이 믿는 사람은 아예 결혼을 못하는 해이기도 하지만, 가취월로 따지면 음력 4월과 5월은 피하는 달이다.

음력 1월은 추워서, 2월은 '바람달'이라, 윤 3월은 윤달이라 피해야 하는 달이고, 4, 5월도 나쁜 달이니, 봄날은 전혀 움직여

볼 수 엄두도 못 낸다. 다만 음력 3월이 남아 있는데, 이마저 부모가 결혼한 달이면 또 피하라 한다. 용신(用神) 따져야지, 생기복덕(生氣福德) 따져야지, 결혼에 나쁜 날 피해야지, 그렇지 않더라도 토, 일요일만이 대상인데, 빼고 또 빼면 결혼 할 날이 남지를 않는다. 너무 따지다 보면 나오는 것은 한숨뿐이고, 들리는 말이라곤 '시집 한번 가기 힘드네'다.

그러나 세상사에 금상첨화(錦上添花)나 '이왕이면 다홍치마', '좋은 게 좋다'는 가능하지만, '완벽'이란 것은 불가능한 일이지 않을까.

똑똑한 나를 왜 몰라주나

요즘 같은 세상엔 얄팍하게 놀지 않으면 바보 취급당하기 십상이다. 자기 잇속을 챙기는 게 정상이고, 남을 먼저 배려하면 오히려 바보로 취급된다는 얘기다. '3대 부자 없다' 나, '권불십년(權不十年)'은 사전에나 나옴직한 말들로 변했다. 그리고 보면 먹고 먹히는 세상에서 가장 실감나는 말이 '억울하면 출세하라' 다.

유난히 세상에 대해 불평이 많은 사람이 있다. 일이 틀어질 때마다 세상이 잘못되었다는 것이고, 상대가 너무 얄팍한 탓이라고 하소연한다. 물론 그럴 수도 있을 것이다. 그러나 곰곰이 생각해 보면 이런 사람은 현실에 대처하는 능력이 모자라는 사람이다. 자기의 현실 감각이 떨어짐을 인정하면 편할 것을, 그렇게 하지 못하고 주위를 탓한다.

사주에서 관성(官星)은 나를 구속하는 글자다. 관성이 강하고 내가 약하면, 세상에 대한 부담이 그만큼 커진다. 여기에 수용을 뜻하는 글자라도 있으면, 현실을 똑바로 바라볼 수 있다. 그래서 몸은 피곤하고, 힘들어도 살아가는 데 큰 지장은 없다. 나를 숙이고, 환경에 맞춰 가며 사는 사람이기 때문이다.

나를 구속하는 글자는 아주 강하고, 나도 그다지 약하지 않은 사주도 있을 수 있다. 이 두 요소의 글자만 있는 경우엔 문제가 심각하다. 나를 내세우고 싶은 마음은 굴뚝같은데, 막상 치고 나가려니 부담이 너무 크다. 그렇다고 인정하려니 자존심도 상한다.

이러지도 저러지도 못하는 상태서 세상이 자신을 알아주기만을 기다린다. 그러다보니 답답한 현실이고, 불만족스런 세상사다. 한마디로 '똑똑한 나를 왜 세상은 알아주지 못하나' 다.

이런 사람은 타고난 성향이 그러하니, 후천적으로 이를 보완하려는 마음이 필요하다. 쉽게 되지는 않을 터이지만, 자기 자신을 바라보는 시야를 넓혀야 한다. 그렇지 못하면 매사 남 탓으로 돌리며, 평생을 세상 원망만 하는 사람이 된다. 자신을 돌아보는 것, 이것은 관성과 나를 이어주는 인성(印星)의 역할이다.

화병을 키우는 사람

스트레스가 적은 사람은 자기 속내를 털어내는 사람들에게 많이 나타난다. 속내를 턴다는 것은 속박을 견디지 못한다는 얘기도 된다. 이는 하고 싶은 말도 시원하게 쏟아내는 사람이고, 주변의 상황 변화에도 비교적 무덤덤하게 반응하는 사람이기도 하다. 한마디로 자기 하고 싶은 대로 하는 사람이다. 이런 사람은 사주에 자기를 나타내는 글자가 강한 사람이고, 행동성을 나타내는 글자도 강한 사람들에게 많이 나타낸다.

반면 스트레스가 많은 사람은 자기를 구속하는 글자가 많을 경우에, 그리고 자신이 약할 경우에 많이 나타난다. 행동성 보다는 자기 통제가 강한 사람이고, 사주에 주위 여건을 의미하는 글자가 많을 경우에 흔하다. 이런 사람은 심중을 털지 못하기 때문에, 안으로 삭이는 사람이다. 그러다 보면 늘어나는 건 스트레스다. 이런 사람에게 가장 필요한 것은 말을 많이 하는 것이다. 수다를 떨라는 얘기다. 말을 많이 하면 소인배라 했지만, 그것은 옛말이다. 자기 홍보시대에 자기 자랑은 결코 흠이 아니다. 기본적으로 말을 많이 하다보면 자신감도 생기고, 대인 기피증도 완화되며, 무엇보다 주위를 의식하는 마음이 줄어든다.

사주에서 화병은 간담(肝膽)을 의미하는 글자가 너무 약할 경우에 많이 나타난다. 간담은 화(=怒)와 관계가 있다. 흔히 하는 '간덩이 부었다' 나 '간이 배밖에 나왔다' 거나, '간이 콩알만 해졌다' 라는 말도 이와 관련이 있다. 특히 사주에서 간을 나타내는 나무가 쇠를 나타내는 글자에 심하게 두들겨 맞고, 나를 구속하는 글자까지 강하다면 화병이 생길 가능성은 더욱 높아진다.

화병엔 약이 없다고들 한다. 그러나 타고난 성향이 그렇다는 것이지, 그것을 치고 나가려는 마음자세가 더욱 중요하지 않을까. 사주에서 화병의 근원은 너무 많은 관성(官星)이 되고, 그 관성을 약하게 만드는 것은 식상(食傷=식신과 상관)이다. 그리고 식상은 자기 표출이고 행동성이며, 해방감을 뜻하는 글자이기도 하다. 사주에 없는 글자만 탓하지 말고, 인위적으로 보완한다는 마음이 중요하다.

가슴앓이 하는 사모님

잘나가는 사모님, 남부러울 게 없어 보인다. 돈 잘 벌고 명예 높은 남편에, 명문대에 알아서들 척척 붙는 아들, 딸들은 그 어렵다는 취직고시도 어렵지 않게 통과한다. 바라보는 주변인들의 시선은 부럽다 못해 존경스럽기까지 하다. '무슨 복이 저리 많을까' 쯤이다. 이만하면 전업주부로 전혀 부족함이 없다. 내 몸을 돌보지 않고, 내 자신의 영광은 뒤로 하고, 남편 뒷바라지에 아이들 양육에 온 힘을 쏟은 결과다.

남들의 부탁을 거절하지 못하는 사람, 싫어도 주어지는 일이라면 끝까지 해내야 직성이 풀리는 사람, 개인보다는 조직을 먼저 생각하는 사람이 이런 결과를 도출할 가능성이 높다. 여기에 겁까지 많고, 눈물도 많고, 보편적인 사회질서를 확실히 지키는 여성이면 십중팔구다.

그러나 이면을 들여다보면 그 희생은 눈물겹다. 남의 부탁을 들어준다는 것은 나 자신의 일은 뒷전으로 물린다는 것이고, 싫어도 해야 한다는 것은 몸상하고 마음고생도 심하다는 것을 뜻할 수 있다. 남편의 잔소리도 묵묵히 참아야 하고, 아이들 투정도 말없이 감내해야 한다. 인내(忍耐)라 하는 것은 그만큼 나의 희생이 따라야 나오는 결과라는 것이다. 이정도 위치에 도달한 사람이면 그 속은 아마 숯덩이 정도쯤일 게다. 할 말도 제대로 못하고, 나들이도 제대로 할 틈이 없다.

전업주부도 직업이다. 직업적으로 따지자면 그 성취도는 더 이상 높을 수 없을 게다. 그러나 개인적으로는 그만큼 힘든 직업이기도 하다. 대체적으로 힘겨움을 받아들이는 사람이기도 하지만, 그 소임이 끝날 때쯤이면 허탈감이 상대적으로 큰 사람이다. 우리나라의 입장에선 더 이상 아름다울 수 없는 현모양처(賢母良妻)란 단어, 그러나 그 이면의 희생은 그 누구도 알아주려 하지 않는다.

이런 사람은 자기 정체성을 찾을 필요가 있다. 스트레스가 많은 사람이기 때문에 활동성을 키울 필요가 있고, 말도 많이 할 필요가 있다. 다른 사람들은 잘 알 수 없기 때문에 자기 자신이 이를 찾아야 한다. 사회활동을 하면 그게 많이 희석될 수 있다. 굳이 돈 버는 직업이 아니더라도, 봉사활동이라도 해야 스트레스를 줄일 수 있다. 여행도 도움이 된다.

여자 사주에서 재성(財星)을 남편에 대한 자기 자신이고, 관성(官星)은 남편 자체를 뜻한다. 따라서 사주에서 이들 요소만 많은 종살격(從殺格)에 이런 '가슴앓이 하는 사모님'이 많다.

잘난 척과 선동가

벼는 익으면 고개를 숙인다. 속이 꽉 차면 자연의 이치로 그렇게 된다는 것일 게다. 사람으로 따지면 속에 든 게 있는 사람은 자기 과시를 가급적 삼간다는 뜻도 된다. 뜻을 세워도 자기의 분수에 맞게 세운다. 남을 짓밟기 보다는 선의의 경쟁으로 나아가려 한다. 남을 배려하기도 하고, 주위 환경이나 사회규범을 돌아보면서 나아간다. 자기 내면의 신념이 확실하기 때문에 자신감도 강하다.

빈 깡통이 요란하고, 빈 수레가 요란하다. 빈 것이니 누가 쳐다보랴. 눈길을 받으려면 분수를 벗어나야 한다. 내게 든 게 없으니 말부터 앞선다. 자신감이 떨어지니 소리부터 치고 본다. 그래야 사람들의 시선을 조금이라도 끌어볼 수 있다. 뒷일을 뒷일이고, 지금 살고보자는 심보이니, 그리 길게 가지는 못한다. 허풍(虛風)이란 실체가 없는 바람이기 때문이다.

유난히 잘난 척을 하는 사람들이 있다. 몰라도 아는 척, 티끌만하게만 알아도 이는 거의 박사급으로 떠들어 대는 사람들이다. 자기 아니면 세상이 멈춰서고, 자기 아니면 세상 사람들은 다 굶어 죽는 줄 안다. 자기만이 세상을 위하고, 자기만이 회사를 살린다고 생각한다. 제도권 내의 모든 질서는 허상으로 몰아세운다. 내면의 부실을 말로서 채우려다보면 힘이 부칠 만도 하련만, 한정이 없다. 빈 깡통 소리에 속이 찬 깡통 소리는 아예 들리지도 않는다. 박학다식이지만 껍데기뿐이고, 그러다 보니 임시변통엔 유난히 강하다.

사람들을 유난히 잘 이끄는 사람들이 있다. 이런 사람들은 대중을 사로잡는 마력을 갖고 있다. 한마디 말을 해도 이목을 솔깃하게 한다. 아는 것도 많고, 자기 신념도 확고하다. 현실에 대해 적절히 비판도 한다. 그러다 보니 세상에 불만을 갖고 있는 대다수의 사람들에겐 마치 구세주와 같은 사람들이다. 그러나 이런 사람들은 아집에 빠지기 쉽다. 빈 수레는 아니지만, 자기의 신념을 풀어내는 능력이 강하기 때문에 선동적으로 대처한다. 주위의 환경이나 보편적인 기준을 무시하고픈 마음이 강한 사람이다.

요즘 신문이나 방송에 연일 히트를 치는 동아리가 있다. 자기들 끼리 두들겨 팬다. 남의 이목은 생각지 않는다. 주위의 평판도 배제되고, 오직 자기 살아 갈 길만 모색한다. 국민의 눈과 귀는 저 아래에 있고, 자기들 이상은 하늘 가장자리에 있다고 여긴다. 국민은 바보쯤이고, 자기네들은 국민을 이끄는 혁명가쯤이다.

사주에서 잘난 척은 식상의 역할이고, 선동도 식상의 역할이다. 신념은 비겁의 요소이고, 주위의 시선이나 보편적인 기준은 관성의 역할이다. 나를 뜻하는 글자가 약하고, 식상만 강하면 빈 깡통이다. 나도 강하고 식상도 강한데, 관성이 무력하면 자기만 잘났다고 뻐기는 사람이다. 그러나 여기에 편관이 강하다면 자기 영역 구축이 일심(一心)인 사람이다.

적절히 조화되면 좋으련만 타고나기를 그렇지 못하니, 그런 대로 살아갈 수밖에……

이름 단상

이름은 한 개인을 상징하는 것이다. 요즘처럼 이미지가 강조되는 시기엔 한 사람을 대표하는 말이라 해도 되겠다.

익명(匿名)은 이름을 숨기는 것이다. 자기 자신을 숨기는 것이다. 특히 인터넷은 이 말은 실감나게 하는 매체이기도 하다. 인신 공격에, 있지도 않은 일을 가공해서 사람을 죽이기도 한다. 자신을 숨긴다는 것은 곧 '못난이'들의 대명사다.

작명(作名)은 이름을 짓는 것이다. 이름은 그 글자나 발음에 혼이 있어, 그 주인공을 건강하고 돈 많이 벌도록 도와준다고 본다. 그래서 부모들은 '좋은 이름 찾아 삼만리'다.

그러나 세상사가 다 그렇듯이 완벽한 것은 없다. 작명도 접근 방법이 다르다. 전통적인 작명을 고수하는 사람이 있는가 하면, 새로운 이론을 창시하고 이를 접목시키는 사람도 있다. 그러나 그 목적하는 바는 다르지 않다. 건강하고, 돈 많이 벌도록 도와준다는 것이다.

아이가 나면 가장 먼저 찾는 게 작명소다. 그러나 그 이전 부모나 할아버지를 찾으면 더 좋을 수도 있다. 이름자엔 혼이 깃든다고 했다. 이름을 지어주는 사람이 부모라면 온갖 정성과 애정으로 지을 것이다. 그러나 작명소는 돈이 개입된다. 돈 만큼의 혼이 실린다고 보는 것도 어불성설은 아닐 것이다.

더 문제가 되는 것은 '자기가 최고'라는 일부 작명가의 작태다. 접근 방법이 틀리는 데야 그 결과가 동일하게 나올 수는 결코 없다. 이럴 때 대뜸 나오는 말이 '개명(改名)'이다. 자기 이론에 맞지 않기 때문이다.

말이 개명이지 요즘같이 반찬값도 아쉬운 판에, 수십만원 들여 개명할 수 있는 가정도 드물다. 그러나 부모는 아이일이라면 만사가 뒷전이다. '대학에 떨어진다'는 데야 더 할 말도 없다. 빚을 내서라도, 울며 겨자 먹기 식으로 받아들인다. 겁을 주는 그 사람이나 그 말만을 곧이곧대로 듣는 부모나…….

이름 하나로 대통령이 되고, 장관이 되고, 재벌이 될 수는 없다. 빨리 죽는다고 할 수도 없고, 가정 파탄이 일어난다고도 할 수 없다. 무조건 '이장(移葬) 안하면 집안 망한다'고 하는 사람들이나, 무조건 '개명 않으면 죽는다'고 하는 사람들, 참으로 무책임하고도 쉽게 세상을 살아가는 사람들이다.

신수

　음력 정초(正初)가 되면 사람들은 '신수보기'를 즐긴다. 한해의 운(運)이 어떻게 돌아가는지 알고자 함이다.

　수(數)란 단어는 사전적으로 '일을 처리하는 방법이나 수완'을 뜻하기도 하고, '어떤 일을 할 만한 능력이나 어떤 일이 일어날 가능성'을 뜻하기도 한다. 여기에 신(身)을 넣으면 신수(身數)가 된다. 즉 '내게 어떤 일이 일어날 수 있는가, 그 일에 내가 대처할 방법은 어떤 것인가' 쯤이다. 여기에 운자가 붙으면 운수(運數)가 된다. 운은 운전할 운(運)자를 쓴다. 돌아가는 운이 그 해엔 내게 어떻게 작용하는 가를 알아보는 것이 한해의 신수보기, 운수보기다.

　사람들은 재미삼아 신수를 본다. 보다보면 좋을 때도 있고, 나쁠 때도 있다. 신수란 운명론적인 요소가 강하다. 그래서 들었던 말은 쉽게 잊지를 못한다. 다행히 좋은 풀이로만 일관된다면 그보다 좋은 게 없을 터이다. 그러나 나쁘게 나올 때는 항상 그 말이 뱅뱅 돌기 때문에, 조금만 나빠도 운수 때문이 아닌가 하여 힘들어 진다. 심하면 무기력 상태에 빠진다. 좋다고 하는 해도 모든 게 좋은 것은 아니다. 명예에 유리한 해도 있고, 돈 모으기에 좋은 해도 있다. 돈 운이 들었다면 돈을 모아야 한다.

　한 해의 운수는 목적을 가지고 보는 게 좋다. 승진 시기라면 승진할 운이 들었는지, 재수를 생각하는 아이라면 어떻게 처신하면 좋을 지 등이다. 예컨대 승진 시기의 사람이 승진운이 들었다면 그 기회를 잡아야 한다. 미적거리다간 뒤쳐진다. 운을 좇아 머리를 숙이는 것도 후회 없는 삶을 사는 한 방편이다.

특히 승진의 갈림길에 서 있는 경우는 좋은 참고 자료가 될 수 있다. 윗사람을 찾아가고, 아랫사람을 좀 더 다독여야 한다. 선물 꾸러미라도 챙겨주면 좋아한다. 겉으로야 싫은 척 해도 자기를 치켜세우는 데 속까지 싫어할 사람이 어디 있겠는가. 자기 할 일을 착실히 한다고 다른 사람이 모든 걸 챙겨주지도 않는다. 그 속엔 자기를 시샘하는 사람도 있고, 자기가 모르고 있던 단점을 찾아 꼬집는 상사나 부하도 있을 수 있다.

신수를 재미로 보면 남는 게 없다. 투자한 시간이 아깝고, 돈이 아깝다. 반드시 목적의식을 가지고 봐야 한다. 좋은 운도 알아야 잡을 수 있고, 그래야 자기 게 된다.

이 사람 만나면
내가 죽는다네요

사주는 개인적인 특성이다. 한 사람이 가지고 태어난 직업관이나 이성관, 능력 등을 나타낸다. 그것도 큰 틀로 보는 것이지, 세밀한 부분까지 망라하는 것은 아니다. '기다, 아니다'로 단정적으로 말 할 수도 없다. 말 그대로 가능성이다. 그것도 타고난 것들에 한정된다. 비록 운으로 대강의 변천 사항을 추론 할 수는 있지만, 그게 다는 아니라는 얘기다. 자라온 환경과 자라면서 겪은 경험 등도 적절히 가미를 해야 더 가능성이 높은 추론이 가능하다. 그래서 명리학은 상담학이다.

이성관에 대해서도 그렇다. 타고나기를 이성에 강한 집착을 보이는 사람이 있을 수 있다. 그러나 가정이 아주 엄한 집안이라면, 그래서 어릴 적 자기통제가 확실히 된 사람이라면 그 집착이 많이 완화된다. 본능과 이성이 어느 선까지는 조화를 이룰 수 있다는 얘기다.

궁합(宮合)을 자주 말한다. 돼지고기와 새우젓의 관계다. 그러나 천편일률적인 글자 꿰맞추기로 두 사람의 화합, 불화합을 얘기한다는 것은 불가하다. 그 두 사람이 갖고 태어난 성향, 그 몸 상태로 살아왔다고 볼 수 없기 때문이다. 한 사람의 사주에 남편을 나타내는 글자가 없다고 해서, 처를 나타내는 글자가 없다고 해서, 상대를 뜻하는 글자가 충돌한다고 해서 결혼하면 무조건 상대는 불리하고, 심하면 죽는다고 말하는 것은 아주 위험한 발언이다.

돈을 뜻하는 재성이 없어도 어린 시절 힘겹게 살았다면 돈에 대한 집착이 생기고, 성년이 되어 부자소리 들으며 중견 업체를 착실히 꾸리는 사람도 아주 많다. 물론 처의 내조도 훌륭하다. 글자 꿰맞추기로 본다면 결코 그런 성공은 하지 못할 것이고, 그런 직업은 생각도 하지 못할 것이다. 아이를 뜻하는 식상이 없는 여성도 아이 잘 낳고, 잘만 산다.

어떤 사람이 있었다. 사주에 재성이 아주 무력한 사람이고, 철저하게 한 오행으로 편중된 사주다. 집안은 부유하고, 자기도 가업을 이어 착실히 경영하고 있다. 그러나 자기 아집이 강하고, 자기잣대가 확실한 사람이며, 자존심은 타의 추종을 불허하는 사람이다. 이런 사람은 이성을 만나도 자기에게 헌신적인 사람을 원한다. 이런 사람을 보듬을 수 있는 사람은 희생심이 강한 사람, 원만한 성격의 짝이어야 한다. 개성이 강한 사람, 대드는 사람과는 충돌이 일어날 수밖에 없다.

어느 날 이성을 만났다. 아이까지 가졌다. 그런데 그 이성의 사주에 남편을 나타내는 관성이 없고, 남편을 나타내는 자리가 흔들리는 사주다. 그러나 남을 이해하려는 마음이 아주 강하고, 모성애적인 발상이 아주 강한 이성이다. 사주 전체가 모두 정(正)으로 이루어져 순한 사람이기도 하다. 더욱이 그 남자에겐 없는 금수(金水)의 기운이 강하고, 음양오행의 조화도 비교적 잘 이루어진 사주다.

어떤 사람이 말했다 한다. 이 여자와 만나면 수명이 단축될 수밖에 없다고 단언했다한다. 그래서 고민이고, 그래서 그만 만날까 하는 마음이 생긴다 한다. 궁합 이전에 철저히 자기 위주인 사람이다. 그러나 실상 편중된 사주의 남자 성격이 더 문제이고, 치우친 음양오행에 따른 건강이 더 문제다. 여성이 음식을 만들 땐 본능적으로 자기의 입맛을 따른다. 따라서 이 여성의 경우라면 음식을 통해 남편에 부족한 기운을 은연중 보충해주는 이점도 있다.

사주는 개인적인 특성이다. 당사자의 사주가 우선이 되어야 한다. 글자 한자 없다고 상대의 수명까지 운운하는 것은 아주 몰지각한 사람이고, 아주 위험한 사람이다.